MAURO GANDINI

QUANTI MISFATTI, MIO SCRITTORE

Dello stesso autore:

QUANTE STORIE, MIO SCRITTORE

http://www.mioscrittore.it/

QUANTE STORIE, MIA PSICOLOGA

http://www.mia-psicologa.it/

**Entrambi i titoli fanno parte della
Saga dello Scrittore**

QUANTI MISFATTI, MIO SCRITTORE
MAURO GANDINI

Copyright ©2024-2025 – Mauro Gandini

All rights reserved - È fatto divieto di utilizzo del testo di questo libro per l'addestramento di sistemi di intelligenza artificiale generativa e/o acquisirne parti o in toto attraverso programmi di data scraping.

ISBN 979-12-210-7932-6

mioscrittore@libero.it

Elaborazione grafica della copertina: Alice Gandini

Terza edizione Aprile 2025

QUANTI MISFATTI, MIO SCRITTORE

Nota Bene: *Mauro Gandini è l'autore del libro, mentre lo Scrittore è il personaggio principale. Alcuni riferimenti presenti nel romanzo, come i libri già pubblicati, l'editore o la disabilità, devono essere intesi relativamente allo Scrittore come personaggio scaturito dalla fantasia dell'autore. Ogni riferimento a persone esistenti o a fatti realmente accaduti è puramente casuale.*

Nota

Per una migliore interpretazione del linguaggio giovanile utilizzato da Giada, la figlia adolescente dello Scrittore, alle pagine 270 e 271 il lettore può trovare un vocabolario minimo dei termini utilizzati.

Buona lettura!

Parte Prima
Il Diario

BUON ANNO...
SI FA PER DIRE

Anzitutto, Buon Anno dal vostro Scrittore. È passata da poco la mezzanotte e una gentile quanto robusta OSS mi ha appena aiutato a rimettermi a letto dopo aver festeggiato il Capodanno nel reparto in cui sono ricoverato dal giorno di Natale: non che io non lo sappia fare da solo, ma il medico mi ha vietato qualsiasi sforzo, compreso quello che compio giornalmente da qualche decennio per passare dalla sedia a rotelle al letto a forza di braccia, trascinando le mie *inutili gambe*.

Come forse avrete intuito, ho rovinato le feste ai miei cari: a Miranda, mia moglie, e a Giada, mia figlia... ma anche a Gina, la mia *assistente*, e a suo marito Oreste; ai miei cognati Ada ed Ermete, e pure a Adele, nostra amica di famiglia.

In passato, Miranda e Gina si chiudevano in cucina almeno due giorni prima per organizzare il pranzo di Natale e non vedevano l'ora di poter mettere le gambe sotto il tavolo per godersi quanto preparato: l'allestimento del desco, l'impiattamento e il servizio erano a carico di Giada e Adele, le più giovani della "tribù", come mi piace definirci.

Quest'anno è toccato a Ada dare una mano ai fornelli a Gina; sua sorella Miranda, con la scusa di una grossa trattativa immobiliare, settore in cui lavora, si è defilata ed è praticamente scomparsa dal radar natalizio. Anche per apparecchiare è stato necessario l'utilizzo di forze ausiliarie: Giada, da buona adolescente irrequieta, ha dato anch'essa *forfait*; dice che non è credente e che, quindi, non la sente come una sua festa... salvo presentare regolare lista dei regali. Adele, avendo il negozio di fiori e piante, è più che giustificata, visto il gran numero di consegne a domicilio da fare anche la mattina di Natale. Non restavamo che noi maschietti della tribù, in questo esercito di donne che ci guida con maestria: io, con i miei limiti di movimento, ho più che altro coordinato le mosse di Ermete e Oreste dalla carrozzella.

Alla fine ce l'abbiamo fatta a trovarci tutti quanti intorno al tavolo: cibo buonissimo, molto abbondante, anche troppo... ammetto di aver esagerato! Così nel pomeriggio, dopo pranzo, respiravo a fatica, mi mancava l'aria e sentivo un dolore dietro la schiena, all'altezza dei polmoni. Sono riuscito a rovinare il Natale anche al dottor Moretti, che abita nel mio condominio, scala C, prontamente chiamato al telefono da Gina.

Tempo un paio d'ore, mi sono ritrovato in ospedale, collegato a un macchinario per tenere sotto controllo il cuore. Avevo anche la mascherina dell'ossigeno che mi pendeva al lato del viso, pronta all'uso nel caso si fosse ripresentata una crisi respiratoria. Sulla cartella ai piedi del letto, una prima prognosi approssimativa era riassunta in una sola parola: "polmonite", derivata da una veloce radiografia fatta al pronto soccorso.

«Da quanto tempo non fa controlli?» La classica domanda del medico che inchioda tutti i pazienti alle loro responsabilità e alla troppa fiducia che spesso si ripone nel funzionamento del proprio corpo.

«Mi appello alla convenzione di Ginevra per non rispondere» dico in un sorriso, anche se il dottore che sta esaminando in controluce la radiografia non può vedermi.

Dopo un attimo si gira, e mi guarda con aria seria. «Ginevra è mia moglie, e a casa detta un sacco di regole, in primis quella di rispondere alle domande. Se vuole la chiamo e la faccio interrogare da lei; oltretutto, è professoressa d'inglese. Ma non glielo consiglio!»

È la sera di Natale, questo signore sta facendo il suo lavoro, mentre immagino che sua moglie Ginevra stia coordinando con polso fermo la cena tra parenti. «Mi scusi, non volevo

BUON ANNO... SI FA PER DIRE

essere fuori luogo.» Arrossisco. «Lei è qui per aiutarmi e io mi metto a scherzare...»

«Primo, il fatto di scherzare sui propri malanni talvolta è positivo; secondo... preferisco sempre essere di turno nei giorni di festa. Nessuno vuole lavorare in queste occasioni e a me, invece, non dispiace liberarmi dal coacervo di parenti che aspettano solo di venire a casa mia ad abbuffarsi, spesso anche per farsi visitare, lamentando acciacchi più immaginari che reali.»

E Buon Natale anche ai parenti del dottore!

* * *

Ho imparato presto a farmi scivolare l'ospedale addosso: non avevo voglia di niente, nella borsa mia moglie aveva messo anche il libro che stavo leggendo, ma è rimasto lì sul comodino insieme al bicchiere e alla bottiglia dell'acqua.

La sveglia al mattino è alle sei; controllo parametri, poi ancora un po' di dormiveglia. Alle otto è il momento della colazione, tè con quattro fette biscottate, e resto in attesa di Martina, la OSS che fa le pulizie. Arriva verso le nove – inizialmente era un po' timorosa, per via del fatto che sono uno scrittore famoso, ma dopo aver fatto qualche battuta è riuscita a rilassarsi. Alle dieci, controllo medico; viene sempre una dottoressa, è più una cosa di routine che una vera visita: sono sicuro che la stanno tirando per le lunghe perché sono un paziente solvente, quasi una gallina dalle uova d'oro in una cittadina come la nostra.

Ore undici, tocca al fisioterapista: non posso fare sforzi, è vero, ma qualcuno deve pur tenere in salute le gambe che da molti anni non posso più controllare. Questo esercizio fisico indotto mi mette appetito e a mezzogiorno è già l'ora del pranzo; presumo che i miei pasti arrivino da fuori, ho un minimo di scelta che posso selezionare il giorno prima. Qualche volta nel piatto non arriva ciò che ho ordinato, ma non mi lamento, come non mi lamento del cuoco che, probabilmente, le uniche stelle che ha visto sono quelle degli schizzi d'olio sulle mani durante la preparazione dei fritti!

Nel pomeriggio, un magnifico sole mi raggiunge attraverso la lunga finestra: la stanza è già calda, non potrebbe essere diversamente in un ospedale, eppure il suo arrivo mi dà l'impressione di sentire sul viso il calore che solo quei raggi luminosi sanno dare.

Alle quindici, merenda: tè e biscotti senza derivati del latte. Il tramonto giunge presto, la luce si accende automaticamente, è soffusa, sopra la testa ho un cassonetto che la dirige verso l'alto e il soffitto la diffonde in tutto l'ambiente. Gli unici rumori che si odono sono le poche voci provenienti dal corridoio, e i flaconi dei medicinali che urtano tra loro trasportati sul carrello dalle infermiere. Silenzio, mi addormento, è l'abbiocco che non mi viene subito dopo il pranzo.

Ore diciotto e trenta, cena; ho ancora la bocca impastata dai biscotti, ma poco importa visto che il cibo è quasi insapore. Se fossi non vedente farei fatica a riconoscere ciò che sto mangiando.

Ore venti, controllo parametri. In effetti, basterebbe guardarmi in viso, le guance ancora surriscaldate dal sole pomeridiano potrebbero essere sufficienti a considerarmi vivo e vegeto, invece la scheda sul tablet dell'infermiera reclama i valori di temperatura, pressione del sangue e saturazione.

E buona notte anche ai parametri!

No, la giornata non è ancora finita. Mi faccio l'unico, piccolo, regalo: col telefonino, esploro siti alla ricerca di video o vecchi telefilm in bianco e nero della mia infanzia. Si fanno le ventidue e allora sì... adesso buona notte!

Dimenticavo l'orario delle visite: essendo un paziente a pagamento, avrei diritto di ricevere chi voglio dalle otto del mattino alle otto di sera, ma la tribù preferisce attenersi alla regola generale che prescrive le visite dalle diciassette alle diciotto. Penso si siano messi d'accordo per fare i turni; già me li immagino: "... uno alla volta, uno alla volta, per carità", come nella cavatina del Barbiere di Siviglia.

Ma ora lasciate che vi racconti tutto dall'inizio, così capirete in che guaio sono finito.

26 DICEMBRE

«Non sei malato, o forse lo sei anche, ma la verità è che sei stanco, stanco di vivere!»

26 dicembre, sono passate ventiquattr'ore e la prima visitatrice è Adele: ha detto che sarebbe venuta a trovarmi e nessuno se l'è sentita di contraddirla. Mi ha portato un mazzo di fiori con relativo vaso per riporli: fa la fiorista; anzi, è "fiorista e floricoltrice". Voleva portarmi una pianta, ma le ha vendute tutte per Natale. Ha insistito per venire il giorno di Santo Stefano: "Domani il negozio è aperto, mica posso chiudere per andare a trovarlo", si era giustificata con gli altri. Adele è così: un'asperger, o autistica ad alto funzionamento, non l'ho mai capito bene. La gente farebbe fatica ad accettare le sue parole senza filtri, per questo dedica la sua vita alle piante. In negozio, la regola ferrea è quella di parlare solo di fiori, i suoi clienti lo sanno e la rispettano... e tutto fila liscio. Mi ha confessato che spesso le prudono le mani con alcune signore di un certo rango... "Sono più che altro di un certo *orango*" dice, e si morde le labbra ogni volta per non farselo scappar di bocca.

«Non sei malato, o forse lo sei anche, ma la verità è che sei stanco, stanco di vivere!» Come al solito, Adele ti mette davanti alle sue sentenze e quasi mai sbaglia.

«E cosa te lo fa pensare?» domando dopo un attimo di silenzio, per riprendermi dallo shock.

«Tutto. Per esempio, sono anni che non scrivi un libro!»

«Non ho l'ispirazione, e poi... non ne ho voglia... non hai pensato possa essere per questo?» ribatto. Usando un modo di dire che naturalmente io non potrei utilizzare, mi tremano le gambe a fare questi discorsi: in cuor mio so che non è del tutto vero quello che le ho appena detto.

«No, non accampare scuse con me. Sei stanco di raccontare le vite degli altri e anche di vivere la tua.»

Se avessi qualcosa tra le mani, mi tremerebbero anche quelle, invece sono in un letto d'ospedale, con una giovane donna che mi sta crocifiggendo usando chiodi di verità. Cerco di riprendere il respiro nonostante i polmoni malati. «Forse era vero prima, prima di conoscere Miranda, ma poi mi sono sposato, abbiamo anche una magnifica figlia adolescente...»

«Prima eri rassegnato alla tua condizione di invalido, forse non avevi nemmeno mai conosciuto l'amore.» Tace. Mentre parla non mi guarda, i suoi occhi vagano e osservano ogni cosa nella stanza: si ferma quando un ultimo raggio di sole fa capolino, veloce, tra gli spioventi di due tetti. Stringe le palpebre e prosegue. «Poi è arrivata Miranda, era oltre ogni limite di tempo, ma è arrivata. Avrete fatto sesso, penso, se è nata quella perla di Giada. Sai, è un po' come i cani...»

La guardo perplesso. «Cani? Cosa c'entrano i *cani*?»

«Me l'ha detto la veterinaria che ha lo studio di fianco al mio negozio: la maggior parte dei cani da appartamento non viene mai fatta accoppiare nella vita, anzi, spesso ci si toglie la preoccupazione... e ZAC!» esclama, mimando le forbici con le dita.

«Io non ho subito nessuno "ZAC"» preferisco chiarire.

«Lo spero bene, ma è un po' come i cani che, invece, almeno una volta, praticano il sesso: se non lo hanno mai fatto sono tranquilli, al massimo un'odorata a una femmina incontrata per strada e via; ma dopo averlo provato, molti diventano irrequieti!»

Deglutisco. «Vuoi dire che sono diventato "irrequieto" dopo aver conosciuto Miranda?» Sono basito dalla piega che ha preso questa conversazione, anche perché Adele è una figlia per me; è come se l'avessi adottata quando la madre ci ha lasciati. Più che altro l'ha adottata Gina, e ormai fa parte della tribù.

26 Dicembre

«Gli esseri umani possono dimostrare irrequietezza in tante maniere: con la delusione, vivendo di ricordi, anzi no... peggio... vivendo *nei* ricordi.»

Un chiodo mi trafigge il cuore, forse compare persino una smorfia sul mio volto. «Mi sa che non posso darti torto...» confesso a bassa voce.

Adele si alza dal secondo letto, inutilizzato, che c'è nella stanza, sul quale si era seduta appena arrivata: s'avvicina e mi prende la mano.

«Qualche mese, forse un anno; in poco tempo tutto è cambiato con Miranda in casa. È cambiato ancora quando lei ti ha lasciato dopo la nascita di Giada: passato qualche anno, è tornata... e ti sei illuso, ma non era più la stessa Miranda...»

«Cosa te lo fa credere?» Penso a quanto sono gelide e spietate le sue parole mentre è caldo e rassicurante tenere la mia mano nella sua.

«La vita. Semplicemente, la vita è così.» Si volta per un attimo e si risiede sul letto, mentre la mia mano resta abbandonata in maniera quasi implorante. «La gente entra nella tua vita, anzi entra ed esce a suo piacimento se glielo permetti, tutte le volte che vuole, spesso ti trascina nella sua facendoti vedere albe e tramonti coi propri occhi. Sarà vedere il mondo con quegli occhi che ti mancherà poi, quando se ne andranno.» Mi guarda, finalmente: il suo sguardo diretto è cosa rara, il suo volto assume un'espressione di dolcezza che non ho mai visto prima.

«Ho letto qualcuno dei tuoi libri... tutti belli i personaggi, tutte belle le storie... tutto troppo bello, nonostante i problemi che hanno. Forse quella è la vita che avresti voluto vivere, quella che ti eri immaginato. Poi è arrivata Miranda con la vita vera... una vissuta alle spalle e una ancor più lunga davanti a lei!» Adele si alza per andarsene, si gira, mi guarda e non c'è più dolcezza nei suoi occhi. «È passato il tempo, il tempo che va e tutto cambia: cose, situazioni, ma soprattutto le persone.»

Quanti Misfatti, Mio Scrittore

Non sento più niente intorno a me, sono intontito, avverto gli occhi inumidirsi e mi volto a guardare fuori dalla finestra, per non mostrare la mia debolezza. Penso che Adele se ne sia andata, poi sento delle labbra sulla fronte e, attraverso le lacrime che mi appannano lo sguardo, vedo il suo volto e sento la sua voce. «Buona notte, Scrittore.»

Buona notte, mondo reale.

Ho chiesto una pastiglia per dormire all'infermiera che è venuta a prendere i parametri. «Capisco, non deve essere bello finire all'ospedale il giorno di Natale. Dovrei avere l'okay dal medico, ma le darò qualcosa di leggero. Lei non usa sonniferi a casa, vero?»

27 DICEMBRE
Tardo Pomeriggio

Inizio a pensare che sia una specie di lotteria, so che la porta della stanza si aprirà, ma nei messaggi che scambio durante la giornata con la tribù non risulta mai chiaro chi verrà a trovarmi.

«*Eccheppalle*! Che posto di merda!» La porta si apre di scatto e una ragazza fumante di rabbia fa il suo ingresso, facendomi sobbalzare. Ne deduco che oggi sia il turno di Giada, mia figlia, ormai una *vecchia* adolescente visto che tra poco compie i diciotto anni.

«Per la miseria! Ti sembra il modo di comportarti in un ospedale?» rimbrotto.

«Eh, no! Adesso non mi scassare anche tu! Non volevano farmi entrare, dicono che i ragazzi devono essere accompagnati da un adulto... 'sti coglioni... gli ho risposto che conosci il sindaco!» mi dice, buttandosi distesa sull'altro letto della stanza per leggere più comodamente gli ultimi messaggi sul telefonino.

«Forse due o tre sindaci fa, quello di adesso manco so che faccia abbia!»

«*Ecchisenefotte*... alla fine un medico ha detto di lasciarmi passare, almeno uno intelligente c'è qui dentro! Vediamo chi ha messo dei like ai miei post mentre litigavo là fuori...»

Non oso disturbarla in nome del silenzio e della calma che tornano nella stanza... ma dopo cinque minuti azzardo un: «Tutto bene a casa?».

«Solito, cosa vuoi che succeda, poi in questi giorni c'è il mortorio in giro...»

Passa ancora qualche minuto, la luce serale si accende e Giada, per un momento, stacca gli occhi dal telefonino per guardare il soffitto illuminato. Mi dico *"ora o mai più"* e faccio la domanda che volevo fare anche prima.

«Sei riuscita a portarmi il notebook che ho chiesto stamattina alla mamma?»

«No, me lo sono dimenticata, te lo porterà qualcun altro, domani o dopo.» Alza le spalle, noncurante.

«Una cosa avevo chiesto...» Dico queste quattro parole e subito me ne pento.

«*Scialla*! Non è la fine del mondo! Che *trigger*! Hai paura che ti *ghostiamo*?»

Alla mia età impiego un po' per tradurre la frase dallo *slang* giovanile. Alla fine mi sembra di aver capito che non devo rompere ma stare tranquillo, tanto non si dimenticheranno di me.

Giada salta giù dal letto come una cavallerizza al circo che scende dal cavallo in corsa. «Ah, Papino!»

Questa espressione la usava sempre quando parlava con me da bambina e ancora mi intenerisce il cuore, anche se ho imparato sulla mia pelle il nuovo uso che ne fa da qualche anno: una richiesta, normalmente accompagnata da un considerevole esborso di denaro.

«Papino, un mio amico sta vendendo la macchina... non è molto grande, pensavo che poteva essere perfetta per me!» Si siede sul mio letto e mi guarda con occhi dolci.

«Ma se non hai ancora diciotto anni, e tantomeno la patente...»

«Ecco, *eccheccaz*... mai una volta che si può andare un po' in là col pensiero!» sbuffa e si gira verso la porta, braccia conserte e piedi incrociati a penzoloni dal letto.

«Okay, ma cerca di capire, sono da due giorni in ospedale, non so ancora cos'ho, e mi piombi qui con questa richiesta!»

«Ma va, stai benissimo! Guarda, mi sembri anche più colorito di quando sei a casa.»

«Certo, è per via del caldo che c'è qui, per quello sono così colorito!» Inizio a essere un po' irritato, ma stringo i denti.

27 Dicembre

«Dovevi portarmi il computer e non me lo hai portato... Sei venuta solo per chiedere di comprarti la macchina?»

«Sì, perché? Accidenti alla litigata, stavo pure per dimenticarmene!»

Buona notte, piccola Giada, mia adorata, come quando da piccina, disteso sul divano, ti addormentavi sulla mia pancia.

28 DICEMBRE
Pomeriggio

Sono ancora intorpidito dalla *siesta* pomeridiana, quando sento un "toc"; non ci faccio caso, ma poi ne avverto un altro e allora capisco che c'è qualcuno che sta bussando. «Avanti!» dico, forse con voce un po' troppo bassa. L'effetto è una bussata più energica: "TOC, TOC". Prendo un respiro e rispondo, con altrettanta forza: «AVANTI!», sforzando i polmoni malati.

«Mi scusi... posso entrare?» La porta si socchiude e appare un ciuffo di capelli scuri e disordinati su un viso sottile: è la nostra domestica a ore. All'anagrafe si chiama Girolama, poi semplificato in Gemma, ma tra noi è la *Signora Miscusimiscusi*. Sono stato il primo a chiamarla così, dato il suo intercalare.

«Venga, venga, non resti sulla porta!» Sono felice di vederla.

«Mi scusi, non avevo sentito se mi aveva risposto, e così ho bussato un po' più forte.»

«Tranquilla, come vede sono solo in stanza, non dà fastidio a nessuno.»

La parola "fastidio" le fa trovare un'altra ragione per scusarsi. «Mi scusi se la disturbo anche qui, ma mi hanno detto di portarle questa borsa col computer. Spero non si sia rovinato; sa, venendo con l'autobus...»

«Oh! Grazie, molto gentile!» le rispondo, mentre l'appoggia al mio fianco, sul letto, come se fosse la reliquia di un santo.

«Mi scusi, mi hanno chiamato ieri pomeriggio sul tardi per dirmi di andare a prendere subito il computer a casa sua e di portarglielo, ma non ho fatto in tempo...»

«Non si preoccupi, non c'era tutta questa urgenza.» Penso sia stata Giada a chiamarla in un momento di pentimento.

«Sa i figli come sono, chiedono e vogliono tutto subito.» Alla parola "figli", mi viene in mente di chiedere: «A proposito... tutto bene Marilù?».

Marilù in teoria sarebbe sua figlia, in pratica non si è mai capito se esista veramente o se sia solo il frutto della sua immaginazione.

«Oh, sì, grazie! Mi scusi se non gliel'ho mai detto, ma sta leggendo anche gli ultimi suoi libri e le stanno piacendo molto!»

Considerando che sono diversi anni che non pubblico niente, mi sembra che l'immaginazione stia iniziando a prendere troppo piede, ma ormai tanto vale dare corda al discorso.

«Me la saluti!»

«Senz'altro! Mi scusi se glielo domando, ma lei come sta?»

«Potrei stare meglio, vediamo cosa diranno gli esami.»

«Mi scusi, adesso devo proprio scappare, prima di cena ho ancora le pulizie di due uffici da fare...»

Più che una visita è stata una "toccata e fuga", così sento che mi torna l'abbiocco e mi riaddormento. Mi sveglio con l'impressione che la conversazione con la signora *Miscusimiscusi* sia stata solo un sogno. Per scrupolo allungo lo sguardo, la vecchia borsa di pelle con il computer è lì per terra, appoggiata al comodino.

Finita la cena, chiedo alla OSS di portare via solo il vassoio e di lasciarmi il tavolino pieghevole su cui viene appoggiato per farmi mangiare comodamente: le chiedo anche di togliere il computer dalla borsa e di collegare l'alimentatore alla presa di corrente.

Una volta sistemato il tutto, mi guarda perplessa. «Deve stare attento, questi tavolini non sono molto robusti, qualche volta è capitato che i piatti siano volati sul letto... un disastro!»

E buona notte anche al computer!

29 DICEMBRE
Pomeriggio

Sono ancora nel dormiveglia, penso sia quasi ora della visita giornaliera, ma non ho voglia di aprire gli occhi e men che meno di cercare il telefono per vedere che ore sono. Deglutisco un po' di saliva in eccesso e mi viene un leggero colpo di tosse, ma questo non mi impedisce di continuare a tenere gli occhi chiusi e di godermi il silenzio della stanza, che si affaccia su una via secondaria dove passano solo poche auto dei residenti.

Dopo qualche minuto, noto che il silenzio sembra interrotto da un leggerissimo sibilo; non so nemmeno io come faccia a sentirlo, visto che le mie orecchie non sono più quelle di una volta: penso sia entrato un insetto, magari una cimice, ma mi sembra strano visto che siamo a dicembre. La cosa m'infastidisce un po', così, mio malgrado, apro un occhio, il sinistro, quello rivolto verso la porta: è ancora impastato dal sonnellino, ma mi mostra subito una massa scura sul letto vuoto di fianco al mio. La decisione di aprire anche l'occhio destro è inevitabile. Piano piano, la massa scura viene messa a fuoco... è Gina!

«Da quanto tempo è qui?» biascico.

«Un po'!» mi risponde, con la voce di una ragazzina. Sorride, inclinando la testa di lato e alzando piano le spalle.

«Un po' quanto?»

«Oh! Un po' è un po' e basta!» Si alza, viene verso di me e mi bacia in fronte... poi vede che i cuscini sono sghimbesci: è più forte di lei, mi infila una mano sotto l'ascella per spostarmi e li sistema. «Ecco, adesso starà più comodo.»

«Grazie. Quindi è stata qui a guardarmi dormire... spero di non aver parlato nel sonno, magari ho detto qualcosa di indecente...»

«Ma no, stia tranquillo! Mi piace guardarla dormire.» Appena finita la frase ho l'impressione che si sia pentita di averla detta; involontariamente dalle sue labbra è fuggito un piccolo grande segreto.

«Oh! Questa è bella!» rispondo. «E... da quando le piace guardarmi dormire? Ma soprattutto, quante volte è successo?» Non so se preoccuparmi, ma sul momento questa rivelazione involontaria mi diverte e un po' mi commuove.

«Vabbè, senta... visto che ormai ho fatto la frittata, tanto vale che glielo dica... Sono sempre stata un po' innamorata di lei, così, quando siamo rimasti alcuni mesi insieme su in collina, a casa di Miranda... si ricorda quando se n'era andata e stavate per separarvi?»

«Gina... come faccio a dimenticarmi una cosa del genere?»

«Ecco, lei si metteva tutti i pomeriggi a fare un sonnellino sul divano in veranda: un giorno mi sono ricordata quello che Miranda mi aveva raccontato... di suo papà che era morto su quel divano, facendo appunto il sonnellino pomeridiano. Così, una volta, non sentendola per un tempo più lungo del solito, sono venuta a controllare.»

«E naturalmente ero vivo!»

«Già, ma era fermo e immobile...»

«Sa... stavo dormendo, non ho mai sofferto di sonnambulismo e, comunque, nelle mie condizioni avrei avuto qualche problema ad alzarmi» le faccio notare con un sorriso.

«Sarà stata la suggestione del ricordo di Miranda, ma mi sono spaventata parecchio. Sembrava non respirare, cosa potevo fare per capire che non fosse morto?»

«Avrebbe potuto toccarmi una spalla e chiedermi se ero vivo...»

«L'avrei svegliata... Ho pensato di avvicinare la faccia alle sue labbra, avrei sentito il respiro, e così ho fatto.»

«E respiravo, così se ne sarà tornata tranquilla in cucina!»

29 Dicembre

«Respirare respirava, il suo alito era dolce... e...»

La mia preoccupazione sale leggermente. «E...?» Racchiudo in quell'unica lettera tutta l'ansia che sto accumulando.

«... e, piano piano, ho appoggiato le mie labbra sulle sue...» La voce di Gina trema come non mai, mentre si strofina le mani nervosamente, in attesa della mia reazione.

«Gina... vuol dire che non mi ha toccato la spalla per non svegliarmi, ma ha finito poi per baciarmi?» Questa rivelazione fa scomparire la mia ansia e mi scioglie il cuore.

«Sì... però lei ha corrisposto!» dice, con le guance in fiamme e il tono di chi cerca una giustificazione: ha tenuto questo segreto nel suo cuore per oltre quindici anni e adesso si sente come nuda davanti a me.

«Oh, Signore! Questa proprio non me l'aspettavo!» Passi il bacio, ma scoprire che avevo collaborato mi turba un po'.

«Forse stava sognando, sono sicura che avrà pensato fossi Miranda. Comunque, per me...» tentenna, sembra indecisa se continuare con qualche altra rivelazione, «... è stato uno dei momenti più belli della mia vita!»

Sento una fitta al cuore e non so più se è per le sue malandate condizioni, per l'emozione o per qualcos'altro. «Gina, devo confessarle che ho sempre avuto il sospetto che lei fosse un po' innamorata di me, ma poi ha sposato il mio amico Oreste e vi ho sempre visti così felici.» A questo punto anch'io mi lancio in qualche confidenza, ma poi mi viene in mente una cosa. «Aspetti un attimo, ma questo bacio... se me l'ha dato, o forse dovrei dire se *ce lo siamo dati*, quando eravamo nella casa di famiglia di Miranda, vuol dire che era già sposata da almeno un anno e più!»

«Sì, è vero...»

«Oreste sa di questa cosa? Non penso possa mai sfuggirmi con lui, ma non vorrei fare delle gaffe!»

«Tranquillo, gliel'ho confessato già da tempo... quando salta fuori lo chiamiamo il *piccolo misfatto*» dice sorridendo. «La storia tra me e Oreste la conosce, sa che ci siamo ritrovati soli e con una certa età alle spalle; verrebbe quasi da dire che il nostro è un matrimonio di convenienza, ma preferisco dire di affetto, supporto e vicinanza.»

«No, no, dica pure convenienza, soprattutto da parte di Oreste, che si è ritrovato in casa una cuoca a tre stelle!» Ho sempre pensato che la fortuna d'incontrarsi avesse baciato entrambi, e questa fortuna indubbiamente gliel'avevo servita io su un piatto d'argento, facendoli conoscere! Ora però mi viene un altro dubbio... «Sta storia del bacio... quante volte si è ripetuta?»

«Mai! Solo quella volta! Ci sarebbero stati almeno due rischi se si fosse ripetuta.»

«Due rischi?»

«Il primo, che si potesse svegliare. Chissà cosa sarebbe successo...»

«In effetti, a così tanto tempo di distanza, non potrei dire come avrei reagito... E la seconda?»

«Che era stata troppo bella quell'unica volta e non volevo rovinarmi il ricordo della dolcezza sulle nostre labbra!»

* * *

Mi domando quando sia successo il "piccolo misfatto", ma è passato troppo tempo e sono distratto da questa cosa del dolce sulle labbra: ora sento solo un pessimo sapore in bocca.

«Per fortuna non le è venuto in mente di baciarmi oggi, non sarebbe stato così dolce: qua il vitto è pessimo!»

«Sì, lo so! Quando fui ricoverata, qualche anno orsono, per un piccolo intervento, non mangiai quasi niente. Per questo, stamattina ho pensato di prepararle qualcosa.» Prende la borsa che aveva appoggiato sul letto di fianco, tira fuori un sacchetto e me lo porge. «Per un paio di giorni almeno, la merenda sarà salva!» mi dice sorridendo.

29 Dicembre

Apro il sacchetto e l'inconfondibile profumo dei suoi biscotti riempie la stanza: il fatto non mi sorprende, Gina non va mai in visita a mani vuote. Sono sicuro che, se avesse potuto, mi avrebbe portato anche tre fette del suo arrosto, e magari pure le patate! La tentazione è troppo forte e ne assaggio subito uno.

«Finalmente qualcosa di positivo nella mia forzata permanenza qui.»

Sorride, ma cambia quasi subito espressione: capisco che vuole affrontare un discorso serio. «Ho saputo delle visite dei giorni scorsi: le ragazze l'hanno strapazzata per bene!»

«In effetti... Adele e Giada sono state pesantucce, mentre la signora *Miscusi-miscusi* è stata gentilissima, come al solito.»

«Gliel'ho dato io il computer: ho incrociato Giada sul portone e mi ha detto che era molto arrabbiato perché si era dimenticata di portarglielo, così ho pensato di farglielo avere dalla signora *Miscusi-miscusi*, visto che io non potevo venire ieri.»

«Mi sembrava strano che Giada avesse chiamato la signora *Miscusi-miscusi...*»

«Giada? Non sa nemmeno il suo numero! Quando ha bisogno di qualcosa chiede alla mamma, o a me... più spesso a me! L'adolescenza ha colpito ancora.»

«Dice?»

«Ecco, vorrei proprio sapere: voi padri dove vivete? Lo avrà sentito anche lei che "Papino" si è trasformato in "tu-mi-stufi" nel giro di qualche mese. Per non parlare di come risponde alla madre...»

«Oh! Venite tutti qui solo per farmi la predica?» In un attimo siamo passati dalle smancerie alle critiche.

«A proposito, prima sono passata dal negozio di Adele: ho portato anche a lei un po' di biscotti. Sa come sono fatta, esagero sempre quando ho il forno caldo!» Tace un attimo.

«Volevo comprarle dei fiori, ma mi ha detto che glieli ha portati lei l'altro giorno.»

«Manco fossi una puerpera!» Sorrido, ma poi aggiungo, serio: «Avesse portato solo quelli...».

«Di certo non ha partorito questa volta, ma potrebbe farlo!» Sorride anche lei.

«Gina, devo averlo già detto diverse volte, ma *repetita iuvant*: lei mi farà diventare matto, prima o poi! Cosa dovrei partorire?»

«La farò anche diventare matto, ma a volte non capisco se è tonto o se fa finta...» Inclina la testa e mi guarda di sghimbescio. «Che cosa ha fatto per una vita?»

«Sono stato su una carrozzella?»

«Sì, è ufficialmente tonto!» Ormai si è convinta, ma prosegue: «Quello della sedia a rotelle è un effetto collaterale. Le rifaccio la domanda: che-cosa-ha-scritto-per-tutta-la-vita? È più chiaro così?».

«Ah! Intende i libri... Aspetti, si spieghi meglio... cosa dovrei fare?» Ho capito dove vuole andare a parare, ma chiedo conferma. «Partorire, *pardon*... scrivere un libro?»

«Mamma mia, che fatica! Mi sembra ovvio!»

«Gliel'ha detto Adele di dirmi che devo scrivere un libro?» Inizio a pensare che ci sia lo zampino della ragazza in tutto questo discorso.

«Sì e no. Non mi piace che mi si dica cosa fare, ma mi ha raccontato per filo e per segno cosa vi siete detti: con la sua sindrome ha la capacità di ripetere un discorso, anche lungo, parola per parola.» Si siede sul mio letto e mi prende la mano. La guarda per un attimo mentre l'accarezza, poi alza il viso e mi fissa negli occhi. «Sono d'accordo con Adele.»

Mi sento con le spalle al muro: dentro di me so che hanno ragione, ma, *perdìo*, lasciatemi un momento di respiro.

«Non capite niente!» replico. «Non sapete quanta forza, quanta tranquillità e quanto dolore ci vogliano per scrivere un libro!»

29 Dicembre

«Lo so benissimo... e so per esperienza che è una cosa molto bella, una cosa che ti riempie la vita.» Mi stringe la mano e due lacrime sfuggono al suo controllo. Ma è solo un attimo. Si alza dal letto e va a prendere il vaso con i fiori che ha portato Adele: hanno le teste piegate in giù, nessuno ha cambiato loro l'acqua. Mentre si dirige verso il bagno per questa operazione, continua il discorso. «Allora, il computer ce l'ha, può iniziare anche da qui, magari raccontando la sua esperienza in ospedale.»

«Secondo lei, i lettori sono interessati a sapere come sta un vecchio scrittore in un letto d'ospedale? Aspetti, Adele mi ha detto una cosa: che i miei libri sono melensi. Sì, qualcosa del genere...»

Gina torna dal bagno e i fiori già sembrano ringraziarla. «Le ha detto che scrive storie belle, personaggi belli, insomma tutto troppo bello e, magari, poco reale.»

«Dovrei raccontare cose brutte? Mi vede a scrivere, chessò... un giallo o un noir? Magari un fantasy pieno di mostri!»

«Ah! Lo Scrittore è lei, non lo chieda a me, lo prenda come un consiglio.» Intanto si risiede sul letto di fianco al mio.

Restiamo così, in silenzio, per un po'. In effetti, in questi giorni ho ripensato alle parole di Adele sui miei libri, sui miei personaggi... e ho capito che forse ha ragione. Ma che fare?

All'improvviso, mi viene un'idea e la butto lì. «Sa cosa faremo?»

Le sopracciglia di Gina si alzano in segno di preoccupazione. «Dica... già il *faremo* mi puzza di fregatura.»

«Scriveremo un libro insieme. Ha passato oltre metà della sua vita in portineria, chissà quante storie brutte di gente cattiva avrà visto e sentito: le racconteremo in un libro!»

Gina mi fissa con uno sguardo che non so decifrare; non capisco se si tratta di compassione per un vecchio povero scrittore senza idee, o di sorpresa. Si alza di scatto, prende la borsa e si dirige verso la porta senza nemmeno un saluto. La mano già sulla maniglia, si volta per guardarmi.

«Due cose: la prima, è tardissimo, tra poco le portano la cena e io sono qui a parlare con un matto! La seconda, un dato di fatto a conferma di quanto ho appena detto: lei, oltre che tonto, è anche matto, e io non voglio beccarmi decine di denunce per aver violato la privacy della gente!»

In quel momento, il primo punto si avvera. Mentre è ancora con la mano sulla maniglia, la porta si apre di scatto e l'incaricata per la consegna dei pasti la investe, rischiando di far volare in aria il vassoio con la cena e la mia stessa visitatrice!

«Gina, ancora qui?» le dice, sorpresa.

Gina guarda un attimo la nuova arrivata, sembra conoscerla; poi, girandosi verso di me, le dice: «Tranquilla, me ne vado subito da questa gabbia di matti!». Però non si muove; mi rivolge ancora lo stesso sguardo e, vedendomi lì, a letto, probabilmente le s'intenerisce il cuore, perché torna sui suoi passi, e si china a baciarmi la fronte. Mentre è giù, mi sussurra: «Poi ne parliamo di quell'idea, eh?».

***

Ho lo stomaco sottosopra dopo tutto quel trambusto e quei discorsi, non so se riuscirò a mangiare.

«Oggi menù speciale!» mormora l'incaricata, come avesse timore di essere sentita. Noto che i due piatti sul vassoio sono coperti: è la prima volta che succede. Vedo anche che ha chiuso la porta dopo l'uscita di Gina.

«*Et voilà!*» Con un gesto quasi teatrale, alza i coperchi. «Arrosto con patate e crostata di marmellata alle arance!»

La guardo perplesso. «Come mai questa novità? Finalmente il cuoco è cascato nel pentolone di olio bollente e l'avete sostituito?» domando, sarcastico.

29 Dicembre

«Non le ha detto niente Gina?» La donna mi guarda, stupita. «Prima di venire da lei, mi ha lasciato un sacchetto con l'arrosto da scaldare al microonde e la torta. Non potremmo fare queste cose in ospedale, ma per Gina...»

Resto un momento a bocca aperta. «Cosa vuol dire *per Gina*? La conosce?»

«Oh, sì! Ci siamo conosciute quando è stata qui per un piccolo intervento: anche se non stava molto bene, ci faceva ridere un sacco con le sue battute. Un giorno, parlando delle schifezze che mi obbligano a servire in ospedale, abbiamo pensato di scambiarci i numeri di telefono; quando è tornata a casa mi ha mandato un sacco di ricette carine, pure per mio figlio Giacomo, che è sempre stato problematico sul mangiare.»

E buona notte anche all'arrosto con patate di Gina, che mi ha riportato a casa per una sera, e alla crostata, con il gusto della marmellata di arance che mi accompagnerà fino a domattina!

30 DICEMBRE

Alle cinque sono già sveglio: ho dormito male, anzi, malissimo! Ho gustato l'arrosto con le patate e la torta di Gina, ma forse ho mangiato troppo e troppo in fretta, un po' come a Natale. Non sempre le cose buone, siano cibo, gesti o comportamenti, fanno bene: bisogna essere nello stato d'animo ideale per poterli apprezzare; diversamente, vedi solo il contrasto con le cose brutte e cattive che ci stanno intorno e, in definitiva, non te le godi!

Anche se so che sta per succedere, l'accensione delle luci alle sei per il controllo dei parametri mi coglie di sorpresa: i sogni fatti – ma forse erano incubi – e questo colpo di luce improvviso mi fanno pensare che sarà una giornata così, piena di cose prevedibili che però mi lasceranno sconcertato.

«Oggi prelievo del sangue. Servirà per la visita: ho visto dalla cartella che più tardi passerà il dottor Priviani per fare il punto della sua situazione.»

Accolgo la notizia dell'infermiera con piacere, ma dopo un attimo sento che mi sale l'ansia: è l'eterna incertezza scespiriana: *"Sapere o non sapere, questo è il dilemma"*. Finita la registrazione dei parametri, la donna sistema in buon ordine le pastiglie che devo prendere durante il giorno, poi mi lascia solo. La luce si rispegne: per una sorta di esercizio mentale e anche per distrarmi un po', cerco di rimandare a memoria l'opera di Shakespeare:

Essere, o non essere, questo è il dilemma:
se sia più nobile nella mente soffrire
colpi di fionda e dardi d'oltraggiosa fortuna
o prender armi contro un mare d'affanni
e, opponendosi, por loro fine? Morire, dormire...

> *nient'altro, e con un sonno dire che poniamo fine*
> *al dolore del cuore e ai mille tumulti naturali*
> *di cui è erede la carne: è una conclusione*
> *da desiderarsi devotamente. Morire, dormire.*
> *Dormire, forse sognare. Sì, qui è l'ostacolo,*
> *perché in quel sonno di morte quali sogni possano venire*
> *dopo che ci siamo cavati di dosso questo groviglio mortale*
> *deve farci riflettere.*

Mi domando perché talvolta facciamo cose con l'idea che possano portarci benefici e poi, invece, ci si ritorcono contro, come le ultime parole del monologo più famoso della letteratura. Speravo di dimenticare l'ansia dell'attesa, e invece mi trovo a tremare: alle dieci arriverà il medico e saprò.

Ma cosa?

La colazione e le pulizie scorrono via allegramente grazie allo scambio di battute con le OSS: mi accorgo di essere un po' eccessivo, il mio tono di voce è più alto del solito, le facezie al limite della decenza. In definitiva, resto in attesa, infastidito dal mio stesso comportamento. Cerco di rilassarmi; penso che, qualsiasi cosa possa dirmi il dottore, di certo non morirò entro sera.

Sono le dieci e un quarto e non si vede nessuno. Mi sento come il condannato che spera in un blocco o rinvio dell'esecuzione capitale. Dieci e venti, si apre la porta a metà e sento delle voci di donna: non è il dottore, sembra piuttosto il timbro della solita dottoressa. A conferma, dopo poco entra lei, sempre con un'aria di chi deve fare il proprio dovere, ma che andrebbe più volentieri a fare shopping.

«Non doveva venire il dottor... dottor...? non ricordo il nome...» accenno, mentre mi sta auscultando.

«Zitto, per favore!» intima. Poi, togliendosi lo stetoscopio dalle orecchie, chiede: «Chi gliel'ha detto?». Sembra infastidita. «Vabbè, soprassediamo, qui c'è sempre chi parla troppo! Quindi io non le vado bene?»

30 Dicembre

«No, no... benissimo, per carità! È solo che mi hanno detto che il dottore avrebbe fatto il punto della situazione...»

«Perché? Io non posso farlo? Basta chiedere!»

Sento che sto arrossendo. «Sì, sì, certo, scusi, non ci avevo pensato.»

«Comunque sì, era previsto che passasse Tommaso, il dottor Priviani, ma non so se ce la farà.» Già mi volta le spalle e, mentre si dirige verso la porta, butta lì un: «Arrivederci!», di circostanza.

Mi rilasso: la sentenza o l'esecuzione sono rimandate!

Penso che, nonostante tutto, mi gusterò il pranzo. Mentre attendo, scambio qualche messaggio con la tribù e vengo a sapere che oggi sarebbe dovuta passare Miranda, ma non verrà perché ha dovuto fissare una visita a un appartamento di pregio con un cliente che viene da fuori città. Vivere con un'agente immobiliare è un po' come vivere con un medico, tra imprevisti, visite e impegni improrogabili. Vorrà dire che nel pomeriggio riprenderò in mano il libro che stavo leggendo prima di venir ricoverato. Meglio se inizio da capo, visto che non ne ricordo nemmeno il titolo!

Manca un'ora al pranzo e mi sento più rilassato: guardo fuori dalla finestra, è una bella giornata, il cielo è terso...

Farà molto freddo, penso, e mi godo il caldo delle coperte, tanto che gli occhi, piano piano, si chiudono. Sento il suono delle campane. So che c'è una chiesa in zona: alle nove e un quarto avverto i rintocchi per la messa del mattino, e alle sei del pomeriggio quelli del vespro. Ma adesso sono le undici. Presto più attenzione, tenendo sempre gli occhi chiusi: sì, quasi fossero un macabro presagio, stanno suonando a morto.

Quanto tempo sono rimasto così? Dieci minuti? Ho dormito? Forse sì, ma sento la porta aprirsi e la dottoressa entrare con un carrello. Nemmeno mi saluta; lo ha già fatto prima, basta e avanza. Traffica con l'apparecchiatura che ha portato e capisco che è il momento dell'elettrocardiogramma.

Azzardo una domanda. «Devo slacciarmi il pigiama?»

«Stia tranquillo, non si agiti, ci penso io.»

Dieci minuti e il mio cuore è lì, sulla carta, senza più segreti.

30 DICEMBRE
Pomeriggio

Ho mangiato, posso dirvi solo questo, non ricordo cosa! Un po' riluttante, cerco di fare quello che mi ero riproposto stamattina: leggere il libro. Non ne ho molta voglia, altri pensieri mi girano in testa: so che la macchina a cui sono collegato serve in qualche maniera a tenere sotto controllo il cuore, ma forse un elettrocardiogramma dà maggiori informazioni e questo mi preoccupa un po'. Ripenso alla dottoressa scorbutica che è passata due volte, così mi viene in mente che non ho visto il *figoterapista*: ho soprannominato così Antonio, il fisioterapista. È lo stereotipo dello sportivo bello, abbronzato, muscoloso e che gira sempre in maglietta.

Dopo mezz'ora mi accorgo di aver letto tre pagine scarse, quando si apre la porta: rieccola, la dottoressa. Sembra ancor più irritata del solito; anche questa volta, si accompagna a un carrello con un'apparecchiatura, che però non riconosco. Mi lascio sfuggire un: «Terza visita, oggi».

«Le dà fastidio vedermi? Non sono qui per divertirmi, anzi, sono già oltre il mio orario, ma in questo periodo siamo pochi!»

"Un bel tacer non fu mai scritto..." Quindi mi taccio, e aspetto gli sviluppi della situazione.

Dopo aver trafficato con i cavi, la dottoressa si avvicina e mi toglie un cuscino da dietro la schiena. «Deve stare più giù, se no non riesco a farle l'ecografia a tiroide e paratiroide.»

Anche in questo caso, in dieci minuti è tutto finito. Prima che la donna esca con tutto l'armamentario, azzardo: «Come l'ha trovata?». Ovviamente parlo della mia tiroide.

«Senta, non mi faccia domande! Già sarebbe dovuto venire l'endocrinologo a fare l'esame, ma forse arriverà più tardi... tanto c'è qui la scema del villaggio a cui far fare gli straordinari!» Le ultime parole mi arrivano dal corridoio, un attimo prima che la porta si chiuda, sbattendo, e sono chiaramente indirizzate a chi c'è dall'altra parte più che al sottoscritto.

Tutto questo trambusto ha spezzato la routine: da un certo punto di vista mi fa piacere, dall'altro mi preoccupa. Pensandoci bene, mi rendo conto che forse tutti questi controlli sono necessari: magari avrebbero dovuto farmeli anche prima, ma il periodo natalizio è quello che è, il personale si prende qualche giorno di riposo... e forse la dottoressa non ha tutti i torti a essere arrabbiata.

Mi giro lentamente e riprendo il libro dal comodino: nemmeno il tempo di ritrovare il punto dove ero arrivato, che si apre ancora la porta. Ormai non è più una stanza, è un porto di mare!

Questa volta il carrello non basta; l'infermiera, accompagnata da un robusto collega, cerca di far entrare una specie di gru. Dopo diversi tentativi e qualche accidente, riescono a far passare l'attrezzatura dalla porta e a metterla in posizione sopra al letto.

«Avete intenzione di sollevarmi per buttarmi fuori dalla finestra?» domando con tono scherzoso.

«Che dice? È matto?» mi risponde l'infermiere. «Se avessimo dovuto buttarla fuori dalla finestra non avremmo scomodato questo costoso apparecchio. Ci avrei pensato io... l'avrei afferrata e... via!» Mima il gesto con le mani e si mette a ridere insieme alla collega. «Ci vediamo dopo la radiografia... tra poco arriverà il dottore.»

«Ancora lei? Sarà incavolata come pochi!»

«Chi? Nicoletta? No, no, è andata via poco fa... per fortuna!» Il tono dell'infermiera fa capire quanto la dottoressa sia apprezzata in reparto. «E poi, per la radiografia ci vuole un radiologo.»

30 Dicembre - Pomeriggio

Altro giro, altra apertura di porta. Entra un dottorino minuto, occhialini tondi, bardato con un lungo camice piombato.

«Buon giorno, buon giorno. Non si preoccupi, faccio tutto io, potevano dirmelo che non era autonomo nei movimenti, che fatica. Ecco, adesso è pronto. Non respiri, ora respiri, ancora un momento. Non respiri, respiri. Fatto, la saluto!»
La fretta del dottorino mi ha ricordato gli elfi di Babbo Natale che lavorano veloci per preparare i giocattoli da consegnare ai bambini di tutto il mondo.

Sono quasi le cinque del pomeriggio e, finalmente, tornano pace e tranquillità nella stanza: è stata una giornata campale.

Vorrei riposare un po', ma sono sovraeccitato da tutta questa attività adrenalinica: mi sento stordito, mi manca l'aria. Forse ho bisogno di un po' di ossigeno, così chiamo l'infermiera, che arriva subito per attivarlo e regolare il flusso al minimo. Mi tranquillizzo, e il sibilo leggero che proviene dalla mascherina concilia il sonno: le palpebre si chiudono piano, mentre penso che la giornata non è ancora finita.

30 DICEMBRE
Sera

È stata una giornata davvero pesante: per fortuna, quando è arrivata la cena, stavo meglio e non avevo più bisogno dell'ossigeno. La cosa sorprendente è che, pur non facendo nulla, tutto sommato ho sempre un discreto appetito. Stasera il cuoco si è superato, il risotto con la zucca e il petto di pollo con carciofi erano veramente buoni. Anche l'ansia che mi ha accompagnato tutto il giorno, in attesa della visita per fare il punto della situazione, è andata scemando man mano che passavano le ore: so benissimo che prima o poi ci sarà, ma adesso posso godermi questa serata in santa pace, magari riprendendo la lettura interrotta nel pomeriggio.

Prendo il libro, cerco la pagina, ma ancora la mente mi riporta alla giornata di oggi. Faccio una sorta di inventario degli esami: prelievo del sangue stamattina, elettrocardiogramma, ecografia alla tiroide e radiografia ai polmoni, forse per controllare se la polmonite diagnosticata all'entrata è migliorata o peggiorata. Con tutto questo ben di dio di controlli, direi che il dottor Priviani nei prossimi giorni potrà farmi un quadro della situazione decisamente dettagliato.

Qualcuno bussa alla porta, che si apre piano.

«Avanti, avanti!» dico, sorpreso da questa ulteriore visita fuori orario, e soprattutto dall'aspetto dell'elegante signore che entra.

Indossa un abito grigio con gilet, camicia azzurra, cravatta di seta motivo cachemire rosso. Si ferma un attimo a guardarmi, sembra timoroso, come se fosse stato qualche minuto fuori dalla porta con la mano sulla maniglia, indeciso se entrare o meno e, ora che è dentro, voglia capire con chi ha a che fare prima di iniziare il suo discorso. Mi fissa e capisce che non può stare lì impalato a lungo, soprattutto senza presentarsi.

«Piacere, sono il dottor Priviani!»

La mia speranza di una serata tranquilla svanisce con queste semplici parole.

«Piacere mio!» Dal letto allungo la mano. Colto di sorpresa, il dottore – o forse è un professore, chissà – si avvicina per venire a stringermela, ma prende male le misure e urta il letto di fianco al mio.

«Accidenti, questa camera privata è più piccola delle altre stanze.»

«Per fortuna non soffro di claustrofobia!» cerco di tranquillizzarlo.

«Anzitutto devo scusarmi, in primis per l'orario inconsueto... normalmente le visite si fanno a inizio giornata.»

«Infatti pensavo passasse alle dieci, come fa di solito la dottoressa.»

«Sì, quello sarebbe stato l'orario giusto, ma sono rientrato stamattina in ospedale dopo aver passato un paio di giorni a sciare con i miei figli: sono divorziato, ma le feste sono sacre per me e ci tengo a stare con i ragazzi...»

«Fa bene, anch'io ho una figlia...»

«Sì, lo so, Giada, una bellissima ragazza...» dice, mentre si gira e prende la sedia per accomodarsi di fianco al letto.

Va bene che come scrittore sono abbastanza conosciuto, ma di certo la mia vita privata non desta alcun interesse per i giornali rosa, quindi resto sorpreso dal fatto che il dottor Priviani sappia che mia figlia si chiami Giada, e pure che sia una bella ragazza.

«Dicevo che sono rientrato e non ho trovato nessuno degli esami che dovevano farle in questi giorni e senza i quali non avrei potuto diagnosticare cosa le sta succedendo.»

«Ora capisco perché questa stanza oggi è stata tutto un via vai di medici e apparecchiature varie!»

30 Dicembre - Sera

«Sì, mi scusi ancora per questo disagio, soprattutto per il fatto che, essendo nostro ospite a pagamento, avremmo dovuto essere più solleciti.»

Più che frasi di circostanza, mi sembra che il dottore la stia tirando per le lunghe, e la cosa mi preoccupa un po': cerco di riportare il discorso sugli argomenti che mi hanno tenuto sulle spine tutto il giorno.

«Devo confessarle che stamattina, quando ho saputo della sua probabile visita, mi è salita l'ansia: per tenerla a bada mi sono detto che, tutto sommato, non sarei comunque morto entro sera.»

Sorride. «Buona tecnica, mi avevano detto che è un tipo piacevole e che sa affrontare le situazioni con un certo spirito.»

Chi ha detto *cosa?*

Il dottore ora è più rilassato, seduto sull'unica sedia della stanza: chissà come mai si è presentato così in borghese, niente camice, nemmeno una copia degli esami fatti, come se fosse un amico che è passato a trovarmi all'ultimo momento, sapendo che oggi non era venuto nessuno della tribù.

«E quindi?» lo incalzo.

«Mi scusi, lei vuole avere informazioni sul suo stato di salute e io la tiro per le lunghe!» Ecco, bravo, te ne sei accorto! «In effetti, le porto due notizie...»

«Allora prima la buona e poi la cattiva!»

Il dottor Priviani sembra iniziare a patire il caldo che c'è nella stanza e si passa il dito nel colletto della camicia, cercando di allentare un po' il nodo della cravatta.

«Forse non mi sono espresso bene...» La sua voce si è abbassata a poco più di un sussurro.

«Vuol dire che non sono le classiche due notizie, la buona e la cattiva?» Ora sono veramente preoccupato.

«Le porto due notizie non belle e, in qualche maniera, tutt'e due legate al cuore.»

«Ho capito... allora iniziamo dalla meno peggio!»

«Dalla meno peggio per lei o per me?»

A questo punto sono confuso: che significa *per lei o per me*? «Facciamo che se è meno peggio per lei lo sarà anche per me» rispondo, ma sono poco convinto.

«Non sono sicuro che lo sia anche per lei, ma comunque... sì, insomma...» Il dottore tentenna, sembra indeciso se dire quello che sta per dire o tacere. Alla fine, si decide. «Mi sono innamorato di sua moglie Miranda!»

Mi sa che stasera prima di dormire chiederò una camomilla... con una buona dose di gocce calmanti!

E buona notte anche ai figli del dottor Priviani.

31 DICEMBRE

È l'ultimo giorno dell'anno, quello in cui ci si prepara a far saltare i tappi delle bottiglie: per me il tappo è saltato ieri sera, con le notizie che mi ha portato il dottor Priviani. Anzi, ora posso anche chiamarlo Tommaso, visto che è praticamente *di famiglia*.

L'attesa del domani in un letto d'ospedale è così piena di incognite, che le tue forze interiori non sanno dove dirigersi; girano dentro, caricandoti, come l'anidride carbonica che si forma in una bottiglia di spumante. Ora che il tappo è saltato grazie ai discorsi fatti con Tommaso, mi sento più rilassato.

Devo ammettere che è stato geniale nel venire a parlarmi dei miei duplici problemi di cuore quando la giornata stava per finire: forse più che geniale è stato "scientifico". Tempo fa lessi uno studio pubblicato sul *Journal of Neuroscience*, secondo cui è meglio ricevere le cattive notizie quando siamo già sulle spine per qualcos'altro... E ieri, in effetti, è stata una giornata all'insegna dell'ansia.

L'ulteriore sorpresa è arrivata con l'ultima frase di Tommaso prima di andare via. Mi ha preso la mano tra le sue e, sorridendo, mi ha detto: «Pur essendo nella posizione giusta per sbarazzarmi del mio rivale in amore, viste le sue precarie condizioni di salute, le assicuro che non farò nulla per nuocerle: Miranda ne soffrirebbe troppo. La strada giusta penso sia quella della collaborazione, per la serenità e la gioia della persona che entrambi amiamo».

* * *

Ah, già! Vorrete sapere anche l'altra notizia sul mio cuore: è molto affaticato! In più, la tiroide è messa male; l'unica nota positiva viene dalla cassa toracica: sembra che la polmonite sia guarita, grazie agli antibiotici presi in questi giorni. Se poi vogliamo trovare un'altra buona notizia nei discorsi fatti da Tommaso, pare che potrò partecipare, sulla mia fida sedia a rotelle, alla festa di Capodanno in programma stasera qui nel reparto.

Forse vorrete anche sapere che fine ha fatto Miranda: è da Natale che non la vedo. Tra un impegno di lavoro e l'altro non ha avuto tempo di passare. Certo, ci siamo sentiti, ma a parte discorsi laconici con qualche *'ma adesso come stai?',* non abbiamo mai parlato d'altro, men che meno di quello che mi avrebbe detto Tommaso. Mi ha assicurato che oggi verrà; potrei essere in ansia per questa visita, ma non lo sono. La solitudine non mi spaventa. La mia vita, a ben guardare, è pervasa di solitudine, anche se negli ultimi anni la mia casa silenziosa si è riempita di gente che ha sconvolto le mie routinarie abitudini.

Deng! Mi è arrivato un messaggio: *lupus in fabula...* è Miranda!

"Ciao! Non ti chiedo come stai, penso che tu sia abbastanza sconvolto. So che hai conosciuto Tommaso... oggi pomeriggio passo a trovarti... se vuoi..."

'... se vuoi...' come se cambiasse qualcosa. Rispondo: *"Certo che voglio! Anzi, ho proprio voglia di vederti e abbracciarti... se possibile!".*

Sì, è così, ho proprio voglia di vederla. Non ci saranno screzi, litigi, contestazioni o cose del genere. Se vorrà parleremo della situazione; la sua, non la mia. È già capitato che mi lasciasse e poi tornasse, ma questa volta la cosa sembra molto differente, se Tommaso ha deciso di venire da me col cuore in mano. Dopo il primo momento di sorpresa, abbiamo chiacchierato fino alle dieci – è dovuto persino uscire a chiedere di riaccenderci le luci in stanza, quando si sono spente automaticamente come tutte le sere. Mi è sembrato una persona squisita ed equilibrata; "solida", come si diceva una

31 Dicembre

volta. La sua professione gli fa prendere spesso decisioni importanti per la vita della gente: questa volta, la mia salute risulta quasi marginale!

Mi è tornato alla mente il libro *L'amante* di Abraham Yehoshua: il protagonista scopre che la moglie è innamorata di un uomo sparito nel nulla, così decide di andare a cercarlo per rendere la felicità perduta alla sua sposa. Ecco, è un po' quello che sta succedendo a noi, salvo il fatto che non so ancora una cosa essenziale: Miranda è innamorata di Tommaso? Non ci sarà nemmeno bisogno che me lo dica esplicitamente... lo capirò quando parlerò con lei.

* * *

Dopo il pranzo mi sono addormentato quasi subito: il sogno che ho fatto era complesso, ma senza ansia. Mi trovavo in un enorme deposito di vestiti di scena e dovevo sceglierne uno per partecipare al veglione di Capodanno. Erano tutti molto belli e non riuscivo a prendere una decisione: appena mi toglievo quello che stavo provando, scompariva, così ne provavo un altro... e un altro ancora e ancora, e ogni volta il nuovo mi piaceva di più.

Vi confesso che nei sogni raramente mi trovo sulla carrozzina, sono sempre ben saldo sulle mie gambe e cammino, qualche volta corro addirittura. Deve essere una forma di compensazione; molte persone sognano di volare, cosa naturalmente impossibile. Allo stesso modo, io sogno di camminare sulle mie ormai inutili gambe!

Al risveglio resto ancora un po' con gli occhi chiusi e cerco di godermi il calore del mio corpo: come al solito, ho l'impressione ci sia qualcuno nella stanza e mi decido a dare una sbirciata. Miranda è seduta in fondo al letto, il suo giubbino posato su quello di fianco, insieme alla borsa. Le mani in grembo, il viso segnato da qualche lacrima, mi guarda con la bocca socchiusa, come se volesse parlare e non ci riuscisse.

Anch'io non ho molta voglia di parlare: le faccio un segno con la mano, e lei capisce subito che la voglio abbracciare, nell'unico modo che mi è concesso. Perciò si allunga al mio fianco e appoggia la testa sulla mia spalla, mentre il mio braccio gira intorno alle sue. Insieme, ci godiamo il silenzio che ci circonda.

* * *

«*Yikes!*» La porta si è aperta di scatto ed è apparsa nostra figlia Giada. «Questa poi!»
È sorpresa di trovarci "in intimità" e noi siamo sorpresi dal suo arrivo.
«Ti hanno fatto entrare senza problemi questa volta?» domando.
«Ci mancherebbe altro! E poi avevo lo sponsor con me.»
Miranda mi guarda e io guardo lei, che si gira e fa a Giada la domanda che avrei voluto farle io: «Che sponsor?».
«Tommaso, *who else*?»
Miranda impallidisce e scatta in piedi, lasciando un avvallamento caldo nel materasso.
Giada butta il suo giubbino sul letto di fianco, facendo scivolare per terra quello della madre.
«Ciao, Papino!» Con mia grande sorpresa si distende nello spazio dove un attimo prima c'era Miranda e mi dà un bacio sulla guancia. Si volta verso la madre che, da bianca, ora è diventata rossa in viso. «Vada, vada pure, buona donna, io mi tengo Papino. Lei adesso ha il suo Tommasino!»
«Scema!» Miranda sembra furiosa.
Giada si alza e le si para di fronte, faccia a faccia. «Scema a chi? A me o a te, eterna indecisa?»
Restano un momento a guardarsi in cagnesco: ho l'impressione che Miranda stia per raccogliere il giubbino da terra, prendere la borsa e uscire dalla stanza, magari sbattendo la porta. Ma mi sbaglio. Non so come faccia, ma sop-

porta lo sguardo pieno di disapprovazione della figlia, poi si siede pesantemente sul letto vuoto.

«Cosa ti ha detto Tommaso? Come ha fatto a trovarti?»

«L'ho incontrato quando sono venuta l'altra volta, è stato lui a dire di lasciarmi entrare. Comunque, con la piazzata che ho fatto, ormai mi conosce mezzo ospedale!» Ride. «Stava uscendo dallo studio dove fa le visite e, quando ha capito chi ero, ha fatto in modo che mi lasciassero passare. Mi ha anche chiesto se potevo venire oggi che mi voleva parlare.»

Miranda è sorpresa. «Che stupido!» dice, scuotendo la testa.

«Vedo che hai una parola buona per tutti. Dovresti aggiungere anche un bel *tonto* per Papino, non ti sembra?» Va verso la finestra e dice a bassa voce, come se stesse parlando tra sé e sé: «Che *dissing* del cazzo!».

Restiamo in silenzio tutti e tre: immobile nel letto, mi sembra di essere capitato in mezzo a una battaglia. Sto per fare una domanda a Miranda, ma ci ripenso: vorrei chiederle se ama Tommaso, ma preferisco rimandare a quando saremo soli.

Giada si gira lentamente, non sembra più arrabbiata come prima, forse sta cercando di capire questi due genitori *boomer* cosa vogliono fare. Alla fine, la domanda la fa lei, avvicinandosi alla mamma e prendendole le mani.

«Mi ha detto che si è innamorato di te... ma tu? Tu lo ami?»

Miranda sembra una statua di gesso pronta a sgretolarsi. Abbassa lo sguardo verso le mani intrecciate con quelle della figlia. «Sì, lo amo... amo Tommaso, amo tutt'e due.» Gira lo sguardo verso di me. «Amo anche te, *MioScrittore*, tutt'e tre, Giadina mia!»

* * *

Non sono passate nemmeno ventiquattr'ore dalla visita di Tommaso e sembra impossibile che la mia unica preoccupazione ora sia rendermi presentabile per la festa di Capodanno del reparto. Miranda forse uscirà a cena con amici fuori città e al ritorno passerà a prendere Giada, che ha organizzato una festa nella casa di famiglia, su in collina. Sarà proprio Ada a cucinare qualche snack e a tenere sotto controllo quella manciata di adolescenti. Ci sarà anche Adele ad aiutarla, cosa che mi sorprende, visto che non ama certo la compagnia degli umani, specie se in gruppo. Sono abbastanza sicuro che abbia deciso di partecipare anche per controllare che, in preda all'euforia, qualche invitato non esca e vada a devastare il grande vivaio di piante e fiori che da qualche anno ha realizzato nella proprietà delle due sorelle.

Naturalmente, tutte le informazioni aggiornate mi arrivano da Gina via messaggi: pur essendo tanti anni che non fa più la portinaia, le è rimasto il gusto di saperne sempre una più del diavolo. Mi domando cosa dirà quando verrà a conoscenza della nuova situazione e dell'arrivo di Tommaso. Di certo vorrà incontrarlo e spremerlo come un limone. Alla fine, lo conoscerà meglio lei di lui stesso, applicando le sue conoscenze di psicologia, incrociate alle doti di indagatrice dell'animo che solo una portinaia di lungo corso può avere.

Adesso che ci penso... Gina mi ha spiegato per filo e per segno cosa faranno mia figlia e Adele, ma è stata sbrigativa su Miranda e su di lei: per mia moglie ha detto che sapeva solo di una generica uscita a cena, forse con i colleghi, mentre per lei e suo marito si è espressa con un laconico "qualcosa faremo!".

Ora vi domanderete come faccio a essere così tranquillo e rilassato in attesa della festa di Capodanno, con l'unica preoccupazione di rendermi presentabile, mentre mia moglie è corsa a prepararsi e a farsi bella per uscire a cena: ecco, vi confesserò, non lo sono, non sono per niente tranquillo e rilassato. Penserete, quindi, che io sia rassegnato, ma nem-

31 Dicembre

meno questo termine è adeguato. Forse, la parola che più si avvicina è *adattarsi*. La mia è stata una vita di continui adattamenti!

D'altro canto, posso fare qualcosa? In questo momento, no.

Non posso nemmeno scendere dal letto, ammesso che da parecchi decenni quest'azione mi è concessa con notevoli sforzi e solo se la mia carrozzella è a portata di mano. E poi stiamo parlando della persona che amo da oltre diciotto anni: consideravo la mia vita già finita quando è arrivata Miranda, e in questi anni ne ho vissuta una nuova grazie a lei, che adesso ha ancora così tanta voglia di vivere. È stato il più bel regalo che il destino potesse farmi, allietato anche dall'arrivo di Giada...

Ma forse, ora è davvero finita.

Sono preoccupato più che altro perché, pur avendomi fatto un'ottima impressione, non conosco Tommaso: dovesse succedere qualcosa a Miranda, non me lo perdonerei, anche se non so che colpe potrei addossarmi. Quando mi lasciò la prima volta ne fui sconvolto e disperato: era giovane e aveva bisogno di molte cose che io oggettivamente non potevo darle, se non nei limiti della mia condizione di paraplegico. Piano piano me ne sono fatto una ragione, fino al giorno in cui si è ripresentata a casa: la psicologa l'aveva guidata in un percorso di consapevolezza ed era tornata sui suoi passi dopo qualche anno di separazione.

Lo ammetto, la sto tirando lunga perché ho poca voglia di uscire dal letto, o forse ho solo poca voglia di festeggiare...

Chissà come sarà risedersi sulla sedia a rotelle!

Bussano alla porta. «Su, che l'aiuto a togliersi da quel lettaccio!»

Va bene, allora. Per ora, buona fine e buon principio a tutti!

1° GENNAIO

Devo aver dormito come un sasso! Mi sono accorto a malapena dell'infermiera che è passata a prendermi i parametri: la colazione è sul tavolino intonsa, e la stanza è stata pulita senza che me ne accorgessi. Poi una mano mi ha scosso leggermente la spalla: era la dottoressa.

«Buon giorno, eh!»

«Buon giorno!» rispondo, con la bocca impastata.

«La sera leoni e la mattina...» Ormai dovrei aver fatto l'abitudine alla ruvidezza di questa donna, invece resto sempre un po' interdetto.

Le rispondo per le rime. «... la mattina dormiglioni...» Ci penso un attimo, poi aggiungo: «... fino all'arrivo dei rompic...».

Mi guarda un po' di traverso, mentre mi misura la pressione: ha le occhiaie più pronunciate del solito, forse la frase che ha detto avrebbe dovuto rivolgerla a sé stessa.

«Domani o dopo se ne torna a casa, così non mi dovrà più sopportare!» Queste le sue ultime parole prima di uscire.

Bene! L'informazione mi mette di buon'umore, anche se non so cosa troverò al mio rientro e soprattutto cosa potrò fare o meno. Mi mette anche appetito: il cuoco mi ha stupito ieri sera, non che abbia fatto chissà che, ma almeno erano pietanze con un sapore definito; come per dispetto, sembra aver capito come si cucina proprio ora che sto per andarmene. Mi giro e vedo il vassoio con la colazione. Allungo il braccio e riesco a tirarlo verso di me, poi decido che forse è meglio bere solo un po' di tè, anche se freddo, visto che l'ora di pranzo è vicina. E faccio bene!

«Buon giorno!» La OSS arriva sorridente e noto subito che il vassoio è diverso dal solito. «Come sta? Ha dormito bene dopo la bisboccia di ieri sera?»

«Benissimo» rispondo con un sorriso. «Dopo la festa qui sono anche andato in discoteca a sgranchirmi le gambe!»

Si mette a ridere, poi, mentre sgombera il tavolino su ruote dalla colazione, esclama: «Oggi menù speciale!».

Sono sorpreso. Ieri non è passata Gina, ma inizio a capire.

«Dovrò ripensare a quante stelle dare a questo posto su *HospitalAdvisor*.»

«No, per carità, che poi viene più gente!» risponde. «Ieri sua moglie mi ha portato altri manicaretti preparati da Gina. Li ho nascosti in frigo, *et voilà*!»

«Grazie, lei è un angelo. Ma stia attenta, che prima o poi la scoprono!»

«Nessun problema, adesso sembra che lei abbia i santi in paradiso... Il dottor Priviani mi ha detto che nel suo caso si può fare anche più di qualche strappo alla regola.»

Tommaso ha colpito ancora!

* * *

«Permesso?»

Avendo dormito fino a tardi, oggi pomeriggio, nonostante il pranzo lucculliano, non ho sonno e mi sono messo a leggere il libro: posso quindi accogliere da sveglio la mia visitatrice... che si rivela essere Gina.

«Che gradita sorpresa!»

«Buon anno, caro Scrittore!»

«Ma buon anno a lei, Gina!» Le sorrido, sono veramente felice di vederla.

Si toglie il cappotto, lo poggia al solito posto insieme alla borsa, poi con le mani si crea lo spazio necessario per sedersi di fianco a me sul letto: le stesse mani calde che poi prendono le mie per fare da perno mentre si sporge per baciarmi la fronte.

«Come sta?» Ha lo sguardo preoccupato.

1° Gennaio

«Come vuole che stia? Sto...» rispondo, con un sorriso un po' amaro.

«Ho saputo...»

«Pensavo sapesse già da prima. Prima di me, intendo!» Rido.

«Lei è proprio scemo quando vuole!» La presa sulle mie mani si rafforza. «Mi pensa sempre come la portinaia di una volta.»

«Vabbè, poi ci sarà tempo di parlarne... com'è andata ieri sera? Cosa avete fatto di bello con Oreste?»

«Glielo devo proprio dire?»

Intuisco che ha una voglia matta di raccontare e che forse questa visita non è casuale. «Allora no, non voglio sapere niente!» rispondo, sornione.

«Ma come? Prima chiede, poi non le interessa più, si decida!» È preoccupata di aver fatto un viaggio a vuoto.

«Scherzavo! Su, mi racconti... siete stati a casa?»

«No, no, questa volta servita e riverita, niente fornelli per me!»

«Ah! Giusto! Non l'ho ringraziata per il pranzetto che mi hanno servito oggi.»

«Oggi? Ma non gliel'ha portato ieri Miranda?»

«Sì, ma c'è stata la festa in reparto e mi hanno fatto mangiare con alcuni altri pazienti, quelli che si possono alzare: la sua gentile amica che lavora qui ha messo tutto in frigo e me l'ha servito oggi. Sa come si dice... riscaldato è anche meglio!»

«Ah, bene! Mi stavo preoccupando!»

«No, no, tranquilla, tutto buonissimo e ho lasciato la fetta di torta per merenda, o per il dopo cena... vediamo quanto tempo impiega a raccontarmi di ieri sera e stanotte.»

«Ecco, lo sapevo, mi prende sempre in giro!»

«Gina, lo sa che scherzo. Su, adesso mi dica tutto!»

«Sì, va bene, ma non m'interrompa ogni tre per due come suo solito.»

«Non le assicuro niente» dico. Poi mi metto in religioso ascolto, contento di passare qualche momento di relax, e di spostare i miei pensieri fuori dai problemi di questi giorni.

«Va bene, allora partiamo dal matrimonio della figlia del sindaco.»

«Gina, se non ricordo male è stato a settembre... non vorrà mica raccontarmi una storia lunga quattro mesi? Domani forse mi dimettono, non c'è tempo!»

«Ecco, vede, m'interrompe sempre, mi lasci finire!» Sorride. «Sa che Oreste e suo figlio Filippo fanno riprese e foto ai matrimoni, così quando è stato il momento, li ha chiamati la segretaria del sindaco per il matrimonio della figlia. Dopo averli visti all'opera, la Cascina Rosetta, dove è stato offerto il banchetto nuziale, ha commissionato loro un video promozionale, che hanno consegnato pochi giorni prima di Natale.»

«Ah! Vuol dire che li hanno pagati a suon di cene?» domando perplesso.

«No, certo che no, ma sono rimasti così soddisfatti che oltre a pagare la fattura, ci hanno offerto il cenone.»

«Che bella cosa! Sono contento... e come si mangia alla Cascina Rosetta?» Non che io frequenti molto i ristoranti, ma questo è abbastanza conosciuto in zona; hanno persino un cuoco stellato.

«A dire il vero non so bene...»

La risposta mi spiazza. «Come non lo sa? Vuol dire che non ci siete andati?»

«Sì, sì, ci siamo andati, ma non sono riuscita molto a concentrarmi sul cibo.»

«Ah, ho capito, c'era anche lo spettacolo!»

«No, macché, niente spettacolo! Mi sono concentrata sulla compagnia...»

«Aspetti, non la seguo... non siete stati invitati voi due, lei e Oreste?» Come spesso accade, Gina mi crea confusione in testa.

«Sì, sì, solo noi due.»

«Ci sono! C'erano tavolate con più persone e avete fatto una cena conviviale» ipotizzo.

«No, no, tavolo per due...»

Non so più cosa pensare. «Magari vicino alla finestra, così siete stati distratti dai fuochi d'artificio.»

«No, in un angolo appartato dove c'erano altre coppie come noi.»

«Allora non riesco proprio a capire!»

«Il problema era la coppia col tavolo di fianco al nostro, così per dire... Alla fine abbiamo unito i tavoli...»

«Gina, mi sta facendo diventare matto! Avete unito il tavolo *con chi?*»

«Con quello di Miranda e Tommaso!»

* * *

Sarà stato il caso? O Gina avrà saputo di Tommaso in altra maniera e si sarà organizzata per andare proprio nel ristorante dove cenava con Miranda? Non glielo chiederò mai e non m'interessa saperlo: le cose accadono perché devono accadere e basta. A volte mi domando se io in realtà non sia in un film... magari tra qualche anno ne faranno veramente uno sulla mia vita, oppure uno sceneggiato televisivo o una mini serie, quelle cose che vanno tanto di moda adesso.

«Sono preoccupata...»

«Per Miranda?»

«No. Miranda qualche volta non la capisco, ma mi rendo conto che anche questa mia incomprensione racchiude una forma di giudizio, e io sono la persona meno adatta per giudicare chicchessia.»

«Allora è preoccupata per me?»

«Anche, ma ora sto pensando a Giada!»

Gina non ha mai avuto figli: il primo marito è morto giovane e lei non si è più legata a nessuno, fino a quando non le ho presentato Oreste, anche lui vedovo, che le ha portato in dote Filippo, figlio di primo letto. Poi è arrivata Giada: Miranda mi ha lasciato meno di un anno dopo la nascita della nostra bambina e Gina è stata come una seconda mamma; si è presa cura di lei quando veniva a stare da me qualche giorno. Infine, l'adorata Adele: una ragazza speciale, ricevuta quasi in eredità dalla sua amica Agata, che gliel'ha affidata. Il suo è sempre stato un comportamento da "chioccia", così la vita le ha regalato dei figli non biologici, ma senza differenza.

«Anch'io sono un po' preoccupato per Giada» ammetto. «Mi è sempre sembrata una bambina e una ragazzina equilibrata, ma negli ultimi tempi è cambiata...»

«Sì, sì, era quello che dicevamo l'altro giorno, ma adesso siamo di fronte a una situazione nuova: la madre si è innamorata di un altro uomo! E seriamente, questa volta!»

Cerco di cogliere le sfumature dietro la questione, ma preferisco che Gina esprima per intero il suo pensiero.

«Miranda mi ha già lasciato una volta» le ricordo.

«Erano tempi diversi, condizioni differenti e, in definitiva, non se n'era andata perché c'era un altro uomo... o almeno, così mi aveva raccontato. Sì, c'era stata quell'avventuretta con l'ex collega, ma niente di serio.»

«E Giada era piccola...» aggiungo.

«Esatto: non che i bambini piccoli non capiscano, ma per loro è tutto nuovo e imparano a adattarsi alle situazioni. I problemi nascono più avanti, quando vanno a scuola e scoprono attraverso i racconti dei compagni i diversi mondi che le famiglie nascondono.»

«Come pensa prenderà questo nuovo cambiamento di direzione della madre?»

«Chi può dirlo? Non saprei, probabilmente tutto dipenderà da voi... se vi farete la guerra o meno.»

«La guerra? Chi, io? Ha mai visto uno in sedia a rotelle andare in guerra? E, per quanto riguarda Miranda, ha detto che ci ama tutti e due...»

1° Gennaio

Sgrana gli occhi. «Le ha detto così? Quando?»
«Ieri, quando è venuta. E poi è arrivata Giada.»
«Ah, già! Che stupida! E cosa è venuta a fare Giada? Voleva ancora parlarle della macchina del compagno?»
«No, no! Le aveva chiesto Tommaso di passare...»
È una delle poche volte che vedo Gina confusa. Difficilmente riesco a informarla di fatti che già non conosce.
«Aspetti, mi sta dicendo che Tommaso ha voluto parlare con vostra figlia? Perché? Cosa le ha detto?»
«Di preciso non lo so, Giada ci ha riferito solo che le ha rivelato di amare Miranda, come quando è passato da me l'altro giorno.»
Gina inizia a capire che le mancano troppe tessere del discorso. «Cioè Tommaso ha parlato con lei... e anche con Giada? Ma Miranda lo sa?»
«Adesso sì, ma ho l'impressione che non abbiano concordato nulla e che siano state iniziative spontanee di Tommaso.»
«Questo è il classico caso del carro davanti ai buoi!»
«Più o meno...» confermo.
«Miranda... quando le ha detto che amava sia Tommaso che lei?»
«Sempre ieri pomeriggio...»
«Prima che arrivasse Giada, suppongo.»
«No, prima che arrivasse non ci siamo scambiati una parola. Giada ci ha trovati qui a letto, abbracciati...»
«A letto... abbracciati?» mi interrompe. «Oh, mamma mia! Ma voi siete tutti matti!»
Sorrido. «Forse...»
«Ma come è venuto in mente a Miranda di dire una cosa del genere?»
«Non le è venuto in mente...»
«In che senso? Ma ve l'ha detto o no?»
«In verità volevo domandarglielo io, quando fossimo rimasti da soli, ma Giada stessa è stata più veloce.»

«Aspetti... vuol dire che è stata Giada a domandare a sua madre se amava un altro uomo, qui, davanti a lei che è suo padre?»

«Esatto!» esclamo. «Pensa che sia una cosa negativa?»

«Direi di no: mi sembra che per la sua età, nonostante alcuni atteggiamenti ancora adolescenziali, cognitivamente abbia già sviluppato un buon senso della realtà. Comunque, sono esterrefatta!»

«Tutto è successo così in fretta: il mio malanno, questo amore rivelato...» Mi accorgo che il tono della mia voce è triste.

«Non so come faccia a sopportare tutto ciò!»

«Qui in ospedale ho scoperto che devi imparare subito a farti scorrere la vita addosso... e che devi affidarti agli altri, volente o nolente.»

«Forse per lei è più semplice: il suo handicap l'avrà abituata ad avere spesso aiuti esterni...»

«In parte sì, ma ci vogliono comunque tempi di adattamento. Qui, invece, le cose sembrano succedere senza darti il tempo di metabolizzare.»

«Che stupida! Stavo dimenticando di dirle la cosa per cui sono venuta» dice Gina all'improvviso.

Sono stupito. «Mi sta prendendo in giro?»

«Le sembra che mi permetterei? Volevo dirle che ho risolto il problema!»

«Gina, ancora indovinelli?»

«Macché indovinelli, solo cose pratiche io, dovrebbe conoscermi!»

«Bene, allora! Mi dica come ha pensato di risolvere questo problema che nemmeno io so di avere; perché si tratta di un mio problema, vero?»

«Certamente... e la soluzione è l'osteopata che ha lo studio nella scala B.»

«Ah! Perfetto! Adesso mi dice qual è il problema?»

«Alzarsi dal letto e mettersi sul divano!»

1° Gennaio

«Ho sempre fatto queste cose da solo, con un po' di fatica, ma sempre con le mie forze» ribatto.

«Già, ma adesso non più! Servirà qualcuno che la aiuti.»

«E chi l'ha detto?» Questi botta e risposta con Gina sono estenuanti!

«Tommaso, ovvio.»

Questa, poi! «E quando gliel'avrebbe detto?»

«Lei è proprio tonto! Pensa che ieri sera a cena abbiamo parlato solo di cibo e festeggiamenti del Capodanno?»

«Ah, già! E cosa dovrebbe fare l'osteopata?» Sono abbastanza contrariato da questa notizia di non essere più padrone dei miei movimenti neanche a casa mia.

«Verrà tutte le mattine, e altre due o tre volte al giorno, a darle una mano per alzarsi e mettersi sul divano, se vuole. Con le sue forze le è concesso solo di andare in bagno, ma con calma...»

«Un altro bel regalo di Tommasino!» La mia voce è venata di amarezza.

«No, non dica così! Lo sa benissimo che il suo corpo non può più reggere certi sforzi.»

«Lo so, ma questo fatto che Tommaso dia indicazioni su cosa devo o non devo fare adesso mi dà ancora un certo fastidio!»

«La capisco, ma se glielo dicesse un altro medico cambierebbe qualcosa?»

Touché! Ha ragione: il fatto che sia l'amante di mia moglie a darmi ordini è solo un effetto collaterale. Mi accorgo che Gina non mi ha ancora detto cosa ne pensa del mio *caro* dottore dopo una serata passata al tavolo con lui e Miranda.

«A parte queste direttive sulla mia salute, avrete parlato d'altro: cosa ne pensa di Tommaso? Come l'ha trovato?»

«Simpatico, pacato e spiritoso, come piace a Miranda... sì, beh, in effetti come piace a tutte le donne.»

«Devo confessare che anche a me ha fatto una buona impressione. Forse potrebbe veramente essere la persona giusta per mia moglie.» Finisco la frase e mi accorgo di aver detto una cosa che forse avrei potuto tenere per me.

Gina mi guarda, si avvicina e mi fa una carezza sulla guancia; sembra commossa.

È rossa in viso, e mi prende la mano. «Lo so che non è una bella cosa quella che sto per dirle, ma ieri sera, dopo averli visti insieme abbracciati a guardare i fuochi d'artificio, mi è venuto spontaneo un pensiero e non sono stata capace di tenerlo per me...»

Silenzio.

Perché non parla? Forse sarebbe meglio che io non sappia, ma a questo punto... «Cosa gli ha detto?»

«Ho detto: *sapete che insieme siete bellissimi?*»

Così, Miranda e Tommaso hanno già la benedizione di Gina!

3 GENNAIO

Oggi pomeriggio, Gina e Oreste verranno a prendermi. Ieri è stata una giornata frenetica: Tommaso per sicurezza ha chiesto altri esami. E, visto che c'erano, me ne hanno fatto anche uno che non dovevano, portandomi in un ambulatorio dalla parte opposta dell'ospedale: niente di particolarmente invasivo, ma, anche se i polmoni adesso sono a posto, con il dentro e fuori tra stanze, corridoi e ambulatori è forte il rischio di una ricaduta!

Alla fine è passato Tommaso in persona a scusarsi. Stamattina vedrà i risultati e, con quelli, mi preparerà la terapia da seguire a casa. A dire il vero, si è scusato sia per l'esame sbagliato, sia per il fatto che mi "ruberà" Miranda per qualche giorno. Ora che la loro storia è venuta alla luce si sentono più sollevati, così oggi pomeriggio partono per il mare.

Ormai non ho più parole.

4 GENNAIO

Sono a casa, sono tornato! Non ho trovato nessuno ad attendermi: Miranda è al mare con Tommaso e Giada è in montagna a sciare, a casa di una compagna. Guardo fuori dalla finestra per vedere la vita che scorre – poca, per altro, visto il periodo delle feste. C'è aria di neve.

Ho pensato di prendere uno yogurt dal frigorifero, così come ero solito fare a colazione, per gustarmelo davanti alla finestra. È lì, abbandonato sul tavolino davanti al divano: dopo due cucchiaiate ho sentito un brivido di freddo.

Ieri, Gina e Oreste sono venuti all'ospedale e mi hanno riportato a casa: dopo aver sistemato tutte le cose e rimesso in carica la mia fida carrozzella a motore, rimasta ferma da Natale, sono andato a cena da loro. Più tardi è passato l'osteopata ad aiutarmi a svestirmi e a mettermi a letto. Per fortuna abita qui vicino, oltre ad avere lo studio nell'altra scala. È una brava persona, ma ci ha tenuto a ribadire che questa sarà una soluzione provvisoria: passi gennaio e forse anche febbraio, ma per lui un impegno costante e così gravoso è poco gestibile su tempi lunghi.

Menomale che c'è sempre Gina! Anni fa, con Oreste, hanno comprato l'appartamento di fianco al mio; è più semplice per lei passare a vedere come sto, quando è a casa. Non pensavo la solitudine mi pesasse tanto: sono qui da meno di un giorno e mi accorgo che alla fine in ospedale facevo più vita sociale. Infermiere, assistenti e medici, anche se si fermavano pochi minuti in stanza, erano persone con cui scambiare due parole, una battuta: c'era un ritmo certo, un ordine scandito dalle attività di routine ospedaliere. Qui, invece, sono solo... di nuovo!

Torno sui miei passi, se così posso dire, riprendo lo yogurt che ora è a temperatura ambiente e vado ancora alla finestra: il cielo si riempie di fiocchi bianchi che iniziano a scendere con una certa convinzione, sicuri di rompere le scatole a un po' di gente e di rendere felici i bambini che oggi pomeriggio andranno al parco a fare pupazzi, o anche solo a tirarsi palle di neve.

Dieci giorni. Sono stato via solo dieci giorni, e la mia vita è stravolta. Ancora!

***

«Lei è pazzo! Non ci pensi proprio!»

Gina non approva la mia idea, mentre suo marito Oreste mi guarda dubbioso, ma non così negativo: sono a pranzo da loro e ho detto che mi piacerebbe fare un giro al parco. In effetti, il parco è una scusa... voglio riuscire a toccare la neve, non l'ho mai fatto da quando sono sulla carrozzina.

«Come pensa di andarci? Con la slitta? Non ha visto che è nevicato stamattina?»

«Ma no, naturalmente con la sedia a rotelle.»

«Fa troppo freddo! Lei è appena uscito da una polmonite e per giunta questa temperatura non fa bene nemmeno alla batteria della carrozzella.»

«Pensavo di usare quella normale, non quella elettrica...»

«Anche fosse possibile, chi l'accompagnerebbe?»

Oreste, che era stato zitto fino a quel momento, capisce che è una sorta di richiesta d'aiuto rivolta a lui e decide di far sentire la sua voce. «Posso accompagnarti io.»

Gina lo fulmina con lo sguardo: non si aspettava questa disponibilità di suo marito. «Ho sbagliato prima... Qui non c'è solo un pazzo, ce ne sono due!» Si gira verso Oreste. «Cosa ti viene in mente? Hai forse scordato di avere una gamba più corta per via di quel vecchio incidente?»

4 Gennaio

«Con gli scarponcini ortopedici cammino bene!» le risponde.

È ora per me di giocare il mio asso nella manica. «E ho pure le gomme da neve per la carrozzella: me le avevano consigliate quando l'ho comprata, mi era sembrata un'idea carina, ma sono finite nel dimenticatoio... dovrebbero essere nello sgabuzzino. Sono facili da mettere; si applicano sopra a quelle normali.»

Gina inizia a vacillare, ha capito che la coalizione tra due vecchi amici è più forte di lei. Ci guarda, sconsolata, poi si alza, prende il telefono e si dirige verso la cucina dicendo: «Devo chiamare una persona!».

* * *

Sono sotto le coperte. Lo ammetto... è stata una follia la gita al parco! Appena tornati, ho chiesto a Oreste di smontare le gomme da neve e lasciarmi a casa. Ho chiamato l'osteopata che, dopo aver terminato con la paziente che aveva in studio, è venuto e mi ha messo a letto. Stasera non m'importa di saltare la cena: quello che andava fatto l'ho fatto!

Siamo andati a salutare Agata al parco – o meglio, la sua statua. Il comune le ha dedicato un'aiuola con un ceppo, su cui hanno messo il suo busto come benemerita per aver aiutato molti cittadini con la sua attività di psicologa. Di fronte avevo chiesto di installare una panchina con pensilina e uno spazio per poter stare con la sedia a rotelle: i primi anni andavo in pellegrinaggio almeno due volte al mese, poi una, poi niente.

Oggi avevo bisogno di parlare con Oreste dei vecchi tempi, ricordare, svelare: temevo che Gina volesse accompagnarci, ma ha capito che sarebbe stata di troppo e ha deciso di andare a fare una spesa impellente. La telefonata altrettanto urgente che ha fatto a fine pranzo era rivolta a Tommaso: durante la cena di Capodanno si sono scambiati i numeri;

sapeva che prima o poi avrebbe avuto bisogno di consigli sul mio stato di salute. Tommaso le ha detto che con l'aria pulita dalla neve e ben coperto potevo uscire un'oretta... – alla fine sono state due!

Poi Gina ha parlato anche con Miranda e me l'ha passata: sentire la sua voce mi ha fatto bene, in quel frangente ho dissociato il fatto che fosse al mare con un altro. Come io avevo bisogno di parlare con Oreste, così lei deve parlare con Tommaso. Dopo l'accelerazione che ha dato alla situazione, confessandosi con me e con Giada, è giusto che si chiariscano, e soprattutto che capiscano dove portare i loro sentimenti.

Quando Miranda è tornata da me, anni fa, non mi sono posto il problema della separazione consensuale che il tribunale aveva sancito un anno dopo la sua uscita di casa. Il suo lavoro di agente immobiliare l'ha resa molto indipendente, sia a livello economico sia per quanto riguarda il tempo e gli spostamenti. Ho sempre pensato che qualche avventura se la fosse concessa, ma, d'altro canto, la separazione fa decadere l'obbligo di fedeltà.

* * *

Sono le sette di sera. Sento la chiave che gira nella serratura, sarà senz'altro Gina che viene a vedere come sto; ma soprattutto, a sgridarmi. Arriva con un piatto tra le mani, che appoggia sul comodino, spostando di lato la pila di libri. Sotto un tovagliolo di carta, intravedo una fetta di panettone.

«A letto con le galline, vedo... Come sta?» La sua voce è calma.

«Un po' stanco.»

«Immagino, anche Oreste è piuttosto provato... mogio e chiuso in uno strano mutismo.»

«Mi sento un po' in colpa, non è stata una passeggiata raggiungere la panchina davanti alla statua di Agata.»

4 GENNAIO

«Siete andati fin là? Con la neve? Oreste non me l'ha detto!»

«Beh, i marciapiedi erano puliti, mentre nel parco i sentieri erano un misto di neve e acqua, ma si poteva comunque andare; essendo sul viale principale, un sacco di gente era già passata da quando aveva smesso di nevicare.»

Conosco Gina da tanti anni e so che freme, che non è venuta solo per cercare di farmi mangiare qualcosa.

«Siete stati via più del tempo consentito.» È la sua tecnica, cercare un punto debole su cui poi far girare il discorso a suo vantaggio.

«Solo un po', dovevamo parlare.»

Con nonchalance, si siede sul bordo del letto. «E cosa vi siete detti?» *Voilà!* Ecco svelato il motivo della sua presenza qui!

«Niente, vecchi segreti...» Faccio il vago, sapendo che la risposta non le sarà sufficiente.

«Che segreti?» insiste.

«Gina, se sono segreti, sono *segreti*!»

«Uff! Nemmeno Oreste vuol parlare, questa è una congiura del silenzio!»

«Non si arrabbi che le fa male.» Cerco di alleggerire la situazione.

«Qui se c'è qualcuno che dovrebbe stare attento a non stare più male è lei!» Alza le spalle, come per far intendere che non le interessano più i miei discorsi, anche se non è vero. «Oreste mi ha detto che non voleva niente per cena, però una fetta di panettone non ha mai ammazzato nessuno. Adesso le preparo anche del latte... Vuole altro?»

«Grazie, Gina, sono a posto così.» Le sorrido.

Dopo poco, torna con la tazza fumante, e le fa spazio sull'affollato comodino. Mi guarda ancora un po', nella speranza che mi decida a dirle qualcosa, poi capisce che è ora di andare. Si allunga verso di me. «Buona notte, caro Scrittore!» Mi bacia la fronte, come al solito.

Sento che si ferma in corridoio, poi vedo la sua testa comparire da dietro lo stipite della porta. «Voi mi farete morire con i vostri segreti!»

Parla al plurale. «Voi chi?» domando. «Io e Oreste?»

«Sì, voi. E anche Tommaso!»

Sono sorpreso. «Tommaso? Anche lui ha dei segreti?»

«Sono tre notti che non ci dormo...»

«Addirittura! Sarà un segreto grande allora!» La mia voce è scherzosa, ma sono sul chi va là... Ho paura che Gina, come suo solito, abbia visto qualcosa che magari a me è sfuggita. «E io posso saperlo?» tento.

«Se vuole, ma poi non si lamenti!» Mi agita il dito indice davanti, poi si impettisce. «Perché Tommaso ha voluto anticipare Miranda, parlando con lei e Giada? Che impellente ragione c'era?»

Ecco, forse era meglio se non glielo chiedevo! Da stanotte anch'io avrò in mente questa domanda senza risposta.

* * *

Dopo aver mangiato il panettone e bevuto il latte, sarà stata la digestione, sarà stata la stanchezza, sarà pure stata l'abitudine al sonnellino pomeridiano che facevo in ospedale, mi sono addormentato. Un sonno leggero, che tuttavia non mi ha impedito di sognare Tommaso: ero in ospedale e mi portava delle medicine nascoste in una fetta di pandoro, spacciandole per canditi.

Al risveglio mi sono reso conto che erano solo le nove di sera e che non avevo niente da fare. Forse, andare a letto così presto non era stata una buona idea. A volte trovarsi soli con i propri pensieri è deleterio: la tristezza e il freddo che avevo nelle ossa stamattina erano proprio dovuti alla mia nuova condizione di solitudine. Così l'idea di uscire ha preso forma; prima la voglia di toccare la neve, poi di andare a trovare Agata, infine di parlare con Oreste. Sentivo l'intima necessi-

4 Gennaio

tà di raccontargli la verità su quanto successo molti anni fa, quando quel tragico incidente ha segnato le nostre vite.

Che fare ora?

Potrei cercare di alzarmi da solo, l'ho fatto tante volte nella mia vita, ma sono molto stanco e a complicare la cosa c'è pure il pannolone, mio compagno indispensabile. No, niente, vorrà dire che mi metterò a leggere qualcosa. Prendo il piatto vuoto del panettone dal comodino e lo metto sul letto, di fianco a me; mentre faccio questo gesto, penso a Miranda che non c'è e che non sarà più qui al mio fianco. Cerco di allungarmi per arrivare alla pila di libri che Gina ha spostato, senza pensare che avrei fatto fatica a raggiungerli.

Mi fermo un attimo in bilico: c'è qualcosa di strano tra i libri. In mezzo, sporgono alcuni fogli di carta. Ho come un flashback dell'entrata in stanza di Gina: la vedo arrivare col piatto in mano e sotto qualcosa, che in un primo momento mi sono sembrati altri tovaglioli... Forse li ha incastrati tra un libro e un altro perché non cadessero e poi si è dimenticata di parlarmene.

Con molta attenzione, mi sporgo ancora un po'; la schiena assume una posizione che non mi piace, ma devo assolutamente capire di cosa si tratta. Allungo medio e indice a forbice, in questo modo riesco a raggiungere lo spigolo dei fogli e tiro piano; non così piano come avrei voluto, perché il libro in cima scivola e cade per terra. Resto in bilico, la schiena mi fa male, le due dita serrate allo spasimo: alla fine, ce la faccio. Sono sudato e dolorante, mi manca per un attimo il respiro, mi devo riposare.

Deng! Il telefono richiama la mia attenzione.

È Giada che risponde al messaggio che le ho mandato quando sono tornato a casa oggi pomeriggio.

"Sì, sì, tutto bene, sono stanca morta, abbiamo sciato tutto il giorno, fa un freddo cane, è pure nevicato, ma non ci siamo fermate un momento... fortunato te, che te ne stai al calduccio!"

Sorrido.

Deng! Un altro messaggio, questa volta è la risposta di Miranda; avevo scritto anche a lei.

"Tutto ok, tu come stai? Non ti sei stancato troppo? Ho saputo da Gina che siete arrivati fino da Adele. Adesso stiamo andando a cena, poi ti mando la buona notte. Baci."

Non ho voglia di rispondere ora, né a Giada, né a Miranda. Cerco di rimettermi un po' diritto e nel movimento i fogli scivolano dal letto, svolazzando e atterrando leggiadri per terra. Mi volto piano e afferro l'abat-jour, poi giro la cupola per dirigere la luce verso il basso; su un foglio, scritto in grande, leggo:

RICORDI E MISFATTI

Parte Seconda

Un passato di misfatti

FANTASMI SULLA NEVE

Da quanto tempo non tocco la neve? Non ricordo, o forse non voglio farlo, in questo giorno che sarà pieno di altri ricordi. Oreste la raccoglie, immacolata, in mezzo a un'aiuola e me la mette tra le mani: tolgo i guanti, voglio sentire il freddo sulla pelle. Ne faccio una palla e la lancio verso alcuni ragazzini che stanno realizzando un pupazzo di neve. "Lanciare" forse è una parola grossa: la piccola massa informe fa, sì e no, tre-quattro metri.

Si fermano, girandosi verso di noi: avranno visto con la coda dell'occhio un movimento proveniente dalla nostra direzione e avranno pensato che qualcuno volesse seriamente prenderli a palle di neve. Come ci saranno rimasti quando si sono accorti che invece è un signore su una sedia a rotelle, imbacuccato all'inverosimile, ad aver tentato quel gesto per loro così naturale?

In ogni caso, la sorpresa dura poco, riprendono il lavoro con un'alzata di spalle e noi proseguiamo la nostra passeggiata nel parco.

Il busto di Agata è lì, sul suo piedestallo, e sembra guardarci: il sindaco di allora è stato molto disponibile nell'accogliere la mia richiesta di questo segno in suo ricordo. Era una psicologa e insegnava nell'università dove io tenevo dei corsi di scrittura creativa. È entrata nella mia vita con una richiesta strampalata: far diventare immortali alcuni suoi clienti – o meglio, pazienti. Voleva che raccontassi le loro storie; diceva fossero così intriganti e interessanti da meritare di essere raccolte in un libro, rendendole in qualche modo eterne. Come darle torto: siamo di passaggio su questa terra e poter lasciare una nostra traccia è l'unico modo che abbiamo per sopravvivere un po' più a lungo nella memoria di parenti e amici. Un libro che parla di noi, della nostra storia, soprattutto se carica di significati, ci consente di andare oltre e di lasciare il segno anche nella mente di chi non ci ha conosciuto. Un'effimera speranza d'immortalità, appunto!

«Mi spiace non essere riuscito a conoscerla di persona, allora avevamo molto lavoro: si passava da un matrimonio all'altro in così poco tempo, che nemmeno ricordavamo i nomi degli sposi!»

Oreste rompe il silenzio con questa frase, che in un primo momento mi sorprende: è vero, lui non l'ha conosciuta. In quel periodo eravamo io e Gina... e Gina e io! Sembra impossibile che lei abbia potuto accollarsi da sola tutto il lavoro che ha consentito ad Agata di terminare il suo passaggio terreno in serenità: io mi sono limitato, forse anche un po' di malavoglia, a raccogliere la sua testimonianza per farne poi un libro, per altro con ben pochi meriti da parte mia.

«Già! È stato un periodo incredibile, e Gina è stata straordinaria, per quello che ha fatto durante la malattia di Agata e anche dopo!» Sì, perché il suo passaggio ha stravolto per l'ennesima volta la mia vita, ma soprattutto quella di Gina.

«La mia Gina...» la voce di Oreste è rotta dall'emozione. «Quando tutto fu finito, tornando a casa, scoprii che era diventata un'altra persona. Dopo qualche tempo, io e Filippo partimmo per un altro incarico e la portammo con noi, le serviva una vacanza. Mentre lavoravamo, lei girava nei dintorni: musei, monumenti, non ne ha perso uno! Da ex portinaia la curiosità non le mancava, ma l'ho trovata molto cambiata... e in meglio, naturalmente.»

«E poi Agata le ha "affidato" Adele... quella sua figlia un po' strana...»

«Sì, le brillano gli occhi quando si parla di Adele: così diverse e così simili. Una non ama stare in mezzo alla gente, Gina si farebbe in quattro per il prossimo: entrambe però non sanno trattenere la lingua e ti dicono in faccia quello che pensano... e spesso hanno ragione.»

«Analisi perfetta, caro Oreste!»

Torna il silenzio, rotto solo dai ragazzini che, finito il loro pupazzo, ora si rincorrono per lanciarsi le palle di neve – quelle vere! Il tempo, beffardo, che ha imbiancato la città stamattina, adesso ci ha mandato una speranza di sole, pallido e freddo... e tutto sembra illuminarsi.

«Grazie per avermi portato qui.»

Oreste tossisce prima di rispondermi: «Ho capito subito che avevi bisogno di parlare. D'altro canto, con quello che sta succedendo... Ti ha detto Gina che a Capodanno...».

«Sì, sì, mi ha detto che avete incontrato Miranda e Tommaso» annuisco.

«Eh, è un bel fusto, non è vero? E pure più giovane di noi...»

Mi volto e gli sorrido. «Oreste... non ci vuole molto a essere più giovani di noi!» rispondo.

Anche lui sorride. «Vuoi parlarmi di loro? Di Miranda e Tommaso?»

«No, loro sono il futuro, di cosa vuoi parlare? Il futuro si vive... o meglio... va vissuto.» Taccio per un lungo momento e Oreste aspetta, paziente, che io trovi il coraggio di riprendere il discorso. «Volevo parlarti di Viola...»

«Viola?» Aggrotta la fronte.

«Ma sì, Viola... l'hai conosciuta.»

Lo vedo cambiare espressione quando gli si accende la lampadina. «È vero! La tua fidanzata! L'ho conosciuta quando lavoravamo entrambi per quel quotidiano locale. Tu scrivevi articoli e io ero il loro fotografo... una vita fa! Non eri ancora sulla sedia a rotelle e le mie gambe avevano la stessa lunghezza... poi l'incidente...» Oreste tace, capisco che sta pensando, questo ricordo è rimasto sepolto per decenni nella sua memoria.

«Sì, l'incidente» ripeto.

Seduti così, uno di fianco all'altro, io sulla mia carrozzina, lui sulla panchina, guardando il busto di Agata, sembriamo parlare al vento.

«Ricordo. Era lei che guidava mentre stavamo andando a vedere il posto dove vi sareste sposati e dove io avrei dovuto fare le foto del matrimonio. Poi la macchia d'olio sulla strada e lei che perde il controllo... e la vita!» Silenzio.

«Viola, sì...» confermo con un movimento leggero della testa.

«E da allora siamo in questa situazione... A me è andata bene, tutto sommato, a te molto meno.» Mi mette una mano sulla spalla e mi fa voltare verso di lui. «Volevi parlarmi di Viola? Come mai dopo così tanti anni?» La domanda è legittima.

«È passato tanto tempo, lo so. È ora che tu sappia...» Ho un attimo di tentennamento.

«Sappia cosa?» mi incalza.

«La verità, Oreste.»

«La verità? Che verità? La verità su Viola?»

«Sì, la verità su Viola... e sugli altri fantasmi che mi hanno accompagnato da quel giorno.»

VIOLETA

Il poco sole se ne sta andando: siamo a gennaio, ha ragione di correre verso il tramonto e lasciarci nel buio che forse ci meritiamo. È proprio il buio della scorsa notte, la prima passata a casa da solo dopo l'ospedale, che mi ha sconvolto a tal punto da sentire la necessità di parlare, di raccontare le cose che da troppo tempo tengo nascoste anche a me stesso.

«Violeta o Viola? Deciditi!» esclama Oreste.

«Hai ragione: Violeta era il suo nome originale, l'ha cambiato quando è entrata nel programma di protezione.»

«In che senso? Era una criminale?»

«No, non lei, ma l'ambiente in cui era costretta a vivere.»

Oreste sembra più confuso di prima. «Forse è meglio se mi racconti tutto dall'inizio...»

* * *

La storia di Viola

«Tieni!» La segretaria di redazione mi allungò un pezzo di carta con un numero scritto malamente.

«Cos'è?»

«Lo vedi da te! Non inizia con lo zero, quindi è il numero di un cellulare, quei telefoni che stanno andando di moda adesso. Scusa la scrittura da zampa di gallina, ma era l'una passata e stavo mangiando, così avevo il panino in una mano, la biro nell'altra e il collo d'oca per tenere la cornetta. Di' almeno alle tue amanti di non chiamarti nell'ora di pausa!»

«Quale amante? Manco sono fidanzato...» dissi, sorpreso.

La sera stessa, alle sette, ero seduto al bar con la presunta "amante": stavo scrivendo per il nostro giornale locale una serie di articoli sulla malavita legata ai paesi dell'est, e soprattutto sul loro giro di prostitute. Viola, anzi Violeta, faceva parte di quell'ambiente: era arrivata attraverso un'organizzazione che nel suo paese pubblicizzava la possibilità di lavorare all'estero. Aveva quindici anni, sette tra fratelli e sorelle, e una madre vedova; suo padre si era fatto uccidere dalla polizia, non si sa nemmeno perché. Le sembrava di non aver nulla da perdere nel tentare fortuna in un paese "libero".

Il resto si può immaginare: violenze di tutti i tipi e poi un giro di personaggi altolocati ai quali piaceva la pelle liscia delle quindicenni. Tre anni così, finché uno dei facoltosi clienti non venne in suo aiuto e la fece letteralmente sparire. La moglie di quest'uomo collaborava come laica in una struttura di suore adibita proprio al salvataggio e al recupero di queste povere ragazze... Cosa abbia raccontato alla consorte un tale personaggio resta un mistero!

Per Violeta iniziò un periodo di cambiamento tutt'altro che semplice: non le fu facile accordare fiducia a quell'uomo che le proponeva la libertà. Una sua richiesta soprattutto l'aveva lasciata perplessa: avrebbe dovuto presentarsi all'appuntamento, il giorno concordato per la sparizione, con tutti i suoi risparmi. Violeta teneva per sé qualche mancia dei clienti, ma non era stato facile nasconderle: un giorno l'avevano scoperta e le avevano preso tutto. Aveva pensato di mettere questi soldi nelle mutandine, ma alcune sue compagne di sventura venivano fatte spogliare appena tornate nella casa prigione dove vivevano. Un paio di volte aveva visto la brutalità con cui erano state punite per aver nascosto pochi spiccioli; fa niente se poi non avessero potuto lavorare per via degli ematomi, l'esempio sarebbe valso più di qualche migliaio di lire!

Era pronta a prendersi la sua razione di botte il giorno che decise di nascondere una banconota tra le natiche: se avessero deciso di controllare, sarebbe bastato tenerle ben *serrate. Andò bene, non successe nulla, non la fecero nemmeno spogliare. Anche la seconda volta andò bene, e pure la terza. Alla quarta, decise di consegnare i soldi ricevuti; avrebbe fatto così: due mance trattenute e una versata, sarebbe stata una dimostrazione di obbedienza che le avrebbe fatto correre meno rischi.*

Il problema era dove nascondere il denaro in casa: tutto era controllato, anche i materassi sul pavimento dove le facevano dormire. Nel suo angolo, sul muro, c'era una scatola di derivazione dell'impianto elettrico: pensò che, se fosse stata molto attenta, forse avrebbe potuto nasconderlo lì, sperando che la paura di prendere la scossa fosse un deterrente ai controlli. Sembrava fissata con delle viti, ma scoprì che bastava spingere il coperchio di lato per aprirla; dentro, tra i fili, un mattone forato offriva un nascondiglio abbastanza profondo che restava ben protetto una volta chiusa la scatola. Fortuna voleva che di giorno le ragazze dovessero dormire e riposare, così, dalle sei del mattino fino al pomeriggio inoltrato, le chiudevano nella stanza, lasciandole completamente al buio: con poche mosse, le mance erano al sicuro. Quando le portavano al lavoro, non controllavano se avessero soldi con loro; tutte le spese erano regolate, dovevano chiedere pochi spiccioli ai loro aguzzini quando volevano comprarsi qualcosa.

Già una volta si era fidata di un uomo che le aveva promesso una vita migliore, ed era finita in quel modo, ma, ancor più della volta precedente, pensò di non avere nulla da perdere e il giorno stabilito per la sparizione portò con sé il piccolo gruzzolo. Anche il suo "rapitore" dovette in qualche modo sparire dalla zona, ma, di certo, per i suoi giri con le prostitute non andava sotto casa. Arrivata dalle suore, per un momento pensò di essere caduta dalla padella alla brace: la fecero spogliare e le presero tutti i soldi.

Nel giro di pochi giorni la trasferirono in un altro convento rivestita e ripulita; meno di un mese, ed era diventata una nuova persona, con un nuovo nome: Viola. Prima di salutarla, il suo "salvatore" le diede un cellulare per chiamarlo in caso di problemi, così lui avrebbe potuto avvisare chi di dovere.

E i soldi? Le assicurarono che attraverso la rete di conventi sarebbero giunti nel suo paese, qualcuno li avrebbe consegnati a sua mamma come fosse beneficenza. Sarebbe stato l'ultimo contatto, anche se non diretto, con la sua famiglia.

* * *

«Che storia, povera ragazza! Anzi, povere ragazze! Così poi vi siete fidanzati... sei stato bravo a non considerare il suo passato» interviene Oreste.

«Corri troppo... l'incontro al bar era di tipo professionale!» ribatto.

«In che senso? Era tornata a fare la prostituta?»

«Scemo! Ti sembra che io sia quel tipo d'uomo?»

«Beh, no... adesso no, ma magari un tempo... da giovane...»

«Nemmeno a quei tempi!» gli assicurai.

«Allora in che senso "professionale"?»

«Nel senso giornalistico.»

«Voleva diventare anche lei giornalista?»

Scuoto la testa. «Nel senso che aveva informazioni sulla sua vita precedente: aveva letto i miei articoli e pensava che sarei stato molto interessato alle cose che sapeva.»

«Uhm... Meglio che prosegui il racconto, prima che si faccia buio del tutto!»

* * *

Un anno dopo, Violeta lavorava in un supermercato: una mattina, si presentò alla cassa una ragazza bionda, la prima cliente, con una confezione di pane in cassetta. Visto il costo inferiore ai due euro, pensava lo pagasse con delle monete, ma la ragazza le allungò una vecchia e consumata banconota rumena: per un attimo i loro sguardi s'incrociarono e Viola, senza fare una piega, le diede il resto come se avesse ricevuto cinque euro. Mise la banconota in cassa e dopo qualche minuto la sostituì con una presa dal suo portafoglio, in modo da far tornare i conti.

Arrivata a casa – abitava con una collega in un piccolo appartamento vicino al supermercato – tirò fuori la banconota e scoprì che sul retro erano scritte, con una calligrafia molto fitta, la storia della ragazza e le zone dove era obbligata a prostituirsi. Le mani iniziarono a tremarle, i ricordi di quei tempi tornarono a trovarla dolorosamente: come salvarla? Non voleva andare alla polizia... c'erano notizie di connivenze tra gli agenti e la malavita rumena.

Il giorno dopo, al lavoro, prese una busta dall'ufficio: la sera cercò di cancellare il marchio della catena di supermercati, vi chiuse la banconota all'interno e scrisse l'indirizzo del convento di suore dove l'aveva portata il suo salvatore/ rapitore.

Dopo questo fatto, per alcuni giorni cercò di uscire il meno possibile, andava al lavoro e tornava subito a casa: durante il breve tragitto si guardava intorno come una ladra. Poi, piano piano, la vita prese il sopravvento e lei quasi dimenticò la faccenda della banconota.

Una sera, la sua collega arrivò a casa con una busta: l'aveva consegnata una ragazza al supermercato. Viola, nel frattempo, era stata trasferita in un altro punto vendita, anch'esso non molto distante da dove abitava.

«Tieni, è per te!» le aveva detto.

«Per me?» Viola fu sorpresa. «Chi l'ha portata?»

«Una ragazza un po' strana, si vedeva che non voleva farsi riconoscere... Indossava occhiali scuri, e ho visto l'attaccatura dei capelli biondi sotto una parrucca mora.»

Viola collegò subito l'avvenimento con quello della ban-

conota rumena di tanto tempo prima: era passato più di un anno. Non ebbe il coraggio di aprire subito la grande busta: sopra c'era scritto "Por la casiera romena". Come aveva fatto quella ragazza a capire che Viola era una sua connazionale? Forse era già venuta altre volte e l'aveva sentita parlare con qualche altra cliente rumena del supermercato, chissà!

* * *

«Era quella busta che t'interessava?»

«Bingo! Hai indovinato! La ragazza della banconota aveva scritto un racconto dettagliato di tutte le attività dei suoi aguzzini e qualche nome o soprannome. Era diventata la "fidanzata" di uno dei boss, che le aveva svelato parecchi segreti dell'organizzazione, senza tuttavia che ciò la esonerasse dal finire sul marciapiede tutte le notti. Era riuscita anche a rubare due passaporti dei criminali del gruppo!»

«Che botta di c... un dossier così arrivato nelle tue mani! Purtroppo, non ricordo che articoli scrivesti sull'argomento...»

«Infatti non ne scrissi!»

«Non capisco... hai del materiale così scottante e non lo usi? Non è da giornalista!»

«Non c'è stato il tempo...» dico, girandomi verso di lui.

«Ma come? Hai fatto anche in tempo a fidanzarti con Viola e non ne hai trovato per scrivere degli articoli?» Oreste si gratta una tempia, confuso... poi il suo sguardo s'illumina. «Ho capito, non volevi che la tua fidanzata finisse nei guai!»

«Chi ha detto che era la mia fidanzata?»

Per guardarmi in faccia, Oreste mette le gambe di lato alla panchina: tossisce un po', forse stiamo prendendo freddo. «Aspetta, eppure... sì, in un tuo libro mi sembra che parli di Viola, racconti dell'incidente e che era la tua fidanzata; incinta, per giunta!»

«Hai ragione! Sai come siamo fatti noi scrittori, roman-

ziamo tutto, anche la nostra vita, se necessario.»
«Continua che qui facciamo notte...» Ormai Oreste è rassegnato!

* * *

Il giorno dell'incidente che ci ha cambiato la vita, non stavamo andando a vedere una location per il banchetto di nozze con Viola, come scrissi e come ti feci credere: l'avevo conosciuta da circa un mese e stavo ancora facendo delle verifiche; prima di pubblicare notizie di quella portata bisognava essere sicuri. Viola mi aveva indicato alcuni luoghi frequentati dalle ragazze e dai loro aguzzini a un centinaio di chilometri dalla nostra città: era tutto scritto nelle carte che le aveva lasciato la ragazza bionda prima di sparire. L'idea era di appostarci e farti fare delle fotografie con il teleobiettivo – te lo avremmo detto una volta arrivati sul posto – nella speranza che lei riconoscesse qualcuno. Poi è andata com'è andata: Viola ha perso il controllo dell'auto, il volo fuori strada... e l'incidente, per lei mortale.

Dopo alcuni giorni, venne a trovarmi un'agente di polizia in ospedale: girò a lungo intorno al mio letto, pensava che dormissi. Prese una sedia e si accomodò, in attesa.

«Come sta?» mi chiese a un certo punto; forse si era accorta che la spiavo di sottecchi.

«A letto, come vuole che stia!» risposi con voce calma.

«È incazzato o ironico?»

A quel punto aprii gli occhi. «Faccia lei!»

«Allora preferisco pensare che, nonostante la situazione, sia una battuta di spirito, anche se mi domando come fa... nelle sue condizioni, intendo.»

A quelle parole mi insospettii. «Lei sa qualcosa che io non so? Tipo che non riuscirò più a guardare qualcuno negli occhi se non dal basso di una sedia a rotelle?»

L'agente arrossì: capì in quel momento che non mi aveva-

no ancora parlato della mia infermità permanente. «Mi spiace, non volevo...»

«Lasci perdere, ormai è fatta!» Le sorrisi a fatica. «Ora possiamo passare al vero motivo della sua visita... cosa vuole sapere?»

Mi guardò per un lungo istante. «In effetti, sono io che le devo dire alcune cose... Anzitutto: sa con chi era in macchina?»

«Certo, con Oreste, il nostro fotografo di redazione... avrà scoperto che sono un giornalista.»

«Sì, ma non è Oreste che m'interessa... la ragazza...»

«Viola?»

«Il suo vero nome era Violeta, un'ex prostituta sottoposta a regime di protezione...» Si fermò un attimo e si morse il labbro. «Forse ho fatto un'altra gaffe!»

«Stia tranquilla, lo so. Mi hanno detto che non ce l'ha fatta.»

«E le hanno anche detto che era incinta?»

«Questa è una novità!» Ero sorpreso.

«Scusi se sono nuovamente un po' rude, ma... pensa che il bambino fosse suo?»

«No, non può essere, non ho mai avuto rapporti con lei... l'ho conosciuta circa un mese fa, mi ha portato una busta...»

«Quella che abbiamo trovato nel cassetto della sua scrivania in redazione?»

«Caspita, che velocità! Siete già andati a rovistare nelle mie cose!»

«Sì, visti i precedenti della ragazza, abbiamo avuto il mandato dal giudice per le indagini preliminari.»

«Indagini preliminari per un incidente stradale?» chiesi, perplesso.

«Non è stato un incidente... vi volevano morti.»

* * *

«Ho freddo, non so se riesco a resistere a lungo.» Oreste mi incita a finire il racconto.

«Se vuoi, andiamo e finisco strada facendo, ormai la neve si è sciolta e dovremmo tornare più velocemente» lo rassicuro.

Si alza, gira la carrozzella e inizia a spingere a fatica. «Ci volevano morti? Chi ci voleva morti? Quelli del clan?» La sua frase finisce con un colpo di tosse.

* * *

L'agente mi guardò e tacque; io pure. A quel punto volevo sapere e la domanda sorse spontanea. «Chi ci voleva morti?»

«Naturalmente, i criminali che gestiscono la prostituzione con le ragazze rumene.»

«Viola era sotto tutela, come hanno fatto a trovarla?»

«Non hanno trovato lei, ma un'altra delle loro ragazze, sfuggita al controllo del racket, quella che ha consegnato la busta e i passaporti a Viola.»

«Ve l'ha detto lei? È venuta da voi?»

«Era un po' difficile che potesse venire lei da noi: siamo andati a prenderla. Un automobilista di passaggio ha visto che stavano picchiando una ragazza in aperta campagna sul ciglio della strada, e ci ha subito avvisati. Quando la pattuglia l'ha trovata sembrava morta: nel frattempo è arrivata anche l'ambulanza. È tornata lucida per pochi istanti, ci ha detto il suo nome, così l'abbiamo ricollegata al programma di protezione. Ha anche fatto in tempo a dirci che aveva dato qualcosa a un'altra ragazza rumena che lavorava in un supermercato.»

«Ora è tutto chiaro... Anzi, no! Come avete fatto ad associare quanto è accaduto a noi con questa storia? E poi, siamo finiti fuori strada per una macchia d'olio...»

«La macchia d'olio? Chi gliel'ha detto, i medici?» Forse si aspettava una risposta, ma tacqui. «Hanno manomesso i fre-

ni dell'auto. La storia dell'olio l'abbiamo inventata noi per farlo sembrare un incidente e non un tentato omicidio... Sa, i giornalisti...»
«Lo so, lo so» risposi sarcastico.
Nonostante la serietà della faccenda, ci scambiammo un sorriso.

* * *

Non so quanto abbia sentito Oreste del mio racconto: inizia a fare freddo e non riesco più a parlare. Il suo passo è rallentato da un po', sta facendo fatica a spingere la sedia a rotelle e mancano ancora duecento metri a casa. Ci fermiamo.

«Ti spiace se entriamo in questo bar a bere qualcosa di caldo?» mi chiede.

«Sì, sì, dai, anch'io ho la gola secca a furia di parlare.»

Il locale è affollato, i vetri appannati, molta gente entra per scaldarsi come abbiamo fatto noi. L'unico posto dove posso stare con la carrozzella è vicino alla porta; addentrarsi sarebbe impossibile senza creare scompiglio. Ci servono quasi subito i due tè al limone che abbiamo ordinato: forse il fatto di sembrare due disperati appena caduti da un altro pianeta ha reso celere il servizio.

«Così, non è stata una macchia d'olio come mi avevi fatto credere... e lei non era nemmeno la tua fidanzata, e quello che portava in grembo non era tuo figlio...» La voce di Oreste è stanca e delusa.

«Perdonami, amico mio, se non ti ho raccontato la verità allora...»

«Già...» Un avverbio pesantissimo se detto così, senza aggiungere altro. Oreste tossisce leggermente, mentre ci spostiamo in un tavolino più riparato: nessuno si lamenta di questo passaggio, il locale si sta svuotando.

«All'epoca non potevo dirti queste cose, la poliziotta mi

aveva chiesto di tacere e di avallare la loro versione.»
«Avevano un piano per arrestarli?»
«Di più... per eliminarli!»
«Ucciderli? Da quando la polizia uccide la gente?»
«Non la polizia... sarei stato io a farli fuori.»
«Tu? Un assassino?» Oreste rimane con la bocca socchiusa dalla sorpresa. «No, dai! Mi stai prendendo in giro!»
«Purtroppo, no. In pratica, ho ucciso almeno due di quei criminali.»
«Non ti ci vedo sulla carrozzella, con una pistola, a rincorrere i gangster come in un film americano!»
«Niente pistole, ma armi non convenzionali!»

ARMI NON CONVENZIONALI

«*Dovrà solo scrivere un libro, diciamo qualcosa simile a un romanzo.*»

Erano passate tre settimane dall'incidente e mi stavo riprendendo abbastanza bene: avevo perso le tue tracce, eri stato dimesso dopo una quindicina di giorni. I medici mi dissero di aver ridotto la frattura impiantandoti una placca di metallo e di averti rimandato a casa. Di tanto in tanto passava qualche collega a trovarmi, persino la segretaria di redazione; sì, quella che aveva ricevuto la telefonata di Viola.

Non avevo più rivisto la poliziotta: non pensavo più a quanto c'eravamo detti, ma ero concentrato sul mio futuro nella nuova condizione di disabile. Che cosa puoi fare contro il destino? Ben poco!

Ero tranquillo, almeno dal punto di vista economico: il direttore del giornale mi aveva assicurato che non avrei perso il posto. Forse con poco tatto, mi aveva anche riferito che la mia scrivania era stata spostata al piano terra, nell'ufficio amministrativo, l'unico senza le cosiddette "barriere architettoniche".

«*Un libro? Ma io sono un giornalista!*» reclamai.

«*Anche i giornalisti ne scrivono, mi sembra...*»

«*Certo, ma di solito sono saggi, non romanzi!*»

«*Vorrà dire che mescolerà i generi.*» *L'agente sorrise.*

Iniziai a spazientirmi. «*Le sembra una cosa da chiedere a un povero cristo che da meno di un mese è inchiodato in un letto dopo che qualcuno a lui del tutto sconosciuto ha cercato di ucciderlo?*»

«*Va bene! Capisco la sua situazione, ma... la prenda come una sfida!*»

«*In che senso?*»

«*Nei due sensi. Primo: fare qualcosa contro chi l'ha ridotta in queste condizioni...*»

Pensai che quella poliziotta sapesse come stimolare le peggiori pulsioni umane, prima di chiedere: «*E la seconda?*».

«*Ho parlato con i medici e col direttore del suo giornale: tra una settimana sarà a casa e avrà almeno due mesi di riposo garantiti. Usi questo tempo per scrivere il romanzo, basandosi sulle memorie della ragazza rumena che Viola le ha consegnato...*»

Rimasi letteralmente basito: in una frase aveva raccolto passato e futuro. «*Bene, ma cosa ci guadagno?*» risposi, cinico.

«*Anzitutto, la mia personale gratitudine!*» Sorrise. «*Poi, questo potrebbe darle un nuovo obiettivo di vita... magari diventa pure uno scrittore di successo, oltre che giornalista!*»

* * *

«Aspetta, tu mi vuoi dire che sei diventato un famoso scrittore perché te l'ha detto una poliziotta?» Oreste è rimasto per l'ennesima volta con la bocca aperta.

«Se vuoi metterla così!» Sorrido.

«Io ordino ancora qualcosa, ma forte, questa volta. Ti va un punch caldo?»

«Sei sicuro? Sai che poi devi tornare a casa da tua moglie...» Rido solo al pensiero di Gina che sente l'alito di Oreste per scoprire se ha bevuto.

«Se ne farà una ragione, così come penso di dovermene fare una io dopo queste rivelazioni... Chissà Gina cosa ne penserà!»

«Ecco, bravo, ti prego di non dirle nulla... Fa parte del nostro passato, lasciamola fuori.»

«Forse hai ragione, non facciamola preoccupare, già ci sono io che la impensierisco con i miei acciacchi...»

«Del tipo?» Sono sorpreso. Ora capisco perché lo vedo così affaticato... e pensare che l'ho spinto io a offrirsi per accompagnarmi!

«Niente, dai, solo qualche doloretto alla schiena, un colpo di tosse di tanto in tanto, cose di stagione...»

«Ordina i punch, così finisco la storia e torniamo a casa» gli dico.

* * *

Tornai a casa una settimana esatta dopo il colloquio con la poliziotta: per fortuna il mio appartamento non aveva ostacoli per la carrozzella, però dovevo imparare a muovermi nelle mie nuove condizioni, e anche a fare quelle cose banali come andare in bagno e mettermi a letto. La ragazza, che già veniva due volte alla settimana a fare le pulizie, fu arruolata quasi a tempo pieno: restava in zona e passava tre volte al giorno a dare un'occhiata. Anche il fisioterapista veniva per aiutarmi, e alla sera a mettermi a letto. La trattoria sotto casa, dove andavo abbastanza spesso quando tornavo tardi dalla redazione, era il mio fornitore di pranzi e cene. Un'organizzazione quasi perfetta.

Il giorno stesso del mio ritorno a casa, mi fu recapitato un plico con le copie fotostatiche di tutti gli scritti trovati nella busta della ragazza bionda, più altre note utili e informazioni raccolte dalla polizia. Fu in quel periodo che iniziai a fare colazione con uno yogurt, guardando fuori dalla finestra: fu così che, tutte le mattine, notai un uomo fermo dall'altra parte della strada. All'inizio non ci feci caso, ma dopo una settimana pensai che forse avrei dovuto controllare anche ad altri orari: si fermava fino a mezzogiorno ed era sostituito da un altro fino a sera.

Chiamai la poliziotta – mi aveva lasciato il suo numero di telefono –, allarmato da queste inquietanti presenze: ero sotto sorveglianza! Le probabilità che potessi essere oggetto di sgradevoli interessi da parte dei malavitosi erano scarse, anche perché i clan sembrava si fossero divisi e avessero questioni più importanti cui dedicarsi. Messaggio chiaro: non ti preoccupare, ti proteggiamo, tu fai quello che ti abbiamo chiesto... scrivi il libro, e al resto ci pensiamo noi!

Dopo sei settimane, la bozza del libro era pronta. Solo centoquaranta pagine, forse ero stato un po' stringato, ma venendo dal mondo giornalistico il mio modo di scrivere era essenziale.

«Uhm, non male! Ci metteremo un po' le mani noi e poi ci penserà il traduttore.» La poliziotta aveva letto solo le tre pagine iniziali più qualche altra e già si esprimeva così.

«Mi spiega adesso cosa ne volete fare?» Mi sembrò una domanda più che logica.

«Pubblicarlo, naturalmente!»

«L'editore del mio giornale non si occupa di libri» le feci notare.

«Lei ha fatto il suo mestiere, noi il nostro: è già nelle mani di un editore rumeno.»

Spalancai gli occhi: sarei stato uno dei pochi scrittori a veder stampato il primo libro in un paese dell'est anziché nel proprio. «Mi vuol dire che avete contattato qualcuno in Romania a cui può interessare il mio lavoro?»

«Non noi, la Siguranța Statului. *Da quelle parti non vanno molto per il sottile, questi criminali fuoriusciti sono considerati alla stregua di traditori...»*

«Sta dicendo che il mio libro serve come esca per farli uscire allo scoperto e arrestarli?»

«Non proprio, la speranza è che s'arrangino tra loro...»

«In che senso?» chiesi. Allora ero certamente più tonto di ora.

«Non mi faccia dire più di quello che voglio dire!»

«In pratica mi state usando come arma non convenzionale» esclamai, incredulo.

«L'ha detto lei: non avrei mai pensato di usare quelle pa-

role per questo lavoro, ma lo descrivono bene. D'altro canto, lo scrittore è lei!»

Non la rividi più da quel giorno. Dopo circa due mesi, sui quotidiani nazionali, uscirono notizie di scontri tra bande rivali. I due capi clan furono eliminati, o si uccisero a vicenda in uno scontro a fuoco, e qualche decina di altri criminali furono arrestati: alcune ragazze furono trovate in un paio di appartamenti, altre sparirono, qualcuna forse riuscì persino a mettersi in salvo. Nel frattempo, continuavo a fare colazione con il mio yogurt davanti alla finestra: tre giorni dopo la pubblicazione degli articoli sulle faide interne ai clan, notai che il mio angelo custode mattutino era scomparso, e con lui anche gli altri.

La mia vita riprese con le nuove modalità: in redazione ci fu persino una festicciola per il mio rientro! Purtroppo, non potevo più fare inchieste come una volta, correndo in giro. Scrivevo qualche pezzo di cronaca di cui gli altri non avevano tempo o voglia di occuparsi, in più tenevo la rubrica sulle novità letterarie, attività che mi ha consentito di conoscere e intervistare parecchi scrittori famosi all'epoca. Dopo circa un anno, quasi in contemporanea, successero un paio di cose che non mi aspettavo e che avrebbero cambiato nuovamente la mia vita.

«C'è il direttore della sua banca al telefono... glielo passo o ha il conto in rosso e non gli vuole parlare?» La segretaria di redazione mi offrì quest'opportunità di fuga dalle mie responsabilità.

«Me lo passi, me lo passi, per ora non sono in rosso, o almeno spero.»

Soliti convenevoli, poi una strana notizia. «Abbiamo ricevuto un bonifico per lei da una banca rumena con causale "drepturi de publicare a cărților"... Sembrano diritti d'autore per un libro. La cosa è strana, nei paesi dell'est pubblicano i libri dell'ovest, ma se ne guardano bene dal pagare i diritti.»

Così mi ricordai di quel romanzo che avevo scritto e che

avevo accantonato nella mia memoria. «*Di che cifra stiamo parlando?*»

«*Un milione tondo tondo!*»

A quei tempi erano soldi, ma forse... «*Di lire?*» *chiesi.*

«*Scherza? Un milione di* lei, *la moneta rumena... a occhio circa quarantamila lire, ma vista la velocità dell'inflazione in quel paese, alla fine della telefonata saranno trentacinquemila lorde: tolte le spese, potrà andare fuori una volta a cena.*»

Dopo qualche giorno, ricevetti un'altra telefonata.

«*C'è il direttore di una casa editrice nostra concorrente che la cerca: che fa? Ci vuole lasciare?*»

In effetti, quella casa editrice una volta aveva anche dei quotidiani, che poi vendette a un'altra società. Il direttore aveva ricevuto, chissà come, una copia del libro rumeno, insieme alle fotocopie della mia versione originale in italiano. Era interessato alla pubblicazione: sarebbe stato il mio primo libro, ma avrei dovuto lavorarci ancora, anzitutto cambiando i nomi di alcuni personaggi e allungandolo fino ad arrivare almeno a duecentocinquanta pagine. L'idea era interessante; la prima versione pubblicata in rumeno era uno scarno racconto di fatti in parte reali, con la precisa finalità di far scoppiare una guerra tra clan... ora invece potevo dar sfogo alla mia fantasia!

Prima di iniziare ci tenevo a parlare con la poliziotta, volevo chiederle se c'erano problemi a pubblicarlo nel nostro paese, così le telefonai: "Il numero da lei chiamato è inesistente". Pensai subito che, visto quanto era successo, glielo avessero cambiato, così contattai la questura: non risultava nessuna agente con quel cognome e men che meno un gruppo che avesse seguito la vicenda delle bande di criminali rumeni prima degli eventi raccontati dai giornali!

* * *

I punch ci hanno riscaldati e riusciamo a tornare a casa

abbastanza spediti, anche se Oreste continua a tossire e ha ripreso a zoppicare nonostante gli stivaletti con le suole di differenti altezze: sento che a ogni passo la carrozzella sbanda un po' di lato, sempre lo stesso. Mentre torniamo, chiamo il fisioterapista; mi dice che è passato da casa mia poco prima, ma, non trovandomi, ha chiesto a Gina dove fossi.

Finisce la seduta con una cliente e arriva in un attimo. Mi mette subito a letto, e inizia a massaggiarmi le gambe: la lunga permanenza all'addiaccio le ha congelate, senza che io naturalmente potessi accorgermene; prima di andarsene vuole essere sicuro che la circolazione sia tornata normale e la temperatura adeguata.

Mando un messaggio a Oreste per sapere come sta. Mi risponde subito: anche lui è andato a letto appena tornati. Gina è molto arrabbiata e preoccupata per la nostra lunga passeggiata. Oreste sperava, una volta a casa, che la tosse si calmasse, invece no, così Gina sta pensando di chiamare il dottore. Forse andrà meglio con la tisana al miele che gli sta preparando.

Mi sento in colpa per averlo trascinato con me al parco: quando ho fatto balenare l'idea di uscire, ero sicuro che si sarebbe offerto di accompagnarmi. È stato un capriccio, avrei potuto raccontargli tutto seduti serenamente qui in salotto: Gina ci avrebbe preparato il tè, magari insieme a qualcuno dei suoi biscotti, e poi se ne sarebbe andata tranquilla a fare le sue compere.

Da qualche parte ho letto che invecchiando si diventa i figli dei propri figli: ora capisco il senso più profondo di questa frase! La mia condizione non mi ha impedito di fare una vita abbastanza normale, almeno fino a prima di Natale; ora, invece, mi sento come un mocciso che non sa più che fare senza l'aiuto degli altri; un po' come in quel film dove il personaggio principale nasce vecchio e torna bambino. Ora che Miranda se ne sta andando, di chi sarò figlio? Non certo di Giada, che ha ancora bisogno di genitori affidabili... E io, invece...

* * *

È passata Gina: non mi ha detto nulla di Oreste, solo che è stanco e muto. Pensavo a una sgridata anche per me, invece è calma, deve aver esaurito tutta l'adrenalina con il marito. Una volta trovavo normale che venisse a vedere se avevo bisogno di qualcosa, forse perché la pagavo, almeno per fare le pulizie: ormai sono anni che non è al mio servizio, ma non ha mai smesso di entrare un momento a controllare se è tutto a posto. Trovo questa cosa commovente e mi scende una lacrima al solo pensiero; se non esistesse la parola inglese *caregiver*, bisognerebbe inventarla solo per descrivere Gina.

Per terra ci sono i fogli che mi ha portato: Ricordi e Misfatti. Forse non è uscita a fare quella spesa impellente di cui ci ha parlato, forse ha approfittato della nostra passeggiata per fare una sorta di lista di avvenimenti che ha vissuto nella sua carriera di portinaia e che possono essermi utili per scrivere un nuovo libro.

Ora però mi domando: perché parlare dei misfatti degli altri, quando abbiamo gli armadi pieni dei nostri?

Parte Terza
Un presente di misfatti

ESAME DI COSCIENZA

Al mattino, le priorità di Olivina sono, nell'ordine: Giada, il sottoscritto e la spesa. La prima sfida è quella di convincere una quasi diciottenne ad alzarsi per tempo: per invogliarla a uscire dal letto, le prepara il suo tè preferito, quello ai frutti di bosco, accompagnato da qualche biscotto o da una fetta di torta di Gina, cose che non mancano mai a casa nostra. La seconda fase prevede i dovuti solleciti per le attività in bagno e la vestizione; infine, dopo un veloce controllo davanti allo specchio in anticamera, viene sospinta verso la porta di casa con la speranza che raggiunga in tempi brevi il liceo. Forse già un po' stanca mentalmente, si dedica ad attività fisiche di maggior impegno: mi fa alzare, mi accompagna in bagno e mi aiuta a vestirmi. Lo yogurt è già a temperatura ambiente come piace a me, lo toglie dal frigo per tempo: avvolti dal profumo del caffè, mi accompagna vicino alla finestra del soggiorno, dove amo fare colazione. Mi chiede se mi serve qualcosa e infine può andare a fare la spesa: per lei è il suo momento relax!

Sono passati vent'anni e sono ancora davanti a questa finestra, con lo yogurt in mano, a meravigliarmi di quanta vita ci sia fuori e di come ogni giorno la città si svegli grazie alle energie dei suoi abitanti. È trascorso un mese dal giorno in cui sono stato ricoverato per il mio problema al cuore... o forse dovrei dire per i *miei problemi* di cuore. E sono passati dieci giorni dall'arrivo di Olivina: sì, finalmente anch'io posso vantarmi di avere una badante, nel vero senso del termine.

«Lei mi dice cosa devo fare e io lo faccio: se non mi dice niente, qualcosa da fare la trovo lo stesso!» Così si è espressa la prima volta che Gina me l'ha presentata. Una donna massiccia, in una parola la persona giusta per le mie necessità. Abita nel palazzo di fronte con la madre colombiana. È nata a Lanzarote, dove sua mamma faceva la cameriera in un resort: lì ha incontrato un norvegese, mezzo geologo, mezzo minatore, venuto dal suo paese per estrarre l'olivina dalle rocce vulcaniche dell'isola. Una frana se l'è portato via, lasciando alla povera ragazza colombiana un'Olivina di quasi quattro chili nella pancia. Se poi mi racconterà come sono arrivate da noi, vi terrò aggiornati; l'importante adesso è che sia qui ad accudirmi. Cinicamente parlando, la fortuna ha voluto che la signora dove lavorava abbia deciso di finire la sua esperienza terrena alla veneranda età di novantanove primavere, giusto all'inizio dell'anno.

Quando sono tornato a casa dall'ospedale ero parecchio depresso; vedevo le persone intorno a me che facevano di tutto per aiutarmi: Gina, la signora *Miscusi-miscusi* e il fisioterapista. Ma era come un castello di carte, pronto a crollare al primo soffio d'aria. Sapevo che Miranda non sarebbe tornata a vivere con noi, e così è stato. Ero preoccupato per nostra figlia Giada, ma sembra aver assorbito bene il colpo, anche se con gli adolescenti bisogna stare sempre all'erta. I litigi con la madre erano all'ordine del giorno, mentre ora sembra più tranquilla; si è rimessa a studiare di buona lena e il primo obiettivo è quello di finire il quadrimestre con una sola insufficienza.

L'unica non molto contenta delle novità è Emma, la signora *Miscusi-miscusi*: un vero dispiacere doverle dire che Olivina avrebbe fatto anche i mestieri di casa, oltre al resto. In dieci anni di onorato servizio ho calcolato abbia detto almeno ventimila volte "mi scusi" tra queste mura, se non di più!

«Mi scusi se ho fatto qualcosa che non le è piaciuto!»

«No, Emma, non ha fatto niente di sbagliato» l'ho rassicurata.

«Mi scusi, ma posso passare qualche volta a trovarla?

Comunque, un paio di volte alla settimana vengo a fare qualche lavoretto a casa di Gina... mi farebbe piacere...»

«Emma, l'aspetto sempre a braccia aperte!»

Una chiave gira nella porta d'entrata. Strano... Olivina non è uscita da molto per la spesa: infatti, è Gina; pensavo fosse al lavoro.

«Caro Scrittore, buon giorno!»

Mi giro sulla carrozzella e la raggiungo, mentre si siede pesantemente sulla sua poltrona preferita.

«Buon giorno a lei, Gina.» Sorrido. «Qual buon vento? Pensavo fosse dai suoi pargoletti...» Da qualche anno lavora in un centro che segue bambini con gravi problemi familiari, fornendo supporto psicologico.

«Ecco, bravo... ci vorrebbe proprio un buon vento! Uno di quelli che pulisce l'aria... e che porta via le nuvole dalla vita.»

Queste parole mi preoccupano, soprattutto la voce stanca con cui le pronuncia.

«I miei bambini dovranno arrangiarsi!»

Sono sorpreso. «Si è licenziata?» chiedo, allarmato.

«No, no, per carità... ho preso un'aspettativa...»

Intuisco che il problema sia la salute di Oreste, perciò mi azzardo a chiedere: «A proposito, Oreste come sta? È un po' di giorni che non lo sento».

«Faccio fatica anch'io a sentirlo...»

«Ah, bene! Quindi è tornato al lavoro con Filippo...»

«Magari!» mi risponde. Abbassa lo sguardo e fa seguire qualche secondo di silenzio. «Non lo sento perché parla poco, e quel poco è un filo di voce.»

Era ciò che temevo. «Accidenti... ho fatto male a chiedergli di accompagnarmi al parco quella volta con la neve!»

«Per carità, non si senta in colpa. L'altro giorno, quando è passata Miranda, c'era Tommaso con lei...»

«Ah, sì? Non l'ho visto!» Miranda era passata a prendere un po' di vestiti: il suo sarà un trasloco a rate.

«Sì, è stato tutto il tempo da noi, ho chiesto io che venisse anche lui: volevo fargli visitare Oreste.»

Adesso che c'è un medico nella tribù, meglio approfittarne, anche solo per un parere! «Cos'ha detto?»

«Non molto, in realtà. Lo ha auscultato su tutti i lati, ma sa com'è fatto, preferisce avere tutti gli esami prima di esprimersi.»

«Nemmeno una mezza parola?»

«Dice che i polmoni non lo convincono: ha domandato anche se fosse stato un fumatore incallito... non ha mai toccato una sigaretta il mio Oreste.»

«Così gli avrà prescritto una marea di esami da fare.»

«No, in effetti no!»

Come al solito, Gina riesce a sorprendermi con le sue risposte contromano. «E quindi se lo deve tenere così, afono?»

«No, ha detto che non è il caso di sottoporlo allo sbattimento di andare a destra e a manca in questa stagione.»

«Tutto rimandato in primavera?»

«Sembra che tra pochi giorni finisca l'emergenza influenza, il picco è stato dopo l'Epifania. Vuole ricoverarlo i primi di febbraio, è più comodo fare tutti gli esami in ospedale.»

Altro giro di chiave, sarà Olivina di ritorno.

«*Ta-tan!* Eccomi qui, sciopero a scuola! Ciao, Gina!» Giada entra saltellando, butta lo zaino sul divano e, prima di lanciarvisi sopra anche lei, si china a baciare la nostra ospite.

«Devo essere diventato invisibile» dico a mo' di battuta, ma nemmeno tanto.

«Ma no, Papino! Tu sei della casa, come i quadri, come la tappezzeria... che mi metto a salutare la tappezzeria, adesso?» Vabbè! Vediamo il lato positivo... mi ha chiamato Papino come quando era bambina. «Vado in *goblin mode*! *See you, boomer!*»

* * *

Esame di coscienza

Gina si è chiusa in un mutismo che non le appartiene; mi ricorda la visita dell'altro giorno di Miranda, anche lei silenziosa. Ha aperto le ante dell'armadio ed è rimasta in contemplazione per decidere cosa portarsi via: un paio di volte, girandosi, ha incrociato il mio sguardo. Mi è sembrato volesse dirmi qualcosa, ma poi, con un impercettibile movimento della testa, non l'ha fatto.

Conosco Gina da una vita e so che ora anche lei è indecisa se parlarmi o meno: nel suo caso, questi stati d'incertezza non durano molto. Resto in attesa: uno, due, tre...

«Avrei preferito non tornasse a casa Giada.» Finalmente si è decisa, ma questo incipit non prelude a niente di buono...

«È blindata nella sua stanza con la musica a palla, tra poco dovrebbe tornare Olivina.»

«Olivina l'ho sistemata prima.»

Sgrano gli occhi. «Sistemata in che senso? Sembra un boss mafioso quando parla così!»

«Oh! Insomma, mi conosce, no? Volevo solo dire che l'ho sentita uscire e, mentre aspettava l'ascensore, ho aperto la porta di casa per dirle di allungare il giro o di passare a salutare sua madre.»

«La madre? Non vivono insieme qui di fronte? L'avrà salutata stamattina, prima di venire al lavoro...»

«Ma allora! Io vengo qui con l'intenzione di parlarle seriamente e lei mi fa tutte ste pulci sul discorso!»

Sorrido. «A dire il vero, mi sembra che sia lei che la sta tirando per le lunghe» le faccio notare.

«Ha ragione! Questa volta è una cosa delicata, molto delicata... ma ormai la frittata è fatta... quindi le dico che...», un momento di silenzio, «ho scoperto il segreto di Tommaso!»

* * *

"Perché Tommaso ha voluto anticipare Miranda, parlando con lei e Giada?" Ricordo questa frase detta da Gina la

sera del giorno in cui sono uscito con Oreste per il giro al parco: deve essere questo il segreto di cui mi vuole parlare.

«Si riferisce al fatto di Tommaso che ha parlato a me e a Giada del suo amore per Miranda? Anzi, ora possiamo dire del "loro amore"...»

«Esatto! Proprio quello! Tommaso, in quei giorni, sapeva una cosa di cui nessun altro era a conoscenza, nemmeno Miranda!»

«Vuole dire una cosa così importante da spingerlo a fare quello che ha fatto?»

«Indubbiamente!»

«Gliel'ha detto lui?»

«No, l'ho capito dalle parole di Miranda...»

Sono confuso. «E quando le ha parlato?»

«L'altro giorno! Miranda, dopo aver preso le sue cose qui a casa, è passata da me ad avvisare che aveva finito. Ho offerto loro una tazza di tè: Tommaso non si è potuto fermare, aveva diverse visite in ospedale. Miranda è rimasta e ci siamo sedute, come un tempo, sulle due poltrone in sala da me. Oreste era in camera, ormai passa quasi tutto il tempo a letto.»

«Confidenze tra donne, un classico...»

«Non deve essere stato facile per lei aprirsi così.»

«Devo dire che anch'io ho avuto l'impressione volesse dirmi qualcosa: era come se si vergognasse... Si vede che ha pensato di parlarne prima con qualcuno che potesse fare da *trait d'union*, o sbaglio?»

«No, non sbaglia, questa volta vedo con soddisfazione che ci è arrivato da solo!»

«Gina! Cosa vuole dire, che sono uno stupido?»

Sorride. «Non se la prenda così, constatavo solo che spesso voi uomini arrivate sempre un po' in ritardo sulle cose.»

Si alza dalla poltrona, ha bisogno del contatto fisico con me. Si avvicina, mi fa una carezza sul volto, poi si accuccia sul divano di fianco alla carrozzella, piegando le ginocchia e

appoggiandosi al bracciolo per arrivare a guardarmi negli occhi. Restiamo un lungo istante a fissarci come vecchi innamorati. Poi, finalmente, parla.
«Miranda aspetta un bambino da Tommaso.»

* * *

Resto imbambolato a guardare Gina negli occhi: non era cosa da dirmi stando seduta in poltrona, ma quella posizione accovacciata non è certo comoda per lei. Si alza, mi bacia la fronte e torna al suo posto.
«Tommaso sapeva questa cosa prima di tutti, persino prima di Miranda.»
Sono sorpreso e confuso. «Prima di Miranda? E com'è possibile?»
«Si ricorda quanto fosse stanca prima di Natale?»
«Sì, certo, ma cosa c'entra?»
«Tommaso le ha proposto di fare gli esami del sangue e delle urine per un controllo: con lungimiranza, ha ordinato facessero anche il test di gravidanza.»
«Senza avvisarla? Ma non è contro la legge?»
«Secondo lei un uomo innamorato si preoccupa della legge?»
«Sì, ma poi Miranda avrà voluto vedere questi esami, o no?»
«Mi ha raccontato che se n'era proprio dimenticata! Lui glieli ha mostrati quando erano giù al mare, dopo Capodanno.»
Invidio Tommaso, invidio la sua sicurezza, la sicurezza del suo amore per Miranda, ma soprattutto la sicurezza di essere contraccambiato.
«Così la tribù aumenta?» Lo dico con un tono gioioso che sorprende anche me.
«Non è detto!» ribatte Gina.
Il sorriso che era comparso sulle mie labbra sparisce in

un attimo. «Come non è detto?»

«Non sono sicuri di tenerlo.»

Sono completamente basito: non mi aspettavo una cosa del genere e ho bisogno di conferme.

«Ci sono problemi nella gravidanza o nel feto? Forse perché Miranda ha più di quarant'anni?»

«No, no, sembra sia tutto a posto.»

«Non so che dire, non ce la vedo Miranda a...»

«Io sì!» Gina non mi lascia finire la frase.

«Ma cosa dice?» La sua è stata una risposta sicura, e io non me ne capacito.

«Quando Miranda mi ha detto che non sapevano se tenerlo, ha parlato al plurale, ma la conosco, so che è lei l'indecisa!»

Inizio a capire anch'io la situazione: se Tommaso ha fatto quello che ha fatto, è senza dubbio perché lui questo figlio lo vuole.

Forse è meglio avere maggiori conferme da Gina. «E cosa le fa pensare ciò?»

«Quello che è successo tra di voi.»

La risposta mi spiazza, non pensavo di essere tirato in ballo. «Vuol dire che io ho delle responsabilità nell'attuale gravidanza di Miranda?»

«Non certo direttamente, né lei né Giada, ma...»

«Oh, mamma! Cosa c'entra Giada adesso? Spero non stia origliando dalla porta della sua stanza!» Inizio a essere preoccupato dalla piega che sta prendendo il discorso.

«Aveva ragione... non sente il livello della musica? Anche tenesse la porta aperta, di certo non ci sentirebbe!»

Mi giro sulla sedia a rotelle e vado, in silenzio, verso la finestra: ho bisogno di respirare anche solo guardando fuori. Sento Gina alzarsi e raggiungermi da dietro. Il suo seno poggia leggermente sulla mia nuca e le mani sulle mie spalle; gliele prendo con le mie.

«Mi spiace che queste confidenze la stiano sconvolgendo» mi dice con dolcezza.

«Non ci faccia caso, è che tutto sta succedendo così in fretta...»

«Anch'io all'inizio sono rimasta sorpresa dai discorsi di Miranda, ma poi ho ricordato alcune cose che avevo pensato tanti anni fa, quando è nata Giada. Dubbi a cui avevo dato mie risposte, ma senza poterne avere riscontro. Il tempo è galantuomo e le conferme me le ha servite l'altro giorno.»

Sento la testa che mi scoppia, ma allo stesso momento mi godo il contatto con il seno di Gina dietro di me. «Allora, se ha delle conferme le dica anche a me, che ormai ne ho sempre meno.»

«Miranda voleva un maschio da lei, ma è arrivata Giada.»

Resto per un po' in silenzio. «Già!» rispondo poi. Ora l'ho capito anch'io: dopo la nascita della bimba, è andata in crisi, sfociata poi in una vera e propria depressione post partum. Certo, non ha abbandonato Giada, ma la sua reazione è stata quella di lasciare me: è tornata dopo qualche anno, ma non era più la Miranda dei primi tempi, che mi chiamava *Mio-Scrittore*.

«Lei cosa pensa, lo terrà?»

«Se fosse un maschio, senz'altro.»

«Non penso si possa sapere così presto...»

«No, infatti!»

«E allora?»

«E allora ci penserà l'amore...»

A malincuore, lascio le mani di Gina, ma soprattutto il suo seno, e mi giro con la carrozzella per guardarla negli occhi. «In che senso?» le domando.

«Dovrà capire se l'amore per Tommaso è tale da farle sopportare di avere una seconda femmina al posto del tanto desiderato maschio.»

Sento il bisogno di essere abbracciato: guardo Gina, lei ricambia e capisce che il contatto fisico appena terminato di fronte alla finestra non mi è stato sufficiente. Così si siede sulle mie inutili gambe, come ha già fatto altre volte, e mi abbraccia, baciandomi sulla fronte.

«Per ora meglio non dire niente a Giada» mi sussurra all'orecchio.

«Già» rispondo.

A PRANZO CON IL DESTINO

Come ben sanno i genitori di un'adolescente, esistono due mondi paralleli, il loro e quello dei figli: questi mondi hanno tempi differenti, ma quasi sempre s'intersecano come binari in stazione all'ora della cena. Sono alcuni giorni che il mio mondo incrocia quello di Giada anche a pranzo, visto che lo sciopero a scuola era solo il preludio dell'occupazione.

«Ma quanto dura?»

«Cosa? Il blocco delle lezioni? Fino a giovedì» risponde Giada con sicurezza.

«Come fai a esserne così certa?»

«Giovedì si sbaracca, venerdì ci si prepara per il weekend e la settimana prossima tutto relax, visto che c'è la mini vacanza di Carnevale.»

Mangiamo in cucina, lo spazio c'è anche per la mia carrozzella e non sporchiamo casa: l'ho proposto fin dal suo arrivo a Olivina e l'ho invitata a mangiare con me, o con noi quando c'è anche Giada.

«No, io mi alzo presto al mattino, faccio colazione presto, pranzo presto, poi servo voi» mi ha risposto.

Mi sto abituando piano piano alla sua presenza silenziosa. Anche Gina i primi anni era così, sia per rispetto, sia perché sapeva che la professione di scrittore esigeva concentrazione e tranquillità. Non ho mai avuto il coraggio di confessarle che non scrivevo mentre lei girava per casa, ma solo quando ero in totale solitudine. Da quando ho deciso di non dedicarmi più ai romanzi, ma soltanto a queste note sulla mia vita, il silenzio non è più il suo forte ogniqualvolta passa a trovarmi; anzi, so che, se sta zitta anche pochi minuti, mi devo preoccupare, un po' com'è successo qualche giorno fa.

«Oh, che stupida!» Mentre stiamo mangiando, Olivina

esce velocemente dalla cucina, asciugandosi le mani sul grembiule, e corre in anticamera. Torna dopo pochi istanti. «C'era questa nella buca delle lettere!» dice, mentre mi porge una busta.

Per lo Scrittore e Giada

La giro un momento tra le dita, poi la passo a mia figlia. «Visto che è anche per te, aprila tu!»

«Perché io? Sempre a me lo sporco lavoro!» Anche lei la esamina un momento. «Però se ci sono dei soldi me li tengo, così impari!» Ridacchia.

Penso di sapere di cosa si tratta: già in passato la stessa persona mi aveva fatto recapitare delle buste attraverso la casella delle lettere, ed erano sempre inviti.

«Dunque... ecco... *Gentile Scrittore e figlia, siete gentilmente invitati a pranzo domenica, non serve prenotare, tanto so che verrete. Firmato, Gina. P.S.: Giada, non fare la furba, se no vengo a prenderti per un orecchio e sai che sono capace di farlo, anche se hai quasi la maggiore età.*»

Avevo ragione, un invito di Gina. Giada rigira ancora il cartoncino tra le dita, poi alza lo sguardo su di me e...

«Perché non hai sposato Gina?»

Mi va il boccone di traverso: la domanda è il classico fulmine a ciel sereno che non ti aspetti. «Non... non...» accenno, con la bocca ancora piena.

«Non cosa? Non sai rispondere?» incalza.

«Non ci ho mai pensato» dico, ma si capisce che è una risposta preconfezionata, buttata lì in mancanza d'altro.

«Ma se a volte sembrate due piccioncini... E poi...»

«E poi, cosa?» Inizio a preoccuparmi: per fortuna Olivina è in soggiorno a passare l'aspirapolvere e non può sentirci.

«E poi vi siete anche baciati!» Giada si mette a ridere come una matta, tipica reazione degli adolescenti davanti a questo tipo di cose fatte da noi *boomer.*

Sento le guance che s'imporporano. «Come fai a sapere queste cose, piccola impertinente?» Accenno un timido sorriso.

«Me l'ha detto Gina. Sai che ha fatto la portinaia per tanti anni...»

«Mi sa che ti abbiamo lasciata troppo tempo con lei e sei diventata un po' portinaia anche tu!»

«*Me?*» dice con accento inglese, indicando sé stessa con l'indice sul petto. «*Yes, my dear...* portinaia *forever*!» E ride!

«Quando te l'ha detto?»

«Un po' di anni fa... quando tu e la mamma eravate in uno dei vostri periodi altalenanti.»

«E tu sarai corsa a dirlo alla mamma, *I suppose...*» rispondo, scimmiottandola.

«No! Gina è stata categorica, doveva restare un segreto tra portinaie! Lei lo chiama "il vecchio misfatto".»

«Va bene, adesso che abbiamo svelato, appunto, *il misfatto*, torniamo all'invito...» Cerco di uscire dall'imbarazzante *impasse* per paura che torni a galla la domanda sul perché non ho sposato Gina.

«Beh, ci andiamo, mi sembra ovvio. Che problema c'è?»

«Quando Gina fa le cose così ufficiali ho sempre paura ci sia sotto qualcosa!»

«Madonna santa... *chillati* un po'... *relax please*!»

Il tono di voce è un po' alto e Olivina, che ha appena spento l'aspirapolvere, si presenta sulla porta della cucina. «Mi avete chiamata?»

«No, tranquilla, è il *boomer* qui che mi fa *blastare*...» Giada afferra due mandaranci dalla ciotola sul tavolo per andare a gustarseli in camera sua. Poi torna sui suoi passi, s'inchina e mi sussurra in un orecchio: «Quando Gina ti guarda con certi occhi... sì, insomma, sei il suo *crush*!». La risata di mia figlia riempie l'aria... e con questo, i nostri mondi riprendono a viaggiare paralleli fino all'ora di cena!

* * *

«Bacio! Bacio!» Gina ci accoglie con una vecchia tradizione, nata quando Giada era bambina, quella di baciarci sulle guance pronunciando queste due paroline magiche. La cosa mi fa scendere una lacrima. Gina intuisce il motivo... «Su, su, caro Scrittore, non inizierà a sciogliersi ancor prima di entrare» dice, e mi raggiunge per darmi un buffetto sulla guancia.

Io e Giada siamo i primi ad arrivare, visto che abitiamo a fianco. Conto i posti: nove. A Natale, intorno a quel tavolo, eravamo nello stesso numero, ma oggi mi hanno detto che mancherà Filippo, questo mi fa pensare che sarà Tommaso a prendere il suo posto. Chiunque a conoscenza di quanto raccontatomi da Gina in confidenza, farebbe due più due: ci saranno rivelazioni sulla gravidanza di Miranda. O forse no?

Giada, di solito interessata esclusivamente al suo telefono, questa volta fa un'eccezione: il profumo che arriva dalla cucina l'attira più degli ultimi post sui social, e va a curiosare.

«Oreste?» domando.

«Si sta preparando: è molto lento nei movimenti e respira sempre a fatica. Io sono stata presa in cucina e non ho potuto aiutarlo...» Nella risposta di Gina sento la sua stanchezza, che mi ricorda tanto il periodo del suo trasferimento a casa di Agata durante la malattia. Mi giro verso il tavolo e affronto l'argomento.

«Vedo che la tribù aumenta...» Accenno col mento ai posti a sedere.

«Spero non la imbarazzi, Miranda ci tiene che ci sia anche lei...»

«È la prima volta che li vedrò insieme» faccio notare.

«Già! Considera la mia modesta magione un campo sufficientemente neutro per questo incontro?» mi domanda con un sorriso.

«Vedremo, vedremo!» Rispondo al suo sorriso. «Ora devo cercare solo di non ripetere la mia pessima performance dell'ultimo pranzo intorno a questo tavolo!»

«Oh, caspita! Non ci avevo pensato!» Mi viene incontro, s'inchina e mi prende le mani. «Ma adesso sta bene, e poi siamo più tranquilli.»

«In che senso?»

«Ora abbiamo un medico nella tribù, non c'è più bisogno di chiamare il dottor Moretti!» Ride, ma le va di traverso la saliva e si mette a tossire: per un momento penso sia un cattivo presagio, ma scaccio subito l'idea e faccio tesoro di ciò che mi ha detto Giada l'altro giorno, di stare più rilassato.

«Gina!» Giada urla dalla cucina. «Lascio bruciare tutto o arrivi?»

«Arrivo, arrivo!» le risponde, sempre tossendo.

* * *

Tutto come da copione: Miranda, prima del dessert, ci annuncia che è in dolce attesa. La decisione era scontata, mi ero persino preparato qualche espressione di sorpresa: la vera preoccupazione era la reazione di Giada nel sapere che tra qualche mese avrebbe avuto un fratello o una sorella. E infatti...

«Che *cringe*! Non avete perso tempo, vedo!» Si alza di scatto in piedi, facendo cadere la sedia dietro di lei. «E poi farmelo sapere così, davanti a tutti! Magari venire a dirmelo nella mia stanza, nella mia *comfort zone*, no, eh?» Butta il tovagliolo, ormai triturato, per terra. «Con me avete chiuso, quindi *bufù*!» Esce di scena, sbattendo la porta di casa di Gina.

Miranda scoppia in lacrime; sua sorella Ada, Tommaso e Gina vanno a consolarla. Io guardo Oreste e lui guarda me con espressione sofferente, dopo quell'ora passata a tavola. Rimane solo Ermete, il marito di Ada, che sembra un pesce fuor d'acqua. Forse è meglio che io vada da Giada, anche se immagino si sarà chiusa in camera sua a doppia mandata. Faccio marcia indietro con la carrozzella per togliere le inutili gambe da sotto il tavolo, quando una mano leggera si appoggia sulla mia spalla.

«Vado io. Dammi le chiavi di casa...» È Adele, sempre l'unica a mantenere il sangue freddo in queste occasioni.

Ormai mi sono disincastrato dal mio posto e cerco di raggiungere anch'io Miranda, che nel frattempo si è buttata sulla poltrona del salottino di Gina.

«Perdonatemi, perdonatemi tutti, non volevo farvi soffrire così!» È disperata. Vede che mi sto avvicinando piano con la carrozzella, si alza di scatto, corre nella mia direzione, perde una scarpa come il giorno del nostro matrimonio, s'inginocchia davanti a me. «Perdonami, *MioScrittore*, perdonami.»

Anche per uno scrittore è difficile raccontare situazioni del genere, cose che ti attanagliano l'anima e ti prendono a cazzotti lo stomaco. Appoggia la sua testa sulle mie inutili gambe, continuando a piangere e singhiozzare. Le accarezzo i capelli, mentre il mio sguardo incrocia quello di Tommaso: anche lui con gli occhi umidi, mi fa un cenno di approvazione con il capo. È chiaro che Miranda ci ama entrambi, in modo diverso, ma entrambi.

Quanto tempo è passato così? Dieci minuti, forse venti, o mezz'ora: Miranda si è riseduta in poltrona, Ada su quella a fianco, Gina ha accompagnato Oreste a distendersi sul letto, che poveretto non ce la faceva più. Sentiamo la porta di casa aprirsi: Adele tiene per mano Giada... scusate, ma mi viene da dire "la mia bambina", anche se ha quasi diciotto anni. Sembrano la maestra che accompagna l'allieva dal preside a scusarsi per qualche marachella.

Giada resta un attimo a guardarci: forse pensava di trovarci ancora a tavola, ora capisce la profondità del suo gesto. «Scusatemi... tutti.» Si avvicina piano alla poltrona di Miranda. Lei si alza, senza sapere che fare e cosa dire, ma è Giada che le parla. «Tu soprattutto, mamma, perdonami! Ti ho rovinato la festa per la bella notizia.» Si abbracciano, piangendo, mentre io in un angolo dimenticato da tutti mi giro verso il muro a versare la mia dose di lacrime.

«Vi prego, cercate di capirmi...» continua Giada, «adesso vorrei tornare a casa, nella mia stanza...» Si volta e vede Gina; anche il suo viso è segnato dal pianto. Abbraccia anche lei. «Gina, vado a casa, scusami anche tu... Però vorrei portarmi un fetta di torta... sai che i tuoi dolci sono anche medicine per l'anima...»

* * *

«Hai fatto quello che ti avevo detto?» Adele m'incalza. In pratica non ci vediamo da quando ero all'ospedale e sembra voler continuare il discorso di allora come se non ci fosse stato oltre un mese di mezzo.

Siamo soli, fianco a fianco, a guardare fuori dalla finestra: gli altri - tranne Gina che è rimasta con Oreste - sono tornati a tavola per finire questo movimentato pranzo con la torta e un po' di frutta. Parlano della gravidanza, fanno previsioni sul sesso del nascituro, anche se, come direbbe Giada, il *mood* non è dei migliori.

«Forse...» rispondo con aria volutamente laconica.

«"Forse" non è una risposta, lo sai che io sono per il bianco o per il nero!»

«Diciamo che sto scrivendo...»

«Ancora su di noi, su quella che chiami tribù? A proposito... Miranda e Tommaso ne fanno ancora parte?»

«Secondo te? Cosa hai visto oggi?»

«Rispondi con domande, allora stai scrivendo sulla tribù?»

«Forse...» questa volta rispondo così per farla arrabbiare.

«Basta, getto la spugna!»

«Non è da te...» Le sorrido. «A proposito, come hai fatto a convincere Giada a tornare qui e a scusarsi?» Chissà, magari imparo qualcosa su come comportarmi con mia figlia.

«Le ho detto che se alla sua età avessi fatto una scenata del genere, mia madre mi avrebbe prima fatta nera di botte e poi messa nella vasca da bagno per farmi tornare bianca strofinandomi con la pietra pomice!»

Trattengo la risata. «Ma no, dai, non ce la vedo Agata a farti una cosa del genere... era pure psicologa.»

«Certamente non l'avrebbe fatto, se solo ci avesse provato l'avrei chiusa io a chiave nella sua stanza fino a sera!»

«E allora perché l'hai detto a Giada?»

«Perché era quello che andava detto in quel momento per scuoterla...»

Come darle torto! «Ed è bastato?»

«No... ma è ora che cresca e che la smetta...» Si ferma un momento.

«La smetta di fare cosa?»

«La smetta di parlarci con quello *slang* da generazione X, Z o che altro, che nessuno capisce!»

Non faccio in tempo a sorridere per quest'ultima cosa, che sentiamo urlare Gina dalla camera da letto.

«TOMMASO! Presto!»

Spero non dovremmo abituarci a un destino che fa finire i pranzi con un ricovero in ospedale: questa volta un attacco di dispnea ci porta via Oreste in ambulanza. Gina prima di pranzo aveva fatto la battuta sul medico, la tosse l'aveva punita... e non era finita lì!

SUOR CANDIDA

Sono preoccupato per Oreste: ormai è una settimana che è in ospedale e non riesco ad avere notizie certe. Gina è quasi sempre da lui: le scrivo dei messaggi chiedendo informazioni, ma le risposte sono sempre stringate. *"Stanno facendogli gli esami"*, *"Con l'ossigeno sta benino"*, *"Tommaso lo tiene sotto controllo"*.
E quindi? Niente, non ottengo nulla di più.
Ho provato a scrivere anche a Tommaso. *"Senza gli esami sai che non mi sbilancio"*, *"Adesso respira meglio anche se con un po' di ossigeno"*, *"Non ti agitare, ti assicuro che qui è il posto migliore dove possa stare"*. Sembra si siano messi d'accordo... così ieri ho preso la decisione di andare a trovarlo.

In un primo momento avevo pensato di prendere un taxi, ma nelle mie condizioni è alquanto stressante: non posso fare sforzi per passare dalla carrozzella al sedile e viceversa. Ho pensato che la minicar fosse la soluzione migliore, visto che l'ospedale è a venti minuti da casa: la piccola vettura che Gina mi aveva procurato quando insegnavo all'università è ferma da tempo in cortile. È fatta apposta per i portatori di handicap: con un telecomando si apre la porta posteriore e si entra con tutta la carrozzella, poi i comandi sono al volante.

Olivina è scesa ieri mattina dalla portinaia e le ha chiesto di collegarla alla corrente per ricaricare le batterie; quando è tornata, ha preso un secchio e degli stracci, l'ho bloccata che aveva già la mano sulla maniglia della porta di casa.

«Dove va con tutto quell'armamentario?»
«In cortile...»
«Ha deciso di aiutare Rosa a fare le pulizie nel condominio?» le dico sorridendo.

Si volta con lo sguardo stranito. «Cosa dice? Quale condominio?»

«Scherzavo...»

«Ah, ecco!»

«A cosa le servono secchio e stracci?» Meglio optare per domande chiare e dirette.

«A pulire la sua auto.» Ormai è quasi sul pianerottolo. «I vetri sono così sporchi che non vedrebbe niente... e poi non si capisce neanche più di che colore è!»

Stando così tanto tempo chiusi in casa, si perde il contatto con le cose reali della vita: avrei dovuto immaginarlo che, lasciandola ferma sotto gli alberi in cortile per mesi e mesi, non sarebbe bastato ricaricare la batteria.

***

«Cosa ci fa qui lei?» Gina strabuzza gli occhi vedendomi arrivare.

«Ho pensato di venire a trovare Oreste...»

«E come ci è arrivato fino a qui?»

«Con la minicar...» Ha il sapore di una confessione.

«Con la minicar? Ha guidato lei?»

«Beh, certo, è monoposto...»

«Lei è matto!» Abbassa la testa e anche le spalle, sconsolata. «Uno col cuore malandato come il suo alla guida nel traffico, che incosciente!»

La visita è breve: Oreste sembra contento di vedermi, ma con la maschera dell'ossigeno parlare gli è difficile e si stanca facilmente. Pensavo di trovarlo nella stanza a pagamento dove sono stato io a Natale, ma mi hanno detto che è occupata. Un uomo molto anziano, con problemi respiratori e non solo, è ricoverato insieme a lui; pare fosse un maestro delle scuole elementari: di tanto in tanto passano dei suoi ex-alunni, signori ormai un po' attempati, che si sono presi l'onere di aiutarlo, visto che ha vissuto la scuola come una missione e non si è mai sposato.

Non capisco cosa faccia Gina tutto il giorno in ospedale: Oreste è servito e riverito con un occhio di riguardo, visto che conosce Tommaso. Pensavo di trovarla in stanza con lui, invece era in giro; quando mi ha visto è trasalita e ha cercato persino di nascondere una rosa che aveva in mano. Un po' come se l'avessi presa con le dita nel barattolo della marmellata.

Uscendo dalla stanza di Oreste, faccio pochi metri e sento una voce dietro di me. «Seguimi...» È Tommaso che passa, mi supera e apre la porta del suo ufficio facendo un eloquente gesto con la mano. «Ecco, entra e aspettami qui che ti devo parlare... Hai fretta?»

«No, direi di no...» rispondo.

«Faccio una medicazione e arrivo!»

* * *

«Eccomi. Come stai? Ti sei annoiato?» Tommaso rientra nel suo ufficio e si accomoda dietro la scrivania.

«No, tranquillo. Mi sono permesso di sbirciare i tuoi libri di Medicina qui sullo scaffale...»

«Sei venuto con la minicar, vero? Ne ho vista una giù nel parcheggio» mi chiede.

«Sì, lo so che non avrei dovuto, visti i miei problemi al cuore...», metto le mani avanti, «spero non mi farai anche tu la ramanzina!»

«Non preoccuparti. Anzi, direi che hai fatto bene, piuttosto che su e giù dal taxi.»

«L'ho pensato anch'io.»

«Me ne aveva parlato Miranda, e forse l'avevo intravista in cortile da voi quando sono venuto a pranzo.»

Miranda... mi aggancio subito al suo nome. «Come sta?» domando.

«Non troppo bene, purtroppo.» La sua voce trema e io

trattengo il fiato.

«Che significa? Forse l'età è troppo avanzata?»

«No, no, non è quello... è più giovane di te...»

«Certo, lo so bene che è più giovane di me... Allora che problemi ci sono con questa gravidanza?»

Tommaso mi guarda, come colto di sorpresa, poi sorride. Sto per arrabbiarmi: perché ride parlando della salute di Miaranda? Che razza di comportamento è?

«Non mi sembra il caso di ridere...» dico, con tono risentito.

Tommaso si alza, gira intorno alla scrivania e si siede davanti a me, sulla sedia che normalmente usano i suoi ospiti.

«Miranda sta benissimo, nemmeno un mal di stomaco» sussurra con voce calma.

Tiro un sospiro di sollievo. «Ti sembra il caso di fare certi scherzi a uno debole di cuore?»

«Nessuno scherzo, pensavo fossi venuto per chiedermi come sta Oreste!»

Accenno a un veloce sorriso, ma ricordo subito le parole di Tommaso. «Quindi è lui che non va bene...»

«Sì, purtroppo.»

«È così grave?»

«Tienitelo per te... non dire niente a Gina.»

«Stai tranquillo...»

«Sospettiamo sia un edema polmonare» mi rivela.

Povero Oreste! «Ho letto qualcosa tempo fa, ma non ne so molto... È in pericolo di vita?»

«No, non ci sono pericoli a breve, ma i polmoni sono messi piuttosto male. Ora stiamo indagando sul cuore, da cui probabilmente deriva il problema... sembra messo anche peggio del tuo!»

«Mamma mia! Come mai si trova in questa situazione?»

«Mi sono fatto l'idea che tutti questi anni passati correndo in giro a fare fotografie ai matrimoni non gli abbiano fatto bene. Forse era già debole di suo, ma andare da un posto all'altro, magari anche sudando parecchio, dentro e fuori... sono tutte cose che non fanno bene dopo una certa età.»

«Una sorta di malattia professionale, quindi.»

«Non la chiamerei così, il mestiere di fotografo non è tra quelli catalogati a rischio, ma l'ambiente conta.»

«Mi sento in colpa per la passeggiata che gli ho fatto fare il giorno della nevicata...»

«Forse in questo caso è stata utile, ha dato il là ai sintomi, che fino ad allora erano stati solo latenti: Gina mi ha raccontato che da Natale aveva una tosse leggera, ma fastidiosa. Adesso l'importante è stabilizzarlo in modo che possa tornare a casa. Ho paura però che dovrà tornare spesso qui in ospedale.»

«Avete problemi di posti letto? Ho visto che non è nella stanza a pagamento: avevo detto a Gina che avrei pagato io.»

«Non me ne parlare...», alza gli occhi al cielo, «abbiamo dovuto ricoverarci una suora che ci hanno spedito dal convento, anzi dovrei dire ex orfanotrofio, quello in fondo alla valle.»

«Una suora? Che strano, chissà perché pensavo avessero delle strutture loro...»

«Macché, ce l'hanno scaricata qui senza nemmeno dirci il perché, solo che era stata male nella notte: è arrivata l'ambulanza e amen. Ho dovuto sistemarla in quella stanza, mica potevo metterla con altri...»

Mi sembra una storia surreale. «Avete scoperto qualcosa?»

«Sì... che è vecchia! Per la malattia ancora niente di specifico, salvo i problemi dell'età, ma anche nel suo caso stiamo facendo i dovuti controlli. Di sicuro c'è solo un fatto: è una grande rompipalle!» esclama.

«Ah, ecco...» Mi viene spontaneo sorridere.

«Ogni giorno un problema: dice che gli si gonfiano i piedi e non riesce più a mettere le ciabatte, poi il mangiare...»

«Su quello potrei confermare che la qualità non è da Grand Hotel.»

«Lo so benissimo, ma un giorno dice che è troppo salato, un altro che è troppo piccante, è troppo o troppo poco: io pranzo qui in reparto con le stesse cose che mangiano i pazienti e non ho mai riscontrato questi problemi.»

«A volte le alterazioni del gusto sono legate a specifiche patologie. I primi esami cosa dicono?»

«Per carità, non mi parlare degli esami!»

Questa frase mi sorprende per la veemenza con cui Tommaso l'ha pronunciata. «Anche quelli non le vanno bene?»

«Ti prego, non raccontarlo in giro, se no ci facciamo una figura di m...» Fa un gesto eloquente con le mani.

«Ma no, tranquillo!»

«L'altro giorno portano gli esiti dal laboratorio, tra cui c'era l'esame delle urine, e quella stordita della dottoressa – sì, la stessa che hai conosciuto anche tu –, è andata da lei senza controllarli prima: ha aperto la cartelletta e li ha letti a voce alta... senza pensarci un momento le dice che è incinta!»

Resto meravigliato, con la bocca socchiusa. «Incinta? Ma quanti anni ha?»

«Quasi la tua età!»

Non riesco proprio a trattenere la risata.

«Ecco, ridi ridi, ma Suor Candida è svenuta, stecchita!»

M'immagino la scena e mi compiaccio del guaio combinato dall'antipatica dottoressa. «E poi che è successo? Suppongo ci sia stato uno scambio di esami.»

«Macché, sarebbe stato troppo semplice! Il responsabile del laboratorio si è incazzato come una iena quando abbiamo ipotizzato un errore da parte loro: ha portato in direzione tutta la documentazione e la tracciatura del percorso fatto dal campione. Risultava tutto a norma! È arrivato dal nostro reparto, che figura di merda!»

Avevo già smesso di ridacchiare e ora la mia faccia è preoccupata. «Strano, quando sono stato qui il reparto sembrava un orologio svizzero...»

Tommaso si sporge leggermente dalla sedia e avvicina il suo viso al mio. «È... un... orologio... svizzero!» sussurra, scandendo bene le parole. Si rimette comodo. «Abbiamo subito ripetuto l'esame, ma questa volta ho ritirato e portato di persona la provetta in laboratorio.»

«Ed era ancora incinta?» chiedo a quel punto.

«Ma cosa dici? Certo che no!»

Qualcuno bussa alla porta, che si apre senza attendere risposta.

Riconosco la caposala: sembra agitata, non entra, ma resta sulla soglia semiaperta.

«Professore... Suor Candida ha le dita che sanguinano e sta urlando a squarciagola.»

Tommaso resta un attimo interdetto. «Addirittura urlando?»

«Sì! Non fa che ripetere: "Miracolo, miracolo, miracolo!".»

***

Riassumendo la giornata di ieri, ho saputo, nell'ordine, che:
- La minicar funziona ancora e io mi ricordo come si guida.
- Oreste non è in buone condizioni.
- Miranda, al contrario, sembra stia benone.
- Nella stanza d'ospedale che ho occupato poco più di un mese fa, ora c'è una suora rompipalle, Suor Candida, a cui sanguinano le dita, tanto da farla urlare al miracolo.
- Più che dai miracoli, il reparto di Tommaso sembra colpito dal malocchio, visti i misfatti che stanno avvenendo.

Di solito non vado nella stanza di Giada, ma ieri pomeriggio, quando l'ho sentita tornare da scuola, mi è venuta voglia di bussare ed entrare per raccontarle la mia visita in ospedale. Inutile dire che è scoppiata a ridere quando le ho detto della suora incinta!

«Ma no, dai, che stordita la doc... povera Suor Candida!»

«Beh! Più che "povera"... Tommaso l'ha etichettata come "rompipalle"!»

«Vorrei vedere te, passare la vita in un convento... magari non lo ha nemmeno scelto lei di farsi suora!»

L'osservazione di Giada mi colpisce. «In effetti, una volta capitava spesso che le famiglie meno abbienti portassero le figlie in convento con la preghiera di farle diventare suore, perché non avevano i soldi per mantenerle...»

«Chiedi a Tommy di fartela conoscere, così ti racconta la sua storia e ci scrivi uno dei tuoi *bestseller*...» Per un momento penso che stia parlando sul serio, ma dopo cinque secondi scoppia a ridere.

«Ci manca altro che mi metta a raccontare la storia di una suora rompipalle!» rispondo, girando la carrozzella per uscire, ma mi fermo un momento quando vedo un vaso con una rosa che mi sembra di riconoscere.

«A quanto pare hai uno spasimante...» butto lì senza molta convinzione.

«Spasimante?» Giada si volta e segue il mio sguardo. «Ah, quella! Prima, quando sono tornata, ho incrociato Gina sul pianerottolo: era passata un momento da casa a prendere qualcosa da portare a Oreste. La rosa me l'ha data lei.»

* * *

Appena esco dalla stanza, incrocio Olivina e, per scrupolo, le raccomando la cura della rosa. Sono contento quando posso parlare un po' con Giada: dopo la sfuriata durante il pranzo, con l'annuncio della gravidanza di Miranda, mi sembra cambiata... in meglio. Ha persino rinunciato allo *slang* giovanile quando parla con me. So che Adele ha sempre avuto una grande influenza su di lei, la considera una sorta di sorella maggiore.

Suor Candida

Visto che abbiamo iniziato nel pomeriggio a parlare, abbiamo proseguito anche a cena: mi ha detto che due volte alla settimana passa in agenzia dalla mamma, che Miranda sta bene, anche se un po' affaticata dal lavoro. Ormai alla mia età anche le piccole cose mi commuovono: sapere che si vedono regolarmente e che Giada ha incassato bene il colpo del nuovo amore della madre, mi ha fatto scendere una lacrima di gioia.

«Eh, dai, Papino! Non fare così! Ormai dovresti saperlo com'è fatta mamma!»

«Hai ragione, ma a volte non mi capacito ancora...»

«Di cosa? Di questo suo vai e vieni? In fin dei conti lo trovo positivo, si vede che comunque ci tiene a te... e a me! Indovina cosa mi ha chiesto?»

«Ehm, non saprei... di andare a fare shopping con lei?»

«Naaa! La prossima settimana deve andare a fare l'ecografia: questa volta si dovrebbe vedere bene se avrò una sorella o un fratello! Mi ha chiesto di accompagnarla.» Tace un istante, poi con gli occhi che le brillano, continua: «L'ha chiesto a me, non a Tommy!».

Vabbè, inutile dirlo, mi sciolgo in lacrime.

Giada si alza da tavola, sposta la mia carrozzella, si siede sulle mie inutili gambe e mi asciuga le guance con il suo tovagliolo. «Basta piangere, Papino! Ti prometto una cosa...»

«Che cosa?» domando, con la voce rotta dalla commozione.

«Ti prometto che appena avrò notizie, ti manderò un messaggio, così lo saprai tu prima di Tommy!»

Una volta l'avrei definita una "magra consolazione", invece ora mi scoppia il cuore di gioia.

***

Vedo Olivina che esce dalla stanza di Giada con la rosa ormai defunta e va in cucina per buttarla nell'umido. Sono passati solo due giorni, mi sembra impossibile che si sia rovinata così in fretta.

«Ti avevo detto di curarla...»

«L'ho fatto, ma non poteva durare più di tanto» risponde lei, con rammarico.

«E perché?»

«Qualcuno le ha tolto le spine e così l'acqua l'ha fatta marcire!»

«E chi gliel'ha tolte?»

«Ah, non so. Giada dice che Gina gliel'ha data così.»

Parlando della rosa, mi è venuta in mente la portinaia. «A proposito, hai chiesto a Rosa di attaccare la spina della minicar?»

«Sì, sì! Dopo scendo a vedere se devo pulirla ancora un po'... Va di nuovo a trovare il suo amico?»

«Sì.»

In effetti è Tommaso che mi ha chiesto di passare: in questi giorni ho domandato a tutti se c'erano novità in ospedale per Oreste e per Suor Candida, ma anche questa volta ho sbattuto contro un muro di gomma.

Gina: *"Suora? Che suora? Non ne so niente e non voglio sapere niente!"*. Miranda: *"Scusa, ma sono troppo occupata, alla sera crollo e non scambio quasi nemmeno una parola con Tommaso"*. Tommaso: *"Oreste stazionario, per la suora... ti racconterò"*.

Spero quindi che questa visita possa illuminarmi.

* * *

«L'altro giorno è persino venuto il vescovo!» mi racconta Tommaso.

«Beh, i miracoli sono cose serie...» dico con tono scherzoso.

«Macché miracoli e miracoli, per me il vescovo è venuto solo per sgridare Suor Candida! Comunque, è stata colpa del rosario.»

Suor Candida

«Del rosario?» Tutto pensavo, tranne che un rosario potesse avere delle colpe!

«Sì, il giorno che Suor Candida si è trovata con le mani insanguinate e che ha gridato al miracolo, era proprio colpa del rosario!»

«Non capisco...»

«Ci vede poco o niente e anche la sensibilità delle dita ormai è ridotta, ha preso come solito il rosario dal comodino e si è messa a sgranarlo durante la preghiera. Poco dopo, le dita sanguinavano.»

«Allora il miracolo c'è stato!» torno alla carica.

«Ancora con 'sto miracolo! Ma no, abbiamo trovato come delle punte attaccate ad alcuni grani, sono quelle che le hanno ferito le dita!»

«Allora il miracolo è che crescono le punte ai grani del rosario!» Mi metto a ridere.

«Se dici ancora la parola "miracolo" ti butto fuori dall'ospedale e ti faccio dare un *daspo* per impedire di avvicinarti!»

«E dai, scherzavo!» lo rabbonisco.

«Anch'io... non posso buttarti fuori adesso che mi servi.»

«Ti servo?» La sorpresa è dipinta sulla mia faccia. «In che senso?»

«Mi servi per Suor Candida!»

«Ah, no, anche tu?»

«Io? Perché chi è l'altro?»

«Giada. Mi ha detto che dovrei parlare con Suor Candida e poi scrivere un libro su di lei.»

Ora è Tommaso che sorride e ridacchia. «Beh, non è andata molto lontano. La dottoressa le ha raccontato che in quella stanza era stato ricoverato un famoso Scrittore... e ha aggiunto che sei mio parente, così ora Suor Candida vuole conoscerti!»

«No! Non se ne parla proprio!» Sono categorico.

«Fallo per me! Per il futuro padre del figlio, o della figlia, della tua ex-moglie!»

«Futuro che?» Per un attimo sono confuso. «Ah, sì, ma che c'entra? Mica posso mettermi a scrivere la storia di tutti quelli che incontro per strada... e per fortuna che esco raramente!»

«No, non è per quello, ma magari, se le parli, riesco a scoprire come mai stanno succedendo queste cose strane in reparto... e tutte intorno a Suor Candida!»

UN PROBLEMA SPINOSO

Sono delle carogne – intendo Giada e Tommaso!

Parlare a uno scrittore di una suora con problemi, ricoverata in un ospedale senza quasi sapere il perché, ipotizzando persino che abbia avuto un'infanzia travagliata al punto da spingere la famiglia a portarla in convento per evitarle una vita di stenti... carogne! È un invito a nozze per uno come me! Alla fine, come fa un povero romanziere a ignorare la richiesta di Suor Candida per un colloquio, a sottrarsi al destino di ascoltare la sua storia e magari poi raccontare le sue inaudite sofferenze in un libro? È una vita che conosco Gina e l'ho sempre presa in giro utilizzando lo stereotipo della portinaia curiosa, quando poi, messo alle strette, sono più curioso di lei!

Penso a tutto ciò e mi accorgo che è proprio questa curiosità, stimolata anche dagli strani avvenimenti che stanno succedendo in ospedale, a farmi sentire meglio. L'ultimo mese è stato molto pesante per me, sia a livello fisico che psicologico: la malattia, con un radicale cambio di abitudini; Miranda che mi lascia per la seconda volta, ora in maniera esplicita, per un nuovo amore più giovane di me, e relativa preoccupazione per nostra figlia Giada, con tutti i problemi che una situazione del genere può portare a un'adolescente.

Domani dovrò tornare in ospedale per parlare con Suor Candida, quindi, come al solito, chiedo a Olivina di far mettere in carica la minicar.

«Non serve!» risponde, decisa.

«Come non serve?» chiedo, un po' seccato. «Se poi resto fermo per strada mi vieni tu a prendere?» L'autonomia di queste vetturette è buona, ma non eccezionale.

«Se fosse necessario, verrei, ma non penso proprio lo sarà!»

«E come fai a esserne così certa?» Una conversazione surreale, mi sembra quasi di parlare con Gina, la sovrana del tutto e il contrario di tutto.

«Perché Rosa mi ha detto: *"Grazie al cielo lo Scrittore è tornato vivo! Vorrà dire che lascerò la sua minicar sempre in carica, così la troverà pronta ogni volta che gli servirà".*»

Mi commuovo davanti a quest'ulteriore prova di affetto di chi vive intorno a me. Ma il sentimento dura poco, suona il cellulare ed è un numero che non conosco, che non ho in rubrica. Risponde una voce di donna un po' roca.

«Buon giorno! È lei il famoso Scrittore?»

Mi metto sulla difensiva quando non so con chi sto parlando. «Come ha avuto questo numero, e chi è lei?»

«Mi scusi, non mi sono presentata... sono Suor Giovanna, e sono la madre superiora del convento di Suor Candida.»

Mi viene spontaneo un sorriso, ma si smorza subito al pensiero che forse c'è qualche guaio in arrivo. «È un piacere conoscerla» rispondo, in attesa.

Suor Giovanna non sembra in vena d'inutili chiacchiere e parte subito alla carica con il motivo della chiamata. «So che domani dovrebbe incontrare la nostra consorella, preferisco sappia che non sono d'accordo, ne ho parlato persino con il vescovo. Anche lui è passato di recente a farle visita, per motivi e fatti piuttosto preoccupanti accaduti in ospedale e di cui mi consenta di tenere il dovuto riserbo.»

Sono sorpreso e stordito da questo pippone: cerco di recuperare un tentativo di risposta, ma non ne ho il tempo.

«Tuttavia, vista l'età avanzata di Suor Candida, abbiamo deciso di accordarle, in via del tutto eccezionale, il permesso di vederla. Ora lei mi capirà... l'incontro non potrà avvenire nella stanza dell'ospedale dove è ricoverata: un uomo solo in una camera con una nostra suora è una grande preoccupazione per tutte noi.»

Un problema spinoso

Tira il fiato e cerco di approfittarne per spiegare che, essendo su una sedia a rotelle, difficilmente potrei abusare di chissà quali grazie di Suor Candida... ma anche questa volta non faccio in tempo.

«Abbiamo deciso, quindi, che l'incontro avverrà sì in stanza, ma alla presenza di Padre Calogero, confessore e guida spirituale del nostro convento.»

Vabbè, pesavo peggio. Vorrei rispondere che per me va bene, ma... *Clic*. La comunicazione è chiusa. Amen!

Resto per un momento col telefono appiccicato all'orecchio: visti i personaggi mi domando se qualcuno stia tramando per farmi scrivere una nuova versione del capolavoro Manzoniano, aggiornato, riveduto e corretto!

* * *

Siamo fermi ormai da un po', c'è stato un incidente tra più auto e la viabilità è bloccata: forse potrei defilarmi con la mia minicar e raggiungere l'ospedale cercando altre strade, ma la mia conoscenza di possibili itinerari alternativi è bassa, men che meno quella dell'utilizzo di un navigatore sul cellulare.

Arrivo in ospedale con mezz'ora di ritardo.

«Venga, la stanno aspettando!» La caposala mi vede e mi accompagna verso la stanza che conosco piuttosto bene.

La prima cosa che vedo è una poltrona nell'angolo opposto al letto che devono aver messo per l'occasione; sopra di essa, sta dormendo, seduto, un grosso grasso frate con il saio marrone: il mio ritardo e l'orario pomeridiano devono avergli conciliato il sonno.

«Permesso?»

«Shhh! Parli piano, se no lo sveglia!» La voce di Suor Candida è una sorta di sibilo.

«Piacere di conoscerla...» sussurro.

«Alla buonora!» Sembra seccata. «Venga qua vicino, che

sono anche un po' sorda.» Quindi, facendo lo slalom tra i letti, la raggiungo. «Cerchiamo di non svegliarlo... il tricheco; lo chiamiamo così al convento... ma non glielo dica!»

Suor Candida inizia a parlare fitto fitto e a raccontarmi la sua vita. Confidando nel fatto che ci veda poco, accendo il registratore del cellulare... Lo so che non si fa senza avvisare, ma non penso nemmeno che utilizzerò questo racconto sonoro. Dopo quasi un'ora, sembra arrivata in fondo.

«Spero il suo giudizio su di me e sul mio comportamento in orfanotrofio non sia troppo severo...» termina Suor Candida.

Il tricheco, cioè il frate, Padre Calogero, sembra a orologeria, e si sveglia dopo un attimo. «Interessante chiacchierata, è stato un piacere conoscerla...» dice. Si alza a fatica dalla poltrona e mi raggiunge per stringermi la mano, un attimo prima che io esca.

* * *

«Che sorpresa!» Adele mi accoglie nel suo negozio di fiori con un largo sorriso.

La via per tornare a casa è stata chiusa, devono sostituire un semaforo distrutto nell'incidente che mi ha fatto tardare all'andata. Alla fine mi sono ricordato di un'alternativa, una strada che ho fatto qualche volta per andare a trovare Adele.

«Sono contenta di vederti così in forma! Sei venuto con la minicar?» Allunga il collo e guarda fuori, a pochi metri c'è un posto per la sosta delle auto con il contrassegno dei portatori di handicap. «Domanda stupida, eccola lì, la vedo... Ah, quanti ricordi! La mamma mi raccontava che la prima volta che ti ha visto arrivare a casa nostra e scendere da quella scatoletta di sardine stava per scoppiare a ridere, ma ha cercato di resistere per paura che ci restassi male, vista la tua situazione.» Sorride e si avvicina. «Com'era quella storia?» Si china e mi bacia le guance. «Bacio, bacio... Ecco, non ricordo... l'ha in-

Un problema spinoso

ventato Gina o Giada?»

«Penso Giada quando era piccola» rispondo, e sento già un nodo alla gola al ricordo.

«Come mai da queste parti?»

Spiego a Adele che sto tornando dall'ospedale e che mi era venuta voglia di salutarla: è solo una piccola menzogna, in effetti, non era in programma che passassi da lei, ma mi fa molto piacere e sono contento di essermi ricordato questo percorso alternativo.

«Visita di controllo? Spero non ci siano problemi...»

«No, tranquilla, sono andato a trovare Suor Candida.»

«Suor chi? A proposito di ospedale, Oreste è ancora ricoverato? Ho scritto un paio di volte a Gina, ma non mi risponde...» Alza le spalle.

A questo punto le racconto tutto dall'inizio: la prima visita in ospedale, la sorpresa di Gina nel vedermi, le preoccupazioni di Tommaso sia per le condizioni di Oreste, sia per i fatti strani che stanno succedendo a Suor Candida; le racconto anche della rosa senza spine che Gina ha regalato a Giada. Poi le riassumo la storia della suora.

Giada era completamente fuori strada quando aveva ipotizzato che venisse da una famiglia povera: la sua era ricca e blasonata! Aveva un fratello maggiore, che a una certa età si è ammalato: allora non c'erano cure certe per quel tipo di malattia, così sua madre, fervente cristiana, pensò bene di offrire la figlia più piccola al Signore in caso di guarigione del ragazzo. Sembra che il fratello sia morto solo da qualche anno; è guarito così bene che ha praticato l'alpinismo per tutta la sua vita. La morte l'ha preso solo grazie alla disattenzione fatale di un compagno di cordata.

Suor Candida, invece, ha trascorso una vita in convento, non proprio di sua spontanea volontà: è entrata a diciotto anni, la stessa età che ha Giada ora; posso solo immaginare la sua sofferenza. I primi anni sottomessa alle regole monastiche, poi al servizio di una madre superiora con velleità di business. Una sempre maggiore richiesta di posti per bambini abbandonati, o tolti alle famiglie per svariati motivi, aveva stimolato gli appetiti finanziari di un cardinale e della loro badessa. In nemmeno sei mesi, erano riusciti a trasformare il convento in un orfanotrofio, con consistenti finanziamenti pubblici, sviati in buona parte sui conti bancari fittizi del porporato e della superiora.

E Suor Candida? Educatrice, senza un'istruzione specifica e con pochi soldi per gestire le orfane a lei affidate. Invecchiando, il peso delle angherie cui aveva sottoposto quelle povere bambine e la rabbia che aveva scaricato su di loro iniziarono a pesare sulla sua coscienza: parlarne col "tricheco" non le avrebbe certo dato sollievo. Aveva chiesto alla sua attuale superiora di poter andare da una psicologa. Lei le aveva risposto che non c'era problema, ne avevano anche contattata una, ma la regola era sempre quella: incontri alla presenza del Padre Confessore. Alla fine, aveva desistito e non ci aveva più pensato. Poi la svolta: il ricovero e la dottoressa che le parla di uno scrittore. Il resto è storia di oggi.

Adele mi ha ascoltato per una buona mezz'ora senza battere ciglio, seduta sullo sgabello dietro al banco. Ha tenuto gli occhi fissi su di me, incastrato con la carrozzina tra un *Ficus Benjamin* e una *Dracaena Janet Lind*.

«La mamma mi aveva parlato di un convento e di una suora che doveva incontrare, ma poi era saltato tutto per qualche strano e assurdo motivo... probabilmente era lei!»

Già, sua mamma Agata è stata per diversi anni psicologa nella nostra città, facile che fosse lei la professionista contattata dalla madre superiora di Suor Candida. Ora Adele sta pensando, con gli occhi socchiusi: il suo cervello da asperger ad alta efficienza sta senza dubbio esaminando tutte le informazioni che le ho portato durante questa visita. Si alza e si avvicina alla sedia a rotelle, appoggia le mani sui braccioli e allunga il suo viso verso il mio, tanto che quasi potremmo baciarci.

«Abbiamo un problema spinoso, ma stai tranquillo... ci penso io!» mi sussurra.

MEA CULPA

"Abbiamo un problema spinoso..." Non ho dormito tutta notte con questa frase che continuava a girarmi nella testa.
«Che brutta faccia stamattina!» Olivina viene a vedere se sono sveglio.
«Lascia stare, ho domito poco» ribatto.
«Problemi seri per il suo amico in ospedale?» La domanda è lecita, visto che negli ultimi giorni sono andato spesso a trovarlo, o così le ho fatto credere.
«Sì, anche, ma sai... i problemi non vengono mai soli...»
«Sta poco bene anche lei? Strano, io la vedo molto migliorato rispetto a quando sono arrivata.»
Ha detto la verità, la stessa cosa che ha notato anche Rosa, la nostra portinaia: mi sento più tonico, mangio di gusto, parlo persino con Giada a cena... Insomma, mi sento un altro, quasi come prima di Natale, persino meglio.
Finita la liturgia mattutina composta da pulizia personale varia, vestizione e colazione, eccomi davanti alla mia finestra sul mondo che da tanti anni è il mio primo contatto giornaliero con la vita reale. La mente di Adele è più veloce della mia, ma alla fine anch'io ci sono arrivato e sono qui che guardo fuori dal vetro ripetendomi: "È un problema spinoso".
Tutto gira attorno alla rosa senza spine e alle dita insanguinate di Suor Candida: le due cose sono legate, anche se faccio fatica a trovare un perché. Soprattutto, mi domando cosa c'entri Gina in tutto questo, visto che la rosa è arrivata da lei. A furia di rimuginarci su, inizio a credere che abbiamo preso una cantonata – o forse l'ho presa solo io! Però è difficile che Adele si sbagli...
Mentre sono assorto in questi pensieri, mi arriva un messaggio sul cellulare... *Deng!*

"Domanda: a che ora esce Olivina per andare a fare la spesa e le commissioni varie?"
"Buondì, Adele! Normalmente alle 11" rispondo.
"E quanto sta via?"
"Di solito un'ora. Oltre alla spesa e al resto, passa sempre a trovare sua madre."
"Bene, dovremmo farcela... preparati, alle 11 arriviamo!"
Arriviamo... Arriviamo chi? Che cosa ha in mente Adele?
Cerco di tranquillizzarmi; d'altro canto ieri, in negozio, prima di salutarmi ha detto: *"... stai tranquillo... ci penso io!"*.

* * *

Mancano cinque minuti alle undici e Olivina è pronta per uscire.

«Devo andare anche in posta per mia mamma, farò un po' tardi... ci sono problemi se torno per le dodici e mezza e si pranza poco prima dell'una?»

Che problemi potrebbero esserci, visto che pranziamo sempre a quell'ora? E poi sono più tranquillo non sapendo cosa ha in mente Adele. Mi accorgo subito che "tranquillo" è una parola grossa: appena uscita Olivina, sento crescere l'ansia.

Finalmente l'attesa sembra terminata: sono le undici appena passate quando sento aprire la porta di casa.

«No...ooo! Non vengo!»
«Su, forza! Sei arrivata fin qui e adesso non vuoi entrare?»
«No! Vado a casa mia, piuttosto!»
Le voci sono di Adele e Gina, come m'immaginavo.
«Gina, porcaccia miseria! Non farmi arrabbiare con questo comportamento da bambina viziata!»
«Ho detto no! Come te lo devo ripetere?»
Sento rumori come di una colluttazione...
«Nooo!»

«Sìììì!»

Dopo un attimo, vedo entrare nella stanza Gina con le braccia conserte, e dietro Adele che la spintona.

«Siediti sulla poltrona!» le intima Adele, mentre torna sui suoi passi per andare a chiudere la porta di casa.

«Lo so da me!» risponde Gina.

Adele torna e si posiziona sul divano. Restiamo così, in silenzio, per cinque minuti buoni, poi, saltellando sulle sue terga, si avvicina alla poltrona di Gina e le prende la mano.

«Quanti anni sei stata in quell'orfanotrofio?»

Gina alza piano la testa, guarda negli occhi Adele con una tristezza in volto che non le ho mai visto, e inizia a piangere. Un pianto composto e triste, come una pioggia calma in una giornata d'autunno. Giro la testa per guardare il pallido sole che illumina la città fuori dalla finestra e anche i miei occhi si riempiono di lacrime.

* * *

Adele è corsa in negozio: stamattina aveva chiesto a una sua amica di sostituirla. Appena abbiamo sentito chiudersi la porta di casa, Gina si è alzata dalla poltrona e si è avvicinata con quella strana faccia triste che non le ho mai visto: non c'è stato bisogno di parlare, ho solo accennato un sì col capo ed è venuta a sedersi sulle mie inutili gambe. Ora mi abbraccia in qualche modo e tiene la testa sulla mia spalla. Sento il suo alito caldo sul lato del collo e mi fa stare bene.

"Quanti anni sei stata in quell'orfanotrofio?"

Adele aveva capito tutto: Gina l'ha sempre considerata come una figlia, Agata gliel'ha affidata col suo ultimo respiro. Le due donne, negli anni, si sono raccontate tutto delle loro vite. È per questo che Adele era a conoscenza del fatto che Gina fosse stata alcuni anni in orfanotrofio. Purtroppo, la mia memoria non è più quella di una volta, ma ora mi sembra di averlo sempre saputo: forse me lo aveva raccontato anni fa.

Quanti Misfatti, Mio Scrittore

* * *

Il racconto di Gina

Con la scusa del ricovero di Oreste, passo tutto il giorno in ospedale: ormai tutti sanno che con Tommaso siamo quasi parenti e mi sopportano. E poi c'è Karen, la mia amica che lavora lì, quella che mi ha aiutato quando le ho fatto avere l'arrosto durante il suo ricovero.

Tommaso mi aveva parlato di una suora quando ero arrivata in ospedale con Oreste: avevo chiesto la camera a pagamento, ma era occupata dalla monaca, appunto. Ero un po' seccata dalla cosa, ma non c'erano alternative, quindi non ci ho più pensato.

Dopo qualche giorno, parlando con Karen, scopro che si chiama Suor Candida e che viene dal convento che una volta era un orfanotrofio... il mio orfanotrofio... la "mia" Suor Candida! Sono letteralmente sbiancata in volto: Karen mi ha chiesto se stessi poco bene, se volessi distendermi un momento su una barella, ma mi sono ripresa subito e le ho raccontato la mia storia...

Sì, sono cresciuta in un orfanotrofio; mia mamma è morta di tisi, quando ancora si moriva di tisi. Mi hanno trovata dei vicini di casa, accanto a lei, fredda da giorni; piagnucolavo, avevo poco più di tre anni. Non hanno rintracciato i parenti di mia madre, o forse non si sono impegnati più di tanto per cercarli... e le suore erano lì che aspettavano bambini come me e qualche soldo di sussidio pubblico che portavamo in dote. Ho imparato a ubbidire a capo chino, a pregare e a fare le pulizie; dai sedici ai vent'anni le suore si prendevano i soldi che guadagnavo andando a servizio di giorno, tornando poi in orfanotrofio la sera. Qualche giorno prima dei ventun anni mi hanno sbattuta fuori, con una piccola valigia contenente i miei pochi stracci e diecimila lire... "Vai e non farti più vedere!"

E c'era lei, Suor Candida, la capetta, la più incazzata col mondo intero: i suoi pizzicotti lasciavano il segno per giorni sulla nostra pelle leggera ed erano il gesto più affettuoso che ci potevamo aspettare da lei. Se facevo qualcosa di sbagliato o che non le andava bene, sapevo di dovermi aspettare qualche punizione. Se la vedevo arrivare a pranzo, sapevo già cosa avrebbe fatto... "Oh, che bel piatto di risotto! Fammi assaggiare se è buono..." Me ne avanzava un cucchiaio, e sapeva benissimo che era il mio piatto preferito.

"Ho un regalino per te, guarda... un paio di scarpe nuove! Su, provale... tienile tutto il giorno così prendono bene la forma del piede." Ma erano di un numero più piccolo del mio e camminavo come una storpia dal dolore, mentre le altre bambine mi prendevano in giro.

Ci insegnavano anche a cucire... "Oh, ma che disordine in questa scatola di spilli... Gina, tu che sei così precisa, mettili bene uno di fianco all'altro..." E io per ore mi pungevo le dita, qualche volta fino a farmele sanguinare, per metterli come lei voleva. Poi arrivava, li guardava, prendeva il coperchio della scatola, la chiudeva e la agitava, dicendo: "No, non valeva la pena metterli in ordine!".

Non ricordo a chi sia venuta l'idea: con Karen abbiamo pensato di farle qualche scherzo. Ha iniziato lei ad aggiungere sale o pepe ad alcuni piatti: non esagerava, in fin dei conti è pur sempre una donna anziana e malata. Poi un giorno abbiamo avuto la prova che se ne stesse accorgendo, quando la dottoressa è passata in cucina a chiedere informazioni sui piatti serviti a Suor Candida... Si lamentava che erano salati o troppo piccanti. Karen ha pensato di invertire la tendenza: per qualche giorno, se non c'erano colleghe in giro, apriva l'acqua calda, la faceva scorrere un po' sul cibo, lo scolava e glielo portava; in pratica, le serviva una brodaglia senza sapore.

Un giorno, passando davanti alla pantoferia che c'è dall'altra parte della strada, ho pensato di regalarle un paio di ciabatte nuove da usare in ospedale. Karen *mi ha detto la taglia di quelle che aveva portato dal convento e mi ha fatto una foto. Ne ho trovate di simili, non era importante che fossero uguali, tanto ci vede poco, e gliele ho prese... di un numero in meno. Altra lamentela con la dottoressa: le si gonfiavano i piedi e le ciabatte non le entravano più!*

Con Karen abbiamo passato un pomeriggio intero ridendo come matte: il giorno prima era andata giù in Ginecologia e aveva chiesto a una paziente di fare un po' di pipì in una provetta, poi ha aggiunto il test di gravidanza alla richiesta di esami delle urine... da lì è nato tutto il casino della suora incinta. Povera Karen! Se si viene a sapere tutto questo mi sa che rischia il posto!

Per il rosario ci ho pensato io: ho preso una rosa, ho tolto le spine e con l'attaccatutto le ho messe su alcuni grani di un vecchio rosario che avevo in casa, forse quello della zia di Oreste. Pensavo che si pungesse solo un po', certo non volevo farle sanguinare le dita.

L'ho vista solo una volta all'inizio, un pomeriggio mentre dormiva... Karen mi ha fatto entrare in camera sua: sì, era lei, sono passati tanti anni, ma l'ho riconosciuta. La storia degli scherzi mi ha preso la mano... per me erano poco più di un pensiero, non avevo modo di vedere le sue reazioni, godevo solo nella mia immaginazione, per quello con Karen siamo andate oltre il lecito... mea culpa! Spero tanto che questa cosa resti tra noi e non si venga a sapere che la mia amica mi ha aiutato: se perdesse il posto, non me lo perdonerei! Vi prego, non lo dite a Giada e a Miranda, nemmeno a Tommaso, mi vergognerei troppo!

* * *

Gina è ancora seduta sulle mie gambe e la sua testa è sempre sulla mia spalla: quanto tempo siamo stati così? Forse mezz'ora.

«Mi perdonerai mai?» mi sussurra all'orecchio.

È la prima volta che Gina mi dà del tu e mi commuovo.

Non faccio in tempo a risponderle, perché sentiamo la porta di casa aprirsi e l'intimità è rovinata dal ritorno di Olivina. Gina scatta in piedi e si siede sulla poltrona.

«Oh, buon giorno!» La domestica la vede appena entra in salotto. «Ti fermi a pranzo?»

«No, no, sono solo passata un attimo a salutare lo Scrittore. Ora devo correre in ospedale da Oreste!»

«Ecco, brava! Come sta?»

«Diciamo benino, ma è ancora presto per dire se si riprenderà del tutto.»

«Salutamelo e fagli i miei auguri... e anche quelli di mia mamma, io le racconto tutto di quello che succede qui da voi. Spero non vi dispiaccia...»

Intervengo per tranquillizzarla. «Per carità, nessun problema!»

Sorride. «Vado a preparare il pranzo, allora! Con permesso.» E si dirige verso la cucina.

Mi avvicino alla poltrona di Gina con la carrozzella e allungo le mani: restiamo qualche momento così, in questa piccola intimità ritrovata.

«E adesso cosa faccio?» mi domanda.

«Niente, spero non abbiate programmato altri scherzi alla monaca...»

Scuote la testa con energia. «No, no!» conferma.

«Conoscendo Adele, direi che ha in mente ancora qualcosa per chiudere la questione...»

«Dice?» Gina è tornata a darmi del lei, come sempre, e ora mi guarda un po' preoccupata. L'orologio della pendola suona l'una e lei si alza. Senza lasciarmi le mani, mi bacia in fronte. Prima di varcare la porta della stanza, si gira, mi guarda in silenzio per un lungo momento, e poi... «Grazie.»

* * *

Pomeriggio, interno dell'ospedale: siamo nel piccolo soggiorno del reparto, dove i pazienti autosufficienti possono venire, sedersi, leggere o vedere la televisione senza dover stare reclusi in stanza; a quest'ora è sempre deserto. Sembriamo dei cospiratori io, Gina, Karen e Adele: siamo qui per attuare la seconda parte del piano di ristabilimento dei rapporti umani.

Sono passati un paio di giorni dal *mea culpa* di Gina a casa mia e la sorte ci offre una finestra temporale per terminare il progetto: Tommaso è andato al mare con Miranda per il fine settimana, quindi, non c'è il rischio di vedercelo arrivare in reparto; non c'è nemmeno la caposala.

Gina ha parlato con Karen, le ha raccontato della confessione fatta a Adele e a me: quando siamo arrivati si è prostrata in scuse, sa anche lei di aver fatto qualcosa che non andava fatto. L'abbiamo subito rassicurata che sarebbe stata tenuta fuori da questa storia, qualsiasi cosa fosse successa dopo quanto avevamo in mente.

L'idea era venuta a Adele: far riconciliare le due donne, Gina e Suor Candida, con il metodo più antico del mondo e sempre più spesso caduto in disuso... chiedere scusa. Dopo il mio resoconto fatto in negozio, era certa che svelare l'accaduto alla monaca accompagnando il racconto con le scuse di Gina avrebbe prodotto un effetto positivo su Suor Candida. Quanto positivo era da stabilire...

Due minuti dopo le quindici, Adele ha aperto la porta ed è entrata con Gina: l'idea era di presentarsi brevemente a Suor Candida, spiegarle cos'era successo e poi lasciare sole le due donne. Avrei voluto essere presente, ma Adele mi ha fatto notare che non avrei portato alcun beneficio alla situazione, anzi, avendo già conosciuto la suora l'avrei distratta dal vero focus dell'incontro.

È passato un quarto d'ora quando Adele esce dalla stanza, da sola, e mostra subito la mano con indice e medio alzati a formare la "V" di vittoria!

«Le ho lasciate abbracciate...» dice con una voce tremula

che non sembra nemmeno la sua.

«Non ti sarai mica commossa?» le chiedo sorridendo.

Mi guarda, volutamente con una brutta faccia, e mi apostrofa: «Che cosa stai dicendo? Io non mi commuovo mai!».

Dopo un attimo, sorride. «Andiamo a trovare Oreste, che poi devo correre ad aprire il negozio; 'sta storia mi ha fatto perdere un sacco di tempo... per fortuna è inverno e non c'è molto da fare con le piante, ma la primavera è dietro l'angolo!»

* * *

Sento un trillo. Resto sempre un attimo perplesso ogni volta che suona il citofono; non ricevo molta gente, e quei pochi passano davanti alla guardiola della portineria senza fermarsi, mentre per altre comunicazioni Rosa mi manda un messaggio.

Olivina va a rispondere e io mi avvicino all'anticamera.

«Sì?... Glielo dico...» Si volta, coprendo il microfono della cornetta. «C'è un signore elegante che vorrebbe salire un momento. Si chiama Privato, o qualcosa del genere.»

Il nome mi lascia un attimo interdetto, poi ricordo... a furia di chiamarlo Tommaso, mi stavo dimenticando che fa Priviani di cognome. «Sì, sì, di' a Rosa di farlo salire!»

Mi preparo in salotto: è la prima volta che Tommaso viene da me, cioè nell'appartamento che ha visto Miranda come padrona di casa per parecchi anni. Olivina lo precede e lo fa accomodare.

«Ciao! Come va? Scusa se sono venuto senza preavviso, ma passavo di qui e avevo bisogno di parlarti un momento...» Si guarda intorno come un marziano appena atterrato sulla terra; senza dubbio cerca qualche riferimento della precedente vita di Miranda.

Sono un po' allarmato da questa visita. «Niente di grave, spero! Miranda come sta?»

«Alla grande, due giorni al mare hanno fatto un miracolo,

si è rilassata molto.»

«Sono contento...»

«Senti... volevo chiederti... ne sai qualcosa?»

«Qualcosa... di cosa?»

«Intendevo dei problemi del reparto. Poi non mi hai più detto niente del colloquio con Suor Candida...»

«Hai ragione, ma non ci siamo più sentiti, comunque le ho parlato...»

«Bene, e cosa ti ha detto?»

«Eh, no! Non posso dire niente!»

«Come non puoi dire niente?» Le sue sopracciglia si arcuano.

«Forse ti hanno riferito che c'era anche il suo confessore...»

«Sì, sì, lo so. E quindi?»

«Niente, il colloquio è stato confidenziale come una confessione!»

«No, vabbè... mi stai prendendo in giro!» Tommaso sorride.

«Per niente! Ma dimmi... è successo ancora qualcosa a Suor Candida?»

«No, infatti, per questo sono passato.»

«Ah, bene, tutto risolto allora?»

«Sembra di sì, ma c'è un fatto che mi lascia perplesso...»

«Quale fatto?» Ho come un brutto presentimento.

«Abbiamo dimesso Suor Candida...»

«Ottimo! Sono contento... ma cosa aveva?»

«In linea di massima era una forte anemia, accompagnata dagli acciacchi dell'età!»

«Okay, ma la perplessità da cosa nasce?»

«Prima di tornare in convento, ha chiesto di parlare con il direttore generale!»

Mi manca il fiato: ho paura di essere vicino al disastro. «Caspita! Va bene lamentarsi, ma scomodare addirittura il direttore generale...» Oddio, siamo rovinati!

«No, non si è mica lamentata...»
Per un momento resto con la bocca socchiusa dalla sorpresa. «Ma come? Con tutto quello che le è successo...»
«Mi hanno riferito che si è sperticata in lodi al reparto, soprattutto per una delle OSS. Dovresti averla conosciuta anche tu... una certa Karen...»

***

Deng! Un messaggio di Giada... Che strano, non mi scrive mai, sono preoccupato.
"Eccomi!"
"Ciao, gioia mia! Cosa ti succede?"
"Mi succede cosa? Non ti ricordi?"
Per un momento mi sento colto in fallo, deve avermi detto qualcosa, magari dovevo farle un piacere, mandare Olivina a prenderle un pacco o roba simile...
"Perdonami, gioia mia... il tuo papà è vecchiotto e la memoria, quella buona, lo ha abbandonato già da un po' di anni."
"Ahahahahahaha, Papino Papino... la visita, ti ricordi?"
Se mi trovassi sul ciglio di un burrone senza freni per la carrozzella, sarei meno in ansia.
"Ah, sì, la visita..." faccio finta di aver capito. *"E com'è andata? Ti hanno trovato qualcosa?"*
"Qualcosa? Io? Di che parli... ah, sì, mi hanno trovato il cuore ingrossato!"
Ecco, lo sapevo. Le figlie femmine prendono dal padre e io le ho trasmesso i problemi di cuore!
"... ingrossato d'infinita gioia..." prosegue.
Non capisco più niente. Meglio non scrivere nulla e restare in attesa che sia lei a chiarire.
"È un M A S C H I O! Avrò un fratellino!"

RICORRENZE, ARRIVI E PARTENZE

Fa caldo, d'altro canto siamo ai primi di luglio. Non amo l'aria condizionata, non l'ho mai avuta a casa, almeno fino a quando è arrivata Miranda nella mia vita: adesso la uso solo in momenti come questo, di caldo tropicale, ma solo per deumidificare l'aria.

«Siamo a pranzo da Gina domenica» m'informa Giada durante la cena.

«Niente biglietto nella casella questa volta?» domando con finta sorpresa.

«No, dice che non ha tempo... con 'sta storia di Oreste che entra ed esce dall'ospedale, non ha un istante libero.»

«Però è un controsenso...» faccio notare.

«Perché?» Giada mi guarda, inclinando leggermente la testa.

«Non ha nemmeno il tempo di respirare e poi ci invita a pranzo? Va bene che siamo solo in due e non mangiamo nemmeno molto...»

«In due? Macché! Ha detto tutta la tribù e anche di più! Mi ha incaricato di fare da biglietto d'invito vivente!»

«Tribù e anche di più... in che senso?»

«A parte noi, vuole la mamma e Tommy, zia Ada e consorte, Adele e anche la signora *Miscusi-miscusi*.»

«Addirittura? Magari pure Olivina...» butto lì con aria scherzosa.

«Accidenti! Lo stavo dimenticando... OLIVINA! Olivina!» urla Giada. L'aspirapolvere è in funzione: mentre mangiamo, approfitta per fare i mestieri nelle stanze che occupiamo durante il giorno.

Il rumore si interrompe e dopo un attimo vediamo arrivare l'ombra di Olivina.

«Mi avete chiamata, per caso? Mi è parso di sentire il mio nome...»

«Sì, scusa Olivina» le dice Giada. «Gina mi ha chiesto se vuoi venire a pranzo da lei domenica... ci saremo tutti noi!»

«Grazie, gioia! E ringrazia anche Gina, ma la domenica è il mio giorno di semilibertà e preferisco andare da mia mamma, così l'accompagno a messa in duomo, che ci tiene tanto.» Poi ci ripensa. «Se vi fa piacere passo più tardi a prendere il caffè.»

«Va bene, glielo dirò.»

Olivina torna a fare i mestieri e, nel frattempo, mi è sorta una domanda. «Gina ti ha chiesto di aiutarla?»

«Sì, ma mi ha anche detto di riferire che non sarà un gran pranzo: col caldo di questi giorni farà solo un'insalata di pasta, seguita da prosciutto e melone; saranno senz'altro graditi da tutti... poi ci sarà la sua torta.»

«Strano, non fa mai dolci da forno d'estate» faccio notare. «Ci sarà qualche ricorrenza...»

«Ah, non lo so, non me l'ha detto!»

Fingo di essere seccato. «Se non so cosa si festeggia, io non vengo!» Sorrido a Giada, che mi guarda perplessa.

«Gina mi ha anche detto *"non ci sono se, non ci sono ma"*, sai bene che con questa frase non ammette repliche!»

* * *

Sono il primo ad arrivare, un po' perché sono il più vicino – i nostri appartamenti sono uno di fianco all'altro –, ma anche per sapere il motivo di questo pranzo. Giada mi accoglie al posto di Gina: dice che sta aiutando Oreste a prepararsi. Sono sorpreso dai cambiamenti fatti dalla mia Giadina negli ultimi mesi; forse sente l'avvicinarsi del compleanno e insieme della maggiore età, ma penso che in qualche modo abbia influito la gravidanza della madre: l'ha resa consapevole che avere un fratellino può portare a maggiori responsabilità. Sento rumore di stoviglie in cucina, sarà Adele che prepara l'insalata di pasta e taglia il melone.

Nel giro di un quarto d'ora siamo tutti seduti a tavola; noto che è arrivato anche Filippo. È strano: questo è il periodo dei matrimoni, e negli ultimi anni, di questi tempi, lui e suo padre non si sapeva nemmeno dove fossero, tanti erano gli impegni. Dal giorno della malattia di Oreste la loro società familiare si è trovata con il cinquanta percento di risorse in meno, e non deve essere stato facile per Filippo.

Finalmente arrivano i padroni di casa. Penso che tutti siano rimasti abbastanza sconvolti dalla scena: Gina che accompagna uno scheletrico Oreste, seguito da una piccola bombola d'ossigeno che alimenta la mascherina. Devo ammettere che sono alcuni mesi che non lo vedo: non sono più andato all'ospedale dopo gli accadimenti di Suor Candida e, anche se vicini di casa, non ho più avuto il coraggio di passare a trovarlo qui. Ecco, ho usato la parola "coraggio"; mi sembra la più adeguata al senso di colpa che mi porto dentro. Primo, per avergli rivelato il misfatto dell'incidente; secondo, per averlo in qualche maniera convinto ad accompagnarmi al parco con il freddo e la neve. L'idea di raccontargli la storia di Viola penso sia stata molto egoistica da parte mia, solo un vano tentativo di ripulirmi la coscienza. Anche le rassicurazioni di Tommaso, sul fatto che quella passeggiata non abbia influito sulla sua salute, mi hanno convinto relativamente.

Mentre un'amorevole Gina imbocca Oreste con qualche cucchiaiata di crema vegetale e omogeneizzato, la tribù intorno a me discute di argomenti vari, ma com'era prevedibile arriviamo a parlare del nascituro. Miranda è radiosa con il pancione: la sua entrata in casa di Gina è stata trionfante, supportata anche dal notevole ingombro. Pensavo che, nel rivederla in quelle condizioni, avrei sofferto; invece, la gioia che emana è così contagiosa che siamo tutti estasiati.

«Mi scusi, Miranda, le posso fare una domanda?» La signora *Miscusi-miscusi* era entrata scusandosi del suo essere un po' un'estranea e anche di essersi accomodata in fondo alla tavolata: da allora non aveva proferito verbo, ma aveva mangiato con avidità tutto quello che era entrato nel suo piatto.

«Dimmi...» Miranda resta un attimo in *surplace*. Tutti la chiamiamo *Miscusi-miscusi*, così il suo vero nome è andato in disuso. «... Emma!» Ecco, si è ricordata.

«Mi scusi se glielo chiedo, anche a lei signor Tommaso, ma come lo chiamerete il bambino?»

«Già... come lo chiamiamo mio fratello?» Giada s'inserisce nel discorso.

Miranda guarda Tommaso e sorride. «Dillo, Tommy!»

«No, dai, dillo tu!» la incalza.

Miranda sospira, poi si decide. «Omobono...»

Giada impallidisce e si alza lentamente in piedi. «Voi siete pazzi, o mi state prendendo in giro!» Anche Gina è rimasta con un cucchiaio di crema per Oreste a mezz'aria.

«Mi scusi, Miranda, potreste chiamarlo Milo, come...»

Ora è il turno di Adele d'impallidire e alzarsi in piedi. «Non ti permettere di nominare il mio povero fratellino!» In effetti, Milo sarebbe stato il fratello maggiore di Adele, ma il destino crudele non ha permesso nemmeno che si conoscessero. Poi, risedendosi piano, si rivolge a Giada: «E tu, scema, non vedi che ci stanno prendendo in giro?».

Giada chiude gli occhi e tira un sospiro di sollievo. Riprende posto. «Volevo ben dire...»

A questo punto, Miranda sposta pesantemente la sedia per uscire dalla tavolata più affollata del solito, e si alza. Raggiunge la figlia da dietro e si sporge in avanti, per allungarsi a mettere le mani sulle sue spalle. «Gioia mia, Tommy ha già dato, visto che ha scelto i nomi dei suoi due figli, e io ho potuto scegliere il tuo, quindi sono a posto così...»

Ricorrenze, Arrivi e Partenze

«E allora? Lo chiamerete davvero Omobono? Oppure, come i Promessi Sposi... "l'Innominato"?» Un attimo di silenzio precede la risata di Giada, e a seguire quella di tutta la tribù.

«Spiritosa...» Miranda sorride. «Era per dire che, se vuoi, potrai avere tu quest'onore!»

«Io lo so già! È...» Adele sta per svelare un segreto: anche se lo fa per finta, si capisce benissimo che le due ragazze ne hanno parlato tra loro.

Giada si rialza di scatto e Miranda, che ha ancora le mani sulle sue spalle, rischia di ribaltarsi all'indietro. «Non ci provare, vecchia *stacy* che non sei altro!»

Deve essere davvero arrabbiata se è tornata a usare lo *slang* dopo mesi!

Miranda la prende, la fa girare verso di lei e, nonostante la pancia, cerca di abbracciarla. «Dai, gioia mia, dillo in un orecchio alla mamma...» Nulla trapela: in silenzio, riprende il suo posto e bisbiglia a sua volta qualcosa all'orecchio di Tommaso, che annuisce.

Nel silenzio che segue, si sente una voce: mi meraviglio nello scoprire che è la mia. Un pensiero si è trasformato in una domanda concreta: «Quindi, come lo chiamerete?».

«Tutto a suo tempo, lo saprete quando nascerà» mi risponde una Miranda serafica.

* * *

Dalla cucina si sente un po' di trafichio: Adele e Giada sono di là a preparare ancora qualcosa. Dopo cinque minuti, arrivano con la torta piena di candeline accese, ma un urlo le blocca sulla porta: è Gina, che si mette le mani tra i capelli.

«Ma siete matte? C'è Oreste con la bombola d'ossigeno! Volete farci saltare tutti per aria?»

«Calma, Gina!» È la voce di Tommaso. «In effetti, ragazze, è meglio se non vi avvicinate troppo.»

Adele e Giada si guardano un momento, poi ci dicono: «Scusate, non ci avevamo pensato... torniamo subito!».

Al loro rientro, al posto della fiamma ci sono dei pezzetti di stagnola che cercano di simulare il fuoco.

«Le candeline le ho spente io; il mio compleanno è tra pochi giorni, mi tengo in allenamento!» esclama Giada mentre appoggia la torta davanti ai padroni di casa. «Buon Anniversario, Gina e Oreste!»

Parte l'applauso della tavolata: Gina fa finta di soffiare sulle fittizie fiammelle, mentre gli occhi le si riempiono di lacrime e Oreste, con la mano tremante, sposta la mascherina per cercare di baciare la sua sposa.

Ecco cosa si festeggia, penso. Un attimo dopo cerco di ricordare il matrimonio del mio amico con l'allora mia portinaia: abbiamo usato la casa in campagna di Miranda e di sua sorella Ada per il pranzo di nozze... e sono certo che non facesse caldo. Ecco, ricordo, i vetri della veranda erano chiusi, doveva essere primavera. Sto per chiedere informazioni, ma mi blocco: c'è qualcosa che mi sfugge. Meglio tacere, piuttosto che correre il rischio di rovinare la festa.

Suona il campanello: è Olivina che viene a prendere il caffè.

* * *

Sono passati alcuni giorni dal pranzo a casa di Gina e siamo tutti tornati alla nostra routine quotidiana; meno Miranda, che essendo entrata nel settimo mese di gravidanza deve solo stare a riposo.

Deng! Un messaggio: è proprio lei!

"Come stai? Ti è dispiaciuto vedermi col pancione l'altro giorno?"

"Io al solito... Tu, piuttosto, come stai? Al contrario, sono contento di averti vista, e poi sprizzavi gioia da tutti i pori!"

"Volevo chiederti... cosa regaliamo a Giada? La prossima

settimana è il suo compleanno, anzi di più, è il diciottesimo!"
"Giusto, anch'io ci pensavo l'altro giorno... magari le paghiamo quel viaggio?"
"Quale viaggio?"
"Quello in Spagna. Mi ha detto che vorrebbe andarci con una sua compagna, che ha da poco compiuto gli anni anche lei."
"Non ne so niente. Ecco... adesso con il fatto che vive con te a me non dice più nulla!"
Sorrido davanti a quest'osservazione materna. "Guarda, solo due parole in croce a pranzo e a cena, se non è fuori con le amiche... e poi passa sempre in agenzia da te..."
"Sì, ma io lavoro e non posso darle retta, spesso si siede in un angolo e mi aspetta per andare al bar a bere qualcosa insieme quando finalmente mi libero."
"Allora va bene il viaggio?"
"Ti ha detto anche dove vorrebbero andare?"
"In prima battuta so che avevano pensato alla classica Ibiza, ma i genitori della compagna non sono d'accordo... mi sembra che avessero ripiegato su Barcellona, la prima settimana di settembre, poi inizia la scuola."
"Allora okay, anch'io preferisco Barcellona a Ibiza..."
"Bene, glielo dico stasera, lo so che non è bello anticipare i regali, ma così sarà più contenta... Senti, non mi hai ancora detto come stai, come ti senti..."
"Abbastanza bene: rispetto alla gravidanza di Giada, mi sembra di stare meglio, ma sono stanca, anche questa volta trovarmi col pancione a luglio è pesante, ma ne vale la pena..."
Sì, lo so, Miranda mia, lo so che ne vale la pena. Sta arrivando il figlio maschio che hai sempre desiderato!

* * *

Sono quasi le dieci, Olivina mi ha fatto alzare, eccetera,

eccetera, e ora siamo pronti: è andata giù presto dal panettiere a prendere la torta che avevo ordinato per telefono, l'abbiamo riempita di candeline e ora andiamo a svegliare la festeggiata.

Olivina apre la porta, entra con il dolce... e partiamo con il coro: «Tanti auguri a te, tanti auguri a te...!».

Giada si alza piano su un gomito, e apre gli occhi impastati: non ha capito cosa abbiamo cantato, però si è accorta della torta. «Ma siete fuori come balconi, mica è il mio compleanno! Oggi è il diciassette...»

Resto un attimo perplesso, prendo il cellulare e guardo: 18 luglio. Sto per confermare che è il giorno giusto, ma Olivina mi anticipa.

«No, no, prima ho visto la data sulla cassa del panettiere, è proprio il diciotto! Buon compleanno!»

Ci guarda ancora un po' imbambolata, poi scatta in piedi come una molla e corre verso il bagno urlando: «*Che fomo!* Oggi fanno il cesareo alla mamma, le ho promesso che sarei andata... altro che compleanno!».

***

«Scusi, lei!» Mi giro lentamente. «Sì, lei con la carrozzella... dove sta andando?»

«In sala parto.» Non so se ho fatto bene, ma ho pensato di venire anch'io in ospedale.

«È il nonno?»

«No, il papà in seconda» rispondo, abbozzando un sorriso.

Mi guarda perplessa, è evidente che non ha mai sentito un appellativo del genere. «La sala parto non è là in fondo» dice comunque.

«Ah! Scusi, forse non ricordo bene, mia figlia è nata esattamente diciotto anni fa.»

«Capisco, una volta era là, adesso c'è l'hospice. Se vuole

andarci, si accomodi, ma le consiglierei di aspettare ancora qualche anno... La sala parto è al primo piano.» Parte a piede spedito. «Mi segua, la porto su io con l'ascensore per le barelle, sarà più comodo.»

In effetti, noto che ora è tutto nuovo e pulito; meglio così, la vecchia struttura mi avrebbe portato ricordi che... Una grande parete a vetri smerigliati blocca il passaggio: la porta chiusa è al centro ed è sovrastata dalla scritta "Sala Parto"; un cartello indica che l'accesso è solo per le persone autorizzate. La sala d'attesa per i papà è sulla destra, deserta, non ci sono molte nascite nella nostra città.

Esce un'OSS dalla porta a vetri e mi vede. «Lei? Chi sta aspettando?»

«La mia ex moglie deve fare il cesareo...»

«Chi? Ah, ho capito!» esclama. «Miranda, la moglie del dottor Priviani. Sì... no, niente cesareo, stamattina ha avuto le contrazioni, sta partorendo naturalmente.»

«Ah, bene! Il dottor Priviani è con lei? Pensavo di trovare qui anche mia figlia, la prima figlia di Miranda...»

«Ah, sì, certo! È dentro anche lei. Con la storia che la signora è la moglie del dottor Priviani, la sala parto sembra la tribuna dello stadio il giorno del derby! A parte le due ostetriche e il ginecologo d'ordinanza, ci sono Priviani e altre tre donne: la figlia, la sorella e un'amica di famiglia! Speriamo non svenga nessuno!»

* * *

«Papino... Papino...» Penso di essere in un sogno: mentre aspettavo, mi devo essere assopito. Apro gli occhi e vedo Giada. Cos'ha in mano? Sembra un fagotto...

«Ciao, Papino! Ti presento Leonardo Priviani, per gli amici, i parenti e tutti quelli della tribù: Leo! Mio fratello, bello bello!»

Prima di guardare il nuovo nato, resto un attimo sul volto

di Giada, che ha segni di mascara sciolto dalle lacrime. Con voce ancora rotta dall'emozione, mi racconta: «Tommy l'ha portato fuori dalla sala parto, ma poi me l'ha dato e l'ho lavato io...».

Mi concentro sul visino del piccolo, ma ho poco tempo per guardarlo.

«Chi ti ha detto di portarlo fuori?» Un'ostetrica arriva, prende Leo e sparisce dietro la porta.

Giada, rimasta a mani vuote, resta un attimo perplessa, poi decide che le mie inutili gambe sono il posto migliore dove accucciarsi; si siede e si raggomitola come un gatto.

Sento una vibrazione; in quel momento, ricordo che, prima di entrare in ospedale, ho tolto la suoneria al cellulare.

Giada si sporge e lo recupera dalla tasca al lato della sedia a rotelle: è un messaggio.

«È Gina... che faccio? Leggo?»

«Sì, sì, leggi pure...»

Una smorfia di tristezza e commozione passa sul suo viso; dopo aver deglutito, legge il messaggio di Gina.

"Oreste è volato in cielo... chissà che bei panorami da fotografare lassù!"

* * *

«E adesso che farà?» Siamo nel mio salotto e Gina è mollemente seduta sulla sua poltrona preferita; Olivina, come al solito, è fuori per i suoi giri mattutini.

«Andrò in convento...»

Per un attimo mi si ghiaccia il sangue nelle vene. «Vuole farsi suora?» domando senza molta convinzione.

«Cosa dice? Una volta pensavo fosse un po' tonto, adesso credo proprio che sia affetto da una qualche malattia della vecchiaia, tipo Alzheimer o qualcosa di simile! Io suora, che idea!» Ridacchia, mentre anch'io sorrido. «Vado in convento da Suor Candida. Mi ha invitato a passare qualche giorno in una delle cellette che hanno a disposizione per chi vuole fare dei ritiri spirituali... dice che sono molto fresche e in questa stagione è quello che ci vuole!»

«Mi sembra un'ottima idea! Pace e relax, senza far nulla!»

«Sta scherzando? Suor Candida mi ha già avvisato che c'è la frutta da raccogliere!» Sorride. «No, il far nulla lo sa che non mi si addice... e poi starei sempre lì a rimuginare sui diciannove anni passati con Oreste.»

Già... diciannove anni di matrimonio... Mi ricordo ancora i preparativi, avevo appena conosciuto Miranda e con Gina erano diventate subito amiche, tanto da organizzare il banchetto di nozze nella sua casa in collina... e non era certamente luglio.

«Gina, mi tolga una curiosità... come mai ha fatto la festa di anniversario all'inizio del mese? Ricordo bene che vi siete sposati ad aprile, o i primi di maggio.»

Gli occhi di Gina si fanno lucidi. «Ecco, vede, è proprio tonto! Non ha capito?»

Quando mi mette così all'angolo durante una discussione, mi sento mancare la terra sotto ai piedi – sempre che questa frase possa avere un senso per me. «Mi spiace, no, non ce la faccio proprio, non ci arrivo...» Ammetto i miei limiti.

«In diciannove anni avremo festeggiato sì e no tre volte il nostro anniversario: Oreste e Filippo erano sempre fuori per matrimoni e altri servizi fotografici, così era difficile anteporre la festa al lavoro.» Si ferma un attimo, le sue labbra assumono una netta espressione triste, e la sua voce trema. «Ha visto com'era messo Oreste al pranzo, povero? Era tornato a casa da qualche giorno dopo due mesi di ricovero, infatti era in ospedale il giorno dell'anniversario e c'era poco da festeggiare, non era più lui, ridotto a una larva. Non sapevo quanto tempo gli rimaneva, sarebbe stata l'ultima occasione per lui di vederci tutti insieme.»

Sì, sono proprio tonto! Come ho fatto a non pensarci?

«Mi è spiaciuto non essere venuto al funerale...» le confesso allora.

«Col caldo che fa si sarebbe preso un'insolazione, no, meglio così. Eravamo in pochi: io, Filippo, qualche loro collaboratore e un paio di cugini venuti dalla montagna» dice, mesta.

Mi avvicino con la carrozzella, allungo le braccia e prendo le mani di Gina. Restiamo qualche minuto in silenzio.

«Ha visto Leonardo?» le chiedo poi.

«Sì, l'altro giorno sono passata in negozio da Adele per dirle che andavo in convento ed erano tutti lì, Miranda, Giada e Leo. Le ragazze se lo contendevano come un trofeo e dicevano "bello, bello, bello...". Non ho avuto il coraggio di contraddirle, un rospetto di nemmeno dieci giorni, ma diventerà bellissimo come la mamma.»

Sentiamo la porta aprirsi. «Sono tornata!» Olivina si annuncia e va in cucina.

Gina si alza subito. «Vado!» esclama, ma sembra indecisa su cosa fare. Poi si china leggermente, mi prende la testa con le mani sulle guance, e mi bacia in fronte. Ancora un attimo d'indecisione, il suo viso scende, sento l'alito sul mio naso, poi incolla le sue labbra alle mie: è un contatto rapido, che mi lascia stordito.

Si avvia verso l'uscita, e si gira solo per dirmi: «... Ci vediamo a fine agosto!».

Parte Quarta
Misfatti contro il futuro

SPARIZIONE MISTERIOSA

Sento la porta aprirsi e le voci delle due donne che si salutano: è arrivata Gina. Parla un po' con Olivina in corridoio, forse le sta raccontando del mese passato in convento, ma cerco di non ascoltare cosa le dice, voglio godermi la storia dalle sue labbra.

Ieri è tornata Giada dal suo viaggio a Barcellona con la compagna di scuola: stravolta è dire poco, quasi non mi ha salutato. È andata in camera sua e si è gettata sul letto. A ora di cena ho chiesto a Olivina di andare a vedere, e lei è tornata con le braccia cariche di cose da lavare.

«Niente, dorme come un angioletto che non riposa da sette notti» mi ha detto. «Ne ho approfittato per aprirle la valigia e prendere le cose da lavare.» Come al solito... Olivina, trova sempre qualcosa da fare!

Stamattina, a colazione, ancora insonnolita, mi ha raccontato qualcosa, ma ho subito avuto l'impressione che le omissioni superassero di molto i fatti reali. Si è alzata solo perché aveva un appuntamento con sua madre; Miranda doveva andare a fare delle compere e così avrebbero approfittato per vedersi.

Finalmente, Gina approda in salotto: non mi saluta e si dirige verso la sua poltrona, franandoci dentro.

«Buon giorno, eh!» Le sorrido.

«Buon giorno, buon giorno! Ho appena chiesto a Olivina se può fermarsi a dormire da me per qualche tempo, spero non le dispiaccia. Dopo la pausa in convento devo ancora abituarmi alla condizione di vedova.»

«Perché dovrebbe dispiacermi? Più che altro bisogna vedere se è d'accordo la mamma di Olivina» replico.

«Non c'è problema, anzi! Mi ha detto che in quest'ultimo

periodo è un litigio continuo! Potrà dormire nella camera di Filippo, è in giro per lavoro e non tornerà fino a ottobre.»

Questi discorsi sulla nuova condizione di Gina e sui problemi familiari di Olivina fanno crescere la mia curiosità.

«Su, mi racconti... com'è andata?»

«Bene, bello, ma che stanchezza!»

«Non doveva essere una vacanza di riposo e preghiera?» domando con tono sarcastico.

«Preghiere poche e riposo ancora meno!» esclama.

«A proposito, com'è arrivata fin laggiù? Mi ricordo di aver letto che, quando divenne un orfanotrofio, fu scelto proprio perché un po' defilato, per rendere piuttosto impegnative le possibili fughe.»

«Sì, ricorda bene! È venuta Suor Geltrude a prendermi col furgone.»

«Le suore hanno un furgone?»

«Certo, se no come fanno a portare frutta e ortaggi agli sfaticati?» ribatte.

«Sfaticati? E chi sarebbero?» Come al solito, Gina ha il potere di sorprendermi con i suoi racconti.

«I contadini... le suore li chiamano così. Hanno un loro *slang*, che ho dovuto imparare: per esempio, il Padre Spirituale è il "tricheco" e i contadini sono gli "sfaticati"!»

«Ho sempre pensato che i contadini si alzassero alle quattro del mattino e lavorassero quindici ore al giorno.»

«Sì, una volta, forse, alcuni ancora adesso magari, ma quelli intorno al convento hanno preferito dare le terre in gestione alle suore... che non sono sfaticate!»

«Ora capisco!»

«In effetti, anche loro si danno da fare, i lavori più stancanti... tipo vendere al mercato: la gente, al mattino, quando vede arrivare Suor Geltrude col furgone e i contadini scaricare la mercanzia, pensa "le cose coltivate dalle suore saranno benedette e più buone". Così loro guadagnano qualcosina e gli sfaticati si arricchiscono alle loro spalle!»

«Questo vuol dire che l'hanno fatta entrare nel ciclo produttivo del convento?» chiedo, curioso.

«Non aspettavano altro! Da questo punto di vista non sono cambiate: quando ero bambina ci facevano cucire per poi rivendere le cose che producevamo, adesso attirano le persone con un rivisitato *"ora et labora"*.»

Resto perplesso dopo questo discorso. «Non ho capito se è contenta di questa esperienza o meno.»

«Felicissima! Le sorelle sono incantevoli e lavorare con loro è stato faticoso, ma molto piacevole.»

«E con Suor Candida com'è andata?» Sono curioso di sapere se l'innamoramento sbocciato durante il ricovero in ospedale è proseguito.

«Beh, Suor Candida è anziana; ci si vedeva a pranzo e poi la sera raccontavamo un po' delle nostre vecchie storie alle novizie.»

Mi era sembrato che Gina avesse solo brutti ricordi della sua esperienza come orfana in quel convento. «Avrete ripercorso tutti i misfatti, quindi!»

«Macché! A distanza di tanto tempo, le cose hanno assunto una forma quasi grottesca, alla fine ne ridevamo, così come ridevano le sorelle quando mimavo la camminata con le scarpe strette che mi aveva fatto indossare Suor Candida.»

Il racconto di Gina mi commuove: lei è così, grazie al suo spirito, anche le peggiori situazioni diventano meno brutte, quasi gradevoli, talvolta persino esilaranti. Non è cosa da poco, specialmente se considero che Gina mi è stata a fianco durante buona parte della vita.

Nel frattempo, Olivina è uscita come tutte le mattine, e ora sta tornando a casa. Sentiamo la porta aprirsi, le borse che vengono poggiate a terra... e, in un attimo, un urlo che sembra arrivare da lontano: è Giada che entra in casa correndo. Si lancia verso di me.

«Papino, Papino!» È in lacrime, si ferma solo un attimo alla vista di Gina, poi si butta sulle mie inutili gambe e mi

abbraccia. «Mi hanno rubato il bambino!» singhiozza.
Sono confuso, non capisco. «Che stai dicendo?»
Alza il busto, si mette le mani sul volto e, piangendo, chiarisce: «Mi hanno rapito Leo!».

Gina si avvicina a Giada e la fa alzare: la stringe a sé e le sussurra in un orecchio: «Calmati, non può essere colpa tua». Poi la fa sedere sul divano. «Adesso tranquilla, raccontaci cosa è successo.»

* * *

La confessione di Giada

Va bene, lo confesso, a Barcellona abbiamo dormito ben poco, solo nelle ore più calde della giornata: la sera stavamo sempre fuori fino a tardi, avevamo trovato una compagnia di ragazzi e ragazze che erano in vacanza a Sitges, e ci siamo trasferite lì anche noi. Al mattino colazione in spiaggia senza nemmeno andare a dormire; bagno, sole, pranzo e solo allora riposavamo un po'... tardo pomeriggio aperitivi in giro per locali, poi cena... e via con le discoteche! Ieri, tornando, le hostess hanno dovuto svegliarci quando siamo atterrate.

Stamattina alzarmi è stato tragico, ma avevo promesso alla mamma di andare a fare un giro per comprare qualcosa a Leo che sta crescendo. Voleva farlo vedere a Adele, così ci siamo trovati da lei, dove è arrivata spingendo la carrozzella come se fosse una regina. La prima tappa l'abbiamo fatta nel negozio a fianco: non è tanto grande, ma c'è veramente di tutto e a prezzi quasi da super!

Mentre eravamo da Adele mi sono seduta sulla sua sedia dietro la cassa e sentivo la testa ciondolarmi di brutto. Ho cercato di riprendermi e siamo partiti col giro: siamo venuti dalle nostre parti ed eravamo vicine al parco quando la mamma ha ricevuto una chiamata, mi ha detto che doveva fare un salto in ufficio. Siamo rimaste d'accordo che avrei portato Leo al parco e che l'avrei aspettata seduta sulla panchina davanti alla statua di zia Agata.

Ecco, confesso... sulla panchina non mi ci sono seduta... mi ci sono distesa: con una mano sulla carrozzella, cullavo Leo, che si è addormentato subito... e io pure!

Quanto tempo è passato? Non lo so... È arrivata la mamma a svegliarmi, urlando dove fosse finito Leo: la carrozzina era sparita, la mia mano era penzoloni di fianco alla panchina. Mi ha lasciata lì, ancora intontita, quasi non capivo cosa fosse successo: ho sentito solo che parlava con Tommaso di raggiungerla al commissariato.

* * *

Gina si è seduta di fianco a Giada: ora la abbraccia, mentre lei singhiozza. Alzo la testa e vedo Olivina sulla porta: ha ascoltato tutto e le scende una lacrima sulla guancia. Sono sconvolto anch'io dal racconto di mia figlia: pensavo avesse fatto qualche cazzata in vacanza e non ero preoccupato più di tanto, ma la sparizione di Leo ha dell'incredibile, e mi dà un senso d'impotenza che raramente ho provato in vita mia.

Suona il mio cellulare: è Miranda. Non ci sono convenevoli, solo una domanda: «Dov'è Giada? Non mi risponde al telefono!».

«È qui, stai tranquilla.»

«TRANQUILLA UN CAZZO! Dille di venire subito al commissariato che la vogliono interrogare!» Chiuso.

«Era la mamma, ha detto che devi andare subito al commissariato, vogliono sapere cosa è successo.» Volutamente non ho riportato la parola "interrogare" per non spaventarla.

«Ti accompagno!» Gina scatta in piedi e le allunga la mano.

Giada la prende per alzarsi, ma poi la lascia. «Grazie, Gina, ma preferisco andare da sola. Ho compiuto i diciotto anni e devo prendermi le mie responsabilità.»

Restiamo soli, Gina e io, muti, sguardi a terra.
«Che cosa facciamo?» chiedo dopo un po'.
«Mi sa che possiamo fare poco o niente!»
Sento una fitta allo stomaco, non l'ho mai vista arrendersi con tanta facilità, senza una soluzione o un'idea per fare un qualsiasi tentativo. Provo un altro approccio.
«Chi sarà stato?»
«Non lo so, potrebbe essere stato chiunque!»
No, niente, anche questa volta mi sento perso. Noto con un fastidioso piacere che ho sempre considerato Gina come una risorsa di pensiero parallelo: dove non arrivavo io, arrivava lei.
«Scommetto che sta pensando a una soluzione per questo "misfatto", così, giusto per cercare di riconquistare Miranda» dice, secca.
È come mettere il sale sulle mie ferite: abbasso la testa ancora di più, mi accorgo che ha detto semplicemente la verità. Mi fa cenno di avvicinarmi a lei, che si era riseduta sulla sua poltrona preferita, e mi prende le mani. «Quanto siete stupidi, voi uomini, avete bisogno di essere spogliati a colpi di realtà per capire le cose.» Sento le sue dita accarezzarmi i capelli. «Pensi alla sofferenza di Miranda in questo momento: una figlia che si distrae e un figlio che sparisce. Pensi alla sofferenza di Giada, le hanno *rubato* il fratello e, nello stesso tempo, ha perso la fiducia della madre!»
Arriva Olivina a riportare i nostri pensieri su questa terra. «Gina, ti fermi a pranzo?»
«Qualcosa dovremmo pur fare... mangiare, per esempio.» Si alza, tenendomi sempre una mano. «Andiamo, venga a pranzare! Ci sono due cose che conciliano i brutti pensieri: la pancia vuota e il poco sonno.»

* * *

Sparizione misteriosa

Il tempo passa e non so che cosa fare: Gina, dopo il pranzo, è andata a casa sua, mi ha detto che dopo un mese bisognava fare l'antitetanica prima di entrare; serviva una bella pulizia come solo lei sa fare. La invidio un po'. Ha fatto bene, dopo la morte di Oreste, ad andare in convento, forse non pensava di lavorare così tanto, ma alla fine è servito. Ora le pulizie a casa la distraggono... al contrario di me che sono qui a ciondolare.

Giada non è tornata, forse rimane a dormire da Miranda e Tommaso, anche se mi sembra strano. Ho cenato di malavoglia, così come ho pranzato solo per fare contenta Gina, e Olivina mi ha aiutato a mettermi a letto.

«Allora io vado a dormire da Gina» mi dice, prima di salutarmi.

«Sì, me l'ha detto, spero che non sia un problema per lei.»

«No, no, anzi! Sono un po' di giorni che litigo con mia mamma: m'incolpa di ogni cosa, dice che sono una pessima figlia, mentre lei è sempre stata una madre perfetta che ha fatto tanti sacrifici e non si è nemmeno risposata, per me!» Sospira. «E poi, con 'sta storia dei preti, mi sa che la stanno rimbambendo!»

* * *

Olivina sta uscendo e sento dalla camera che incrocia Gina sulla porta.

«Eccomi!» Entra e si siede sulla mia sedia a rotelle. «Come si usa quest'aggeggio?» domanda.

«È sotto carica, ma dovrebbe muoversi lo stesso. Spinga piano la levetta del joystick in avanti.» Fa un brusco scatto, rischiando di essere disarcionata. «Piano!» ripeto, quando ormai è a una spanna dal comodino.

«Vorrà dire che staremo più vicini» sussurra sorridendo.

«Vicini va bene, basta che non si sia staccata la spina della ricarica» rispondo preoccupato.

«A quella ci pensiamo dopo.» Si gira e guarda la parte del letto libera al mio fianco. «Quasi quasi era meglio se mi distendevo lì...»

«Gina, su, è venuta solo per infilarsi nel mio letto?»

«Ha ragione, non è il momento di fare gli spiritosi!»

Questi discorsi mi hanno messo l'ansia. «Spero mi porti notizie...»

«Sì, sono venuta proprio per quello.»

«Giada?» domando subito.

«È a casa mia, ora dorme nel mio lettone, come faceva qualche volta da piccola.» Già... mia figlia è come se avesse avuto due mamme, la sua biologica e Gina che, ai tempi, era ancora la mia portinaia.

«Come sta?»

«Come vuole che stia? È distrutta!» Mi prende la mano. «Mi ha detto di scusarla e di darle un bacio in fronte, non se la sentiva di tornare a casa.»

«Grazie. Ma le ha raccontato qualcosa? Le indagini? Miranda? Le ha detto come sta Miranda?»

«Piano, piano, con ordine! Oltre a subire la freddezza della madre, il controllo che le hanno fatto è stato imbarazzante per lei.»

«Che controllo?»

«Niente di che, l'antidroga. Ma lei capisce, una ragazzina cui è successo quello che è successo, appena arriva le fanno questo... insomma, l'ha presa molto male.»

Povera Giada. «E poi?»

«E poi ha raccontato quello che ha detto a noi, che si è addormentata sulla panchina e quando l'ha svegliata la mamma, la carrozzella non c'era più! A questo punto ha ricevuto il secondo schiaffone: le hanno ricordato che potrebbe essere incolpata di abbandono di minore, insieme alla madre!»

A questo non avevo pensato, andiamo di male in peggio! «Dovrò chiamare l'avvocato...»

«No, per ora non si fa nulla. E comunque ci penserà Tommaso, ne sono sicura...»

«E poi?»

«Dopo le hanno chiesto se avesse visto qualcuno che la seguisse, ma ha spiegato che era troppo stanca per poterlo notare: hanno anche ipotizzato che il rapitore potesse averle spruzzato qualcosa per farla addormentare, ma ha risposto che già dormiva di suo, sarebbe stato superfluo.»

«E poi?»

«Ah, lei quando parte con i suoi "e poi" non la sopporto!»

«Mi scusi, ma ho passato un pomeriggio d'inferno qui da solo...» mi giustifico.

Gina si alza e si avvicina alla mia fronte. «Allora anticipiamo il bacio della buona notte di Giada, se le fa piacere.»

«Che cosa vuol dire? Non ha altre notizie?» incalzo.

«Sì che ne ho, non si agiti!» risponde, risedendosi. «Voleva sapere di Miranda? Una leonessa in gabbia! Sembrava fosse lei a coordinare il pool investigativo.»

«Me lo immagino!»

«È arrivata anche una poliziotta specializzata in reati contro i minori, probabilmente è la stessa con cui qualche volta lavoro.» Già, da quando si è laureata, Gina segue le attività di un centro per bambini maltrattati. «Sembra che abbiano iniziato a esaminare le riprese delle telecamere sparse in giro.»

«Il parco... quando sono andato con Oreste, ho visto che ce n'erano alcune...»

«Sì, ma non funzionano.»

«Ecco, mi sembrava, sempre così: quando serve qualcosa, non funziona!»

«A dire il vero funzionano... ma non funzionavano...»

«Cioè? Non capisco...»

«Sono attive solo dalle diciotto alle sei del mattino... sono speciali, ad alta sensibilità o a infrarossi, più che altro un deterrente notturno, così hanno detto...»

«Quindi Giada è rimasta lì tutto il pomeriggio?»

«Sì, in fin dei conti non era solo persona informata dei fatti, ma anche parente del rapito.»

«Giusto! Altre telecamere? Mi sembra che ci siano delle banche nei dintorni.»

«Un paio hanno ripreso qualcuno che spingeva la carrozzina, sembrava un uomo, devono far esaminare il video a uno specialista.»

«Cosa se ne fa un uomo di un bambino piccolo? Come pensa di allattarlo o di cambiargli i pannolini?»

«Perché lei non ha allattato Giada col biberon quando era neonata? Non mi sembra di ricordare che le abbia cambiato il pannolino, ma è comprensibile che sia un po' difficile su una sedia a rotelle! Aspettiamo il parere di un esperto, potrebbe trattarsi di una donna travestita: purtroppo i tempi tecnici sono quelli che sono, sembra ci siano volute due ore per esaminare i filmati.»

«A proposito di tempi... nessun messaggio?»

«In che senso? Ah, intende rivendicazione o riscatto? No, niente.»

«Allora perché l'hanno rapito?»

«Per la stessa ragione per cui il mondo gira: quando lo troveremo, lo sapremo, o forse no!» Gina allunga la mano sul comodino e preme il tasto della sveglia che proietta l'ora sul soffitto. «È tardi, devo andare adesso.»

«Aspetti, cosa faccio con Miranda?»

«Ancora con 'sta storia! Niente, non-faccia-niente! È già abbastanza preoccupata per quello che sta succedendo per dar retta anche ai suoi messaggi.» Poi si alza e si china per baciarmi di nuovo in fronte. Resta impigliata nella sedia, così vicina al comodino. «Che faccio con questa? La sposto indietro?»

«Sì, brava, ma piano. E controlli che sia attaccata bene alla presa di corrente, per favore.»

Traffica col filo e si affaccia per vedere che sia tutto a posto. Poi si riavvicina, mi prende le mani e restiamo così, a guardarci per un po'. «Che anno *horribilis*!» dice, come un sibilo, e si abbassa per sfiorare le mie labbra con le sue.

Sarebbe "*annus horribilis*", ma non è il momento di farglielo notare!

BRANCOLANDO NEL BUIO

Peccato non possa raccontare a Freud il mio sogno di stanotte, sono certo lo avrebbe inserito in qualche suo libro: ero al parco; non so come, avevo lasciato la sedia a rotelle e mi ero seduto sulla panchina davanti alla statua di Agata. Mi godevo i raggi di sole guardandomi intorno, quando ho iniziato a sentire dei ticchettii: alzando lo sguardo, ho visto che tutte le telecamere indirizzate su di me piano piano ruotavano come per puntare da un'altra parte. Finito lo spettacolo, ho abbassato gli occhi e mi sono accorto che la mia sedia a rotelle era sparita.

Mi sono messo a gridare aiuto, ma non c'era nessuno: ero preoccupato di non riuscire a essere a casa per l'ora di pranzo e m'immaginavo Olivina arrabbiata per questo. Dopo un po' mi sono messo a piangere piano, così il busto di Agata ha preso vita e mi ha detto di non preoccuparmi: sembra che chi si trova nell'Aldilà possa donare un solo miracolo a ogni persona che ha conosciuto in vita. Come un novello Lazzaro, mi sono alzato e mi sono messo a camminare verso casa, mentre la voce di Agata mi diceva: "Di' a Miranda che farò un miracolo anche per lei".

Sul marciapiede, vedo una carrozzina: penso subito che sia quella di Leo, mi avvicino, ma è vuota. Decido lo stesso di spingerla fino a casa; entro nel portone e Rosa mi dice: "Che bravo, ha portato a spasso Leo!". Non faccio in tempo ad avvisarla che in realtà il bambino non c'è: lei si china per dargli un buffetto... e Leo è proprio lì! Decido di portarlo a casa di Gina, ma quando arrivo all'ascensore vedo il cartello 'GUASTO' e mi domando come farò a trasportare la carrozzina per le scale. Fine del sogno.

«Su, è ora di alzarsi!»

«Buon giorno, Olivina. Dormito bene?»

«Magnificamente! Il letto di Filippo è da una piazza e mezza, ideale per una "massiccia" come me... e poi senza quella brontolona di mia mamma, una meraviglia...»

«Bene, ma tanto poi dovrà vederla più tardi, quando le porterà la spesa...» le ricordo sorridendo.

«Ah, no! Sono tre giorni che gliela lascio sul pianerottolo. Se le manca qualcosa dovrà arrangiarsi!»

«Mi spiace per questa situazione.»

«Non si preoccupi, avete già così tanti pensieri voi in questo momento... mia mamma è sempre stata così, una vita non semplice la sua... le passerà.»

Fatta colazione, vado subito a cercare notizie del rapimento sul sito del nostro giornale locale, quello per cui lavoravo tanto tempo fa: ieri pomeriggio mi hanno chiamato per intervistarmi e per chiedermi di farli parlare con mia figlia... Si sono dovuti accontentare di un "*no comment*". E che non provassero nemmeno a contattarla!

La notizia è in prima pagina: sono contento che propongano l'idea che Giada sia stata addormentata con qualche spray soporifero, così sembra meno responsabile dell'accaduto. Continuo a leggere e sembra che sia stata una donna: l'esperto ha giudicato i movimenti della figura ripresa dalle telecamere attribuibili a un soggetto di sesso femminile, cosa avvalorata anche dalla statura minuta. Le riprese del rapitore con la carrozzina arrivano fino all'angolo della nostra via, poi sembrano scomparire nel nulla: l'ipotesi è che un complice li attendesse con un veicolo per dileguarsi.

Mentre sono ancora concentrato a leggere l'articolo, sento il suono del citofono. Dopo un attimo, arriva Olivina, spaventata.

«Stanno salendo dei poliziotti, Rosa dice che la vogliono portare in questura!»

* * *

«Non ci avevano avvisati che lei è su sedia a rotelle!» L'appuntato mi guarda, perplesso. «Non possiamo portarla via con la nostra macchina...»

La cosa è abbastanza ovvia, ma mi viene un'idea e faccio una proposta. «Ho una minicar con la quale potrei seguirvi...»

L'appuntato è ancora dubbioso. «C'è posto anche per un nostro agente?»

«No, purtroppo no...» Mi ricordo un altro particolare. «In effetti, potrebbe anche avere la batteria scarica.»

«Allora dobbiamo trovare un'altra soluzione. Adesso sento il penitenziario, spero che il furgone cellulare che usano per spostare i detenuti sia disponibile nel pomeriggio; dovrebbe avere anche gli scivoli per le sedie a rotelle...» La conferma arriva in pochi minuti. «Verranno a prenderla alle quattordici in punto, si faccia trovare pronto.»

Cerco di reclamare, trovo poco dignitoso farmi salire su un furgone con la scritta "Polizia Penitenziaria", ma non c'è verso di farli desistere.

* * *

L'agente bussa e una voce femminile all'interno risponde. «Avanti!»

Entro un po' a fatica: il commissario è una donna con una voluminosa capigliatura rossa; è occupata a scrivere qualcosa al computer, la vedo solo di spalle. Senza voltarsi, lancia un: «Si accomodi sulla sedia». Sorrido e già pregusto il momento in cui si girerà.

«Oh, caspita!» Sbarra gli occhi verdi. «In effetti, mi avevano detto che c'era stato un problema, ma non avevo capito che fosse *questo* problema...» Mi osserva con attenzione. «Dove l'ho vista? Ci siamo già incontrati?»

«Incontrati non penso, ma forse avrà visto la foto sul risvolto della copertina dei miei libri» rispondo con calma.

«Che stupida! Ma certo, lei è il famoso Scrittore! Avrei dovuto capirlo dal nome!» Si alza e mi viene incontro per stringermi la mano: a questo punto, dato che la sedia è rimasta libera, si accomoda di fronte a me. «Mi spiace averla fatta venire fino a qui, ma sto interrogando tutte le persone che possono essere coinvolte in questo caso.»

«Non è stato molto simpatico venirmi a prendere con il cellulare della penitenziaria, ma me ne farò una ragione!»

«Sono costernata, avessi saputo potevamo trovare una soluzione più consona, la prego di accettare le mie scuse.»

«Non si preoccupi, adesso parliamo di questo tragico misfatto!»

«Ha ragione. In effetti, avrei dovuto ascoltarla stamattina: oggi pomeriggio ho convocato altre tre persone!»

«Beh, non penso di rubarle molto tempo: a parte quello che mi ha raccontato mia figlia, non so molto di più.»

«Certo, me ne rendo conto. Più che altro vorrei sapere se ha qualche sospetto, se conosce qualcuno che possa avere dei conti in sospeso con sua moglie, cioè con la sua ex moglie...» precisa.

«Non saprei cosa dirle: probabilmente Miranda stessa le avrà riferito che siamo ancora in ottimi rapporti e penso che anche mia figlia glielo abbia confermato... Per il resto, posso pensare solo alla sua attività come agente immobiliare di un certo livello, ma mi risulta che sia sempre stata molto trasparente nel suo lavoro.»

«Sì, l'attività lavorativa l'abbiamo scartata da subito... sembra più il gesto di uno psicopatico, o di qualcuno a conoscenza dei vostri fatti familiari, anche se ci sfugge il possibile movente.»

«Anch'io ci sto pensando da ieri, ma proprio non riesco a trovare una motivazione valida a un gesto del genere: forse l'idea di uno psicopatico potrebbe avere più senso.» Mi voglio sincerare dell'informazione letta sul giornale. «Mi conferma che potrebbe essere stata una donna?»

«A questo punto glielo posso dire: sì, siamo orientati verso questa ipotesi, ed è per questo che ne ho convocate tre oggi pomeriggio.» Resta pensierosa un momento. «Avendo letto alcuni suoi libri, ho notato che è dotato di un particolare intuito verso l'animo umano... Se le tre persone che sto per vedere non avessero nulla in contrario, potrebbe assistere agli incontri, cosa ne pensa?»

Come si fa a proporre una cosa del genere a uno scrittore? La risposta è scontata. Sto per acconsentire, ma ricordo le parole di Gina: *"... Sta pensando a una soluzione giusto per cercare di riconquistare Miranda!"*.

«La proposta è molto allettante, ma preferirei non essere presente.» La faccia delusa della commissaria mi spinge a cercare un'alternativa. «Se vuole, attenderò fuori e, alla fine, potremmo fare quattro chiacchiere tra noi. Confrontarci.» E il sorriso torna a illuminarle il volto.

«Ha ragione, forse sono stata un po' avventata, meglio la sua proposta!»

* * *

Attendo in una saletta attigua all'ufficio da cui sono appena uscito: dopo pochi minuti, arriva un'elegante signora, accompagnata da un uomo altrettanto distinto. La donna si ferma e mi squadra dalla testa ai piedi prima di sedersi: sono sicuro che mi abbia riconosciuto, ma ho l'impressione che la cosa vada oltre al fatto di essere un famoso scrittore; c'è nel suo sguardo una sorta commiserazione, come se mi conoscesse di persona. Le poche parole che i due si scambiano mi fanno capire che l'uomo è il suo avvocato. Non resto molto tempo in loro compagnia, sono introdotti quasi subito nell'ufficio.

Mentre aspetto, controllo con il cellulare il sito del giornale per vedere se ci sono aggiornamenti, ma niente, nessuna novità: anche un quotidiano nazionale spende qualche riga sul fatto, senza aggiungere particolari interessanti.

«Mi scusi, posso sedermi?» Una voce femminile mi pone questa domanda, mentre i miei occhi sono ancora puntati sullo smartphone... e ho l'impressione che...

«Oh, bella! Cosa ci fa qui lei?» Dire che sono sorpreso è poco.

«Mi scusi, ma sono venuti a prendermi a casa con la macchina della polizia.» La signora *Miscusi-miscusi* si giustifica e si siede di fronte a me. «Che tragedia, povera signora Miranda... Mi scusi, sa se hanno ritrovato il bambino?»

«No, purtroppo non ancora...»

«Mi scusi, ma cosa ci fa qui?»

«Hanno convocato anche me» rispondo con un leggero sorriso.

«Mi scusi, ma siamo sospettati?» Povera Emma, queste cose sono proprio più grandi di lei.

«Non penso... spero di no... sa, devono ascoltare tutti...»

«Mi scusi, ma io non so niente! L'ultima volta che ho visto Miranda è stata quando Gina mi ha invitata al pranzo, e c'era ancora il povero signor Oreste...»

«Non si preoccupi, anch'io non capisco come mai l'abbiano convocata.» Cerco di tranquillizzarla. «La commissaria è una brava persona, avrà avuto le sue ragioni.»

«Mi scusi, ma è una donna...? Non sapevo fossero anche donne.» Beata ingenuità.

Non vediamo uscire la signora elegante con avvocato al seguito, ma nel giro di nemmeno mezz'ora è il turno della signora *Miscusi-miscusi*.

Scuoto la testa, chissà come mai l'hanno convocata per interrogarla. Non faccio in tempo a cercare ulteriori notizie col cellullare, che arriva un'altra persona inattesa: Olivina.

«Con tutto quello che ho da fare a casa!» esordisce non appena mi vede.

«Ben arrivata!»

«Lasci perdere... sono andati a cercarmi da mia mamma!

Non li ha nemmeno fatti entrare, gli ha detto di andare nel palazzo di fronte, da lei, e loro hanno capito subito che ero io: un poliziotto mi ha raccontato che, mentre chiudeva la porta, l'ha sentita dire "così impara, quella poco di buono"!»

* * *

«Niente!» La commissaria è seduta in modo scomposto sulla sua poltroncina. «Non sembra ci siano motivazioni plausibili per credere che le tre donne che ho visto siano coinvolte.»

Mi hanno fatto riaccomodare nel suo ufficio, ma in realtà non so cosa dire, salvo chiedere chi fosse la prima donna e come mai avessero interrogato la signora *Miscusi-miscusi*.

«La prima che è entrata è Isabella de Mirò» dice la commissaria.

«De Mirò? La figlia del produttore di vini?»

«Sì, esatto!»

«Non riesco a legare una famiglia così blasonata al rapimento» confesso.

«È legata al padre del piccolo Leonardo...»

«È la moglie di Tommaso?»

«Esatto, l'ex-moglie!» conferma. «Mi ha detto che ne ha già due di figli maschi, e che averne uno in più, "per giunta bastardo... Non me ne frega un cazzo e che vadano a farsi fottere!", sue testuali parole in un forbito francesismo!»

«In effetti, poteva essere una sorta di ripicca verso l'ex marito per questo nuovo amore più giovane...»

«Potrebbe essere così anche per lei, ma il suo handicap la esclude dall'essere esecutore del fatto.»

«Già, però sia io che la signora de Mirò avremmo potuto assoldare qualcuno!» Dopo aver pronunciato questa frase, mi accorgo che mi si potrebbe ritorcere contro.

«Certo, ma ci vuole un solido movente: interrogare la signora de Mirò era un obbligo e la terremo d'occhio se non ci saranno sviluppi a breve, anche se il suo avvocato ci ha tenuto a ribadire che la sua assistita considera la relazione con l'ex marito cosa totalmente chiusa.»

«Quindi, per una sorta di parallelismo, sarò tenuto d'occhio anch'io, salvo altri sviluppi.»

Qualcuno bussa alla porta. «Avanti!»

Un poliziotto porta alla commissaria due fogli pinzati insieme: legge il primo, che sembra essere un rapporto, ed esamina il secondo. «Dove eravamo arrivati? Ah, sì! Tenerla d'occhio... può darsi, può darsi...» Sorride. «Mi domandava anche di Emma, la signora siciliana che in passato è stata la vostra donna di servizio...»

«Sì, la signora *Miscusi-miscusi*...»

«Cosa?» Alza gli occhi dai fogli e mi guarda, confusa.

«In famiglia l'abbiamo chiamata così per il suo continuo intercalare, inizia tutte le frasi scusandosi» chiarisco.

«Oh, mamma! Sì! Pensavo di diventare matta!»

«In effetti, forse è Emma a esserlo un po'!»

«È per quello che ci tenevo a sentirla: Miranda ci ha detto che era presente a un pranzo che si è tenuto dalla vostra vicina di casa e che ha chiesto come si sarebbe chiamato il nascituro, aggiungendo poi la storia di una figlia immaginaria, frutto di una mancata gravidanza...»

«Aspetti...», cerco di ricordare, «sì, Marilù!»

«Marilù chi?»

«La figlia di Emma...»

«Ha davvero una figlia? A noi non risulta.»

«Certo che non risulta, è solo nella sua mente... e ci tiene anche tanto!»

«Come tutte le cose della nostra immaginazione...» sospira, forse pensando a qualche sua fantasia.

«Se ha ipotizzato anche solo un momento che Emma possa aver fatto una cosa del genere, è fuori strada!»

«Comunque, terremo d'occhio anche lei...» conferma, tornando nei suoi panni.

«E Olivina?»

«Miranda ci ha fatto il suo nome: lavora da poco per lei, ci risulta, da dopo il suo ricovero in ospedale dello scorso gennaio... Conferma?»

«Esatto! Mi sembra una persona perbene, grande lavoratrice... farei davvero fatica a trovarle un difetto.»

«Non abbiamo nessuna segnalazione su di lei, in effetti, solo sulla madre, ma è una storia vecchia...»

Questa cosa mi sorprende e cerco di capire. «Quale vecchia storia?»

«Un furto a Tenerife, molti anni fa, è rimasto come segnalazione negli schedari dell'Interpol: sembra che abbia rubato dei generi alimentari in un piccolo supermercato; si è giustificata dicendo che non aveva più soldi per dar da mangiare a sua figlia.»

«Deve essere una tipa tremenda: in questi giorni so che stanno litigando spesso...»

«Sì, me l'ha raccontato, si è messa anche a piangere: ha aggiunto che, quando sono venuti i colleghi a prenderla a casa sua, ha persino pensato di perdere il posto presso di lei.»

«Non vedo perché... sempre che non sia stata lei a rapire Leo... effettivamente non era in casa quando è successo il fatto, è rientrata proprio mentre arrivava anche mia figlia, disperata, per raccontarci l'accaduto.»

«Mi ha fatto l'elenco dei negozi in cui è stata, per cui controlleremo: l'unico momento senza un possibile alibi è quello in cui è salita a portare la spesa alla madre... da quando hanno litigato gliela lascia sul pianerottolo, quindi, non può averla vista.»

«Già! A questo punto, direi che è tutto... però non avete ancora interrogato altre tre persone che erano presenti al famoso pranzo, escludendo il mio povero amico Oreste che ci ha lasciati.»

«Sì, abbiamo tenuto per ultima Gina, che abita nel suo

palazzo, e Adele, la fioraia: Miranda le ha indicate come totalmente estranee a un fatto del genere. Resta Filippo, il figlio del suo amico Oreste, ma anche lui reputiamo sia da escludere; ci risulta che non sia nemmeno in zona. Non avrebbe alcun interesse nel commettere un rapimento, ed era presente al pranzo solo perché ultima occasione di stare col padre.»

«Confermo!»

«Mi posso permettere un'osservazione?»

«Certo, dica!»

«Ieri ho parlato a lungo con Miranda, con sua figlia Giada e anche con Tommaso, il padre biologico di Leonardo... nonostante le vostre vicende sentimentali, siete molto coesi; sembra impossibile che sia successa a voi una cosa del genere, probabile ci si trovi di fronte al gesto di un folle.»

«Non lo dica a me! Voglio ancora molto bene a Miranda e so quanto desiderasse un figlio maschio, per non parlare della mia Giadina; anche se ha appena compiuto diciotto anni, la chiamo ancora come quando era piccola... A proposito, so che le avete detto che potrebbe essere incolpata di abbandono di minore insieme alla madre.»

«Francamente, la mia speranza è che si ritrovi Leonardo vivo e vegeto: sarà poi il giudice a decidere, ma penso non si andrà oltre a una sorta di richiamo.»

«Grazie per questo chiarimento... e grazie per la sua gentilezza; resto a sua disposizione...» Il colloquio mi sembra finito.

«Aspetti a salutare, c'è dell'altro...»

«In che senso? Pensavo...»

«C'è una novità! Non la vuole sapere in anteprima?»

«Certamente!»

«Abbiamo ritrovato la carrozzina.»

«E Leo?» chiedo con urgenza.

«No, purtroppo era vuota, ma questo mi fa ben sperare che il bimbo sia vivo: era troppo riconoscibile ed è stata abbandonata.»

«Dove l'avete trovata?»

«Poco distante da casa sua: c'è un negozio sfitto la cui porta è divelta, una signora passando l'ha notata dietro la vetrina impolverata e, avendo sentito parlare del rapimento, ci ha chiamato.»

«Spero tanto che il suo ottimismo sia fondato. Mi raccomando, se può, mi tenga aggiornato.» Faccio per girare la sedia a rotelle e uscire, ma...

«Non ho ancora finito!» La commissaria mi richiama di nuovo.

«Che altro c'è?»

«Ha visto che prima mi hanno consegnato due fogli: uno era il rapporto di ritrovamento della carrozzella, il secondo...» Lo prende dalla scrivania e me lo mostra, sembra una foto, o una fotocopia, con una grande scritta a mano.

No e una buena mama

Resto perplesso. «Dove l'avete trovato?»

«Dentro la carrozzina, ora l'originale è nelle mani della Scientifica.»

IL CIUCCIO

È stata una giornata pesante e sono davvero stanco: andare in commissariato e tornare, anche se con il furgone della polizia penitenziaria, è stato faticoso. In un altro momento avrei chiamato Tommaso per chiedergli di venire a controllarmi il cuore, anche se pressione e battiti sembrano abbastanza normali. Non oso pensare a come stia vivendo questa cosa insieme a Miranda: la polizia dovrebbe averli avvisati che la carrozzina è stata ritrovata. Da parte mia l'ho detto a Giada, a Gina e a Olivina: nonostante la positività della commissaria, restiamo ancora in ansia per Leo. Un neonato di quaranta giorni è fragile e ha bisogno delle cure materne, in primis del latte: che cosa gli avranno dato in questi due giorni? E nei prossimi? Chi gli cambia i pannolini?

Sono a letto e, non appena va via Olivina, passa Giada a salutarmi e a darmi il bacio della buona notte.

«Perdonami, Papino, se non sto a casa a dormire, ma ho gli incubi. Se mi sveglio di notte, preferisco avere a portata di mano Gina per un abbraccio...»

Povera gioia mia, che brutta cosa ti è capitata: non fartene una colpa, sei stata solo uno strumento in questo piano malvagio. Vorrei sapere perché fare una cosa del genere! E soprattutto chi è il folle che ha escogitato tutto ciò!

Deng! Un messaggio... è Adele! Mi accorgo ora che non si fa sentire da ieri: spero che qualcuno l'abbia avvisata dell'accaduto e non lo abbia appreso dai giornali!

"Dormi? Spero di no! Domani mattina appuntamento alle dieci a casa di Gina."

Resto perplesso: a quell'ora dovrebbe aprire il negozio.
"Va bene! E il negozio?" provo a domandare.

"Il negozio? Che vada a fottersi, questa cosa è più importante! Leo deve tornare a casa a costo di ribaltare questo

mondo di merda!"
"Giusto! Hai scoperto dov'è?"
"No, ma domani faremo di tutto per capirlo, non possono averlo portato lontano 'sti psicopatici del cazzo..."
"Devo avvisare qualcuno?"
"No, ho già fatto io, ma non dire nulla a Miranda e Tommaso! Lo faremo quando Leo sarà libero."

La risolutezza e la sicurezza di Adele non mi sorprendono: un autistico ad alto funzionamento sembra avere un sesto senso per certe cose. Così, dopo questa chiacchierata in chat, spengo la luce e mi addormento più sereno.

* * *

Entro in casa di Gina e sento odore di biscotti: chissà a che ora si è alzata per prepararli. Ce li serve insieme a tè e caffè. Olivina, che mi ha accompagnato, gira i tacchi e ci saluta.

«Dove vai?» la blocca Adele.

«Di là... a casa, a fare i mestieri...»

«Neanche per sogno, ci servi qui.»

Gina va a prendere Olivina per un braccio e la fa sedere al solito tavolo che quest'anno ha scandito tanti momenti belli e brutti della tribù.

«Bene e, quindi, che cosa facciamo, cosa hai in mente?» domando a Adele.

«Ognuno racconti quello che sa, ogni particolare può essere importante.»

Mi viene spontanea un'osservazione. «Così andremo un po' a casaccio!»

«Meglio a casaccio che niente...» Fa un giro del tavolo con lo sguardo e si ferma su Giada. «Inizia tu!»

Giada la guarda un po' persa. «Che cosa devo dire?»

«Tutto, racconta tutto quello che avete fatto da quando siete uscite dal mio negozio.»

«Siamo andate a fare compere per Leo, poi la mamma è

Il ciuccio

dovuta andare in ufficio e io mi sono diretta verso il parco.»

«Scema! Ho detto *tutto*, non il riassunto di tutto! Ti do un aiutino: quando siete uscite, siete andate da Giovanna...»

«Ah, sì! Il negozio di fianco al tuo! Simpatica, la tua amica: naturalmente non aveva occhi che per Leo, come tutti, d'altro canto... abbiamo visto delle tutine un po' pesanti, l'autunno è alle porte, delle calzine, la mamma dice che ha sempre i piedini freddi... Poi ha deciso di prendere uno scalda biberon da portare al mare; aveva già comprato un po' di cose prima, ma vuole organizzarsi per partire tranquilla, senza portarsi ogni volta mezza casa dietro...»

«E poi?»

«E poi basta... non ricordo altro!»

«Un consiglio di Giovanna o qualcosa di cui avete parlato...?»

«Giusto, il ciuccio! Stavo per dimenticarmi: Giovanna ha chiesto se avesse già il ciuccio, la mamma le ha risposto che preferiva usarlo più avanti, anche se Tommaso non era molto d'accordo. Finora Leo è stato un neonato che ha dormito tranquillo, senza bisogno di aiutini. Da quello è partita una discussione su pro e contro del ciuccio: ci diceva che di solito sono i genitori a comprarlo, ma che se arriva qualcuno che vuole regalarlo, lei lo sconsiglia. Ci ha anche raccontato di una signora anziana che le era capitata in negozio qualche giorno prima e che l'aveva voluto a tutti i costi: alla fine glielo ha dato, piccolo, perché il suo nipotino sembra avesse un mese, poi la donna ha comprato anche qualche tutina e un pacco di pannolini.»

«Dopo Giovanna dove siete andate?» continua Adele, imperturbabile.

«Al grande magazzino che c'è vicino ai giardini. Abbiamo girato un po', cose per Leo non ne abbiamo prese però; non siamo stati molto, perché hanno chiamato la mamma dall'ufficio.»

«Hai notato se c'era qualcuno che vi seguiva?»

«Ah! Che incubo questa domanda, me l'avranno fatta mille volte in commissariato...»

«Milleuno: ti hanno o vi hanno seguito?»

«Anche la mamma ha detto che non le sembrava ci stessero seguendo. Adesso che ci penso, quando sono arrivata alla panchina di zia Agata, prima di distendermi mi sono guardata intorno, ho avuto la sensazione che qualcuno mi guardasse, ma non c'era nessuno in giro. Mi è parso solo di vedere una sagoma, forse un prete che passava dietro un albero, ma sono crollata subito dal sonno...»

«Un'ombra nera, quindi! Altro?»

«Sì, ma non mi sembrava così vicino... e non ricordo altro.»

Sulla falsariga di questo discorso, mi viene da porre un'altra domanda. «Vai spesso al parco con Leo?» Adele approva la mia osservazione con un cenno della testa.

«Nell'ultima settimana no, ero via, ma quella precedente, appena tornati dal mare, ci andavamo sempre con la mamma al mattino: ti ricordi che quando ti alzavi ero già uscita? Era per non far prendere caldo a Leo; ci incontravamo direttamente lì, poi me lo lasciava se aveva qualche commissione da fare e dopo tornava a prenderlo.»

«Sai se la mamma, mentre eri via, lo portava da sola al parco?»

«Boh! Che ne so, penso di sì...»

«Qualcuno potrebbe aver capito che c'erano buone probabilità di trovarvi lì di mattina col bambino, bisognava solo aspettare il momento buono per agire.» La conclusione di Adele non fa una piega. Si guarda attorno, questa volta lo sguardo si ferma su di me. «Tocca a te, Scrittore!»

«Io non so niente! Ero qui in casa» protesto.

«Già, ma ieri sei stato tutto il giorno in commissariato... e poi dici che non hai niente da riferirci!»

Come al solito, Adele ha ragione. Racconto tutto quello che ho visto e sentito: l'ex-moglie di Tommaso, la signora

Miscusi-miscusi e persino l'incontro con Olivina, aggiungendo quello che mi ha detto la commissaria sulla sua paura di essere licenziata. A quella rivelazione, la diretta interessata arrossisce.

«Non ce la vedo la signora de Mirò vestita da uomo a spingere la carrozzella, lei che ha cresciuto i figli a colpi di baby-sitter, come raccontava Tommaso.» Adele è sarcastica. «Altro?»

«Alla fine, mi ha detto che avevano trovato la carrozzella grazie a una signora che l'ha vista in un negozio abbandonato e che l'ha segnalata.»

Gina mi guarda, pensierosa. «Ci saranno decine di negozi abbandonati in questo periodo di crisi, mi domando se non sia quello all'angolo, dopo aver svoltato per andare al parco...»

Giusto, ora ricordo! «La commissaria mi ha detto che è un negozio qui vicino!»

«Ma sì, caspita! Quello dove c'era la pelletteria è vuoto da un po', la porta è rimasta bloccata mezza aperta, ma con una carrozzella ci si passa. Oltretutto, l'entrata è all'angolo, nel vicolo; ho visto diverse volte un barbone dormirci dentro.» Gina è contenta di aver potuto dare anche lei un contributo.

Cerco di fare mente locale su ciò che è stato detto nell'ufficio della commissaria, mi sembra di dimenticare un dettaglio importante... ecco, sì, il foglio! «Un'altra cosa» dico allora, «il rapitore forse ha lasciato un messaggio!»

Intorno a me, per un attimo, vedo solo occhi sbarrati. «Sì, la commissaria mi ha fatto vedere la foto di un foglio che hanno trovato nella carrozzina.»

«E cosa c'era scritto?» domanda Gina, battendo sul tempo Adele.

«Non ricordo bene, l'ho visto solo un attimo... qualcosa tipo "non è una buona mamma".» Cerco di ricordare meglio, la frase detta così esprime il concetto, ma era scritta in maniera diversa... forse... «No, aspettate, mi sembra fosse scritto in un italiano un po' stentato, tipo *"no è una buena mamma"*.»

Il volto di Olivina sbianca leggermente. «Sembra spagnolo, però mescolato all'italiano.»

Il suono del citofono interrompe la nostra esposizione dei fatti. Mentre Gina va a rispondere, Adele le urla: «Sì, è lei, le avevo chiesto di venire».

«Lei chi?» domando.

«Ho chiesto a Giovanna di passare.»

«E il suo negozio?» faccio notare.

«Che palle, tu e questo negozio! Lei ha sua cognata che le dà il cambio, contento?»

Dopo i saluti di rito, Adele parte all'attacco. «Bene! Raccontaci un po' di quella vecchia che è passata da te la scorsa settimana... sento che potrebbe avere a che fare con questa storia.»

«Allora, saranno state le quattro del pomeriggio, quando è entrata questa signora abbastanza anziana. Ha iniziato a guardarsi intorno e io le ho detto che se aveva bisogno di qualcosa poteva chiedere a me. Era accaldata e sudata, mi sono meravigliata che andasse in giro nelle ore più calde: non l'avevo mai vista dalle nostre parti, sembrava avesse fatto una lunga camminata. Appena ha aperto bocca, ho capito che non era italiana, a pensarci adesso forse era sudamericana, vista la carnagione leggermente olivastra. Insomma, mi ha detto in qualche modo che le avrebbero portato il nipotino di un mese e che aveva bisogno di qualcosa, così ha iniziato a guardare le tutine più economiche, ma prima di decidersi, mi ha chiesto un biberon e dei pannolini. Sono rimasta perplessa, perché ho pensato che, se venivano a trovarla, i genitori avrebbero dovuto portarsi il necessario per il bambino, ma forse arrivavano dall'estero, mi sono risposta. Alla fine, mi ha chiesto se c'era qualcosa per farlo stare calmo, aveva paura che i vicini si lamentassero del pianto. Le ho consigliato di andare in farmacia e farsi suggerire qualche

Il ciuccio

tisana, ma lei ha detto che aveva bisogno di qualcosa che lo facesse tacere subito. Allora ha preso dall'espositore un ciuccio e mi ha chiesto se potesse servire a quello scopo; ho confermato, ma poi gliene ho dato uno più piccolo, adatto all'età. È tornata alle tutine e ne ha scelta una, la più economica, senza nemmeno guardare il colore, ha girato solo i cartellini col prezzo. Le ho fatto il conto e la cifra non era altissima: ha aperto la borsa, ha tirato fuori un vecchio portamonete da uomo, e ha iniziato a snocciolare sul banco monete e banconote da cinque euro. Mi sono accorta che non aveva tutti i soldi che servivano, così ho deciso di regalarle il ciuccio. Un sacchetto in una mano e il pacco di pannolini nell'altra, si è avviata alla porta: vedendola così carica, le ho detto che, se non abitava lontano, avrei potuto farle portare il tutto a casa da mia cognata prima di sera... Si è voltata e mi ha detto qualcosa del genere, metà in italiano e metà in spagnolo: *"No no, soy una buena mamma"*. Mi sono domandata subito perché *mamma* e non *nonna*, vista l'età!»

«Interessante questa storia...» Adele e tutti noi abbiamo ascoltato Giovanna con gli occhi puntati su di lei.

«Sì, però, non ci dice molto... poteva essere veramente una nonna qualunque» faccio notare.

«*No es posible!*» Un'esclamazione con voce tremante.

Ci giriamo tutti verso Olivina, che è seduta un po' in disparte: bianca in volto, mani serrate al bordo del tavolo. «*¿Podrías reconocerla?*» domanda a Giovanna, senza curarsi della lingua.

«Se la rivedessi, probabilmente sì...»

«*¿De una foto?*»

«Può darsi...»

Olivina inizia ad armeggiare col telefono... «*¿A dónde fue? El de enfrente de la iglesia con el cura... aquí está!*» La mano le trema, mentre si allunga per mostrare a Giovanna la foto di sua madre con un prete davanti al duomo.

«Sì, sì, sembra proprio lei!»

UNA GRADITA VISITA

Adele e Giovanna hanno fatto rinvenire Olivina, che era svenuta, e l'hanno fatta sedere su una delle due poltrone di Gina. Adesso piange disperata.

«*Perdóname, perdóname, no quería!*» D'istinto, continua a parlare in spagnolo. «*¿Por qué? ¿Por qué? Se ha vuelto loca, debe haber sido ese sacerdote maldito.*»

Tutti cerchiamo di calmarla: abbiamo fretta, dobbiamo capire se veramente può essere stata la mamma di Olivina a fare tutto questo casino, o se stiamo prendendo una cantonata.

«Ora capisco perché anche ieri mi ha mandato un messaggio chiedendo che le portassi due litri di latte... lei con un litro ci fa una settimana di colazioni.» Olivina torna a parlare la nostra lingua, sembra sicura che sia stata sua madre.

Io qualche dubbio ce l'ho ancora, però. «Se ha lasciato la carrozzina nel negozio abbandonato, Leo dove l'ha portato? E come?»

Gina si avvicina a Olivina e le prende la mano. «Non sono stata io a chiedere a Olivina di fermarsi da me a dormire, è lei che me l'ha chiesto: sua madre l'altro giorno l'ha buttata fuori... ora capiamo perché...»

«Ma la spesa?» chiedo.

«Olivina non sa dirle di no, però lei non voleva vederla e gliela faceva lasciare fuori dalla porta.» Gina mi ricorda quello che mi aveva già detto Olivina.

«Resta il mistero di dove abbia portato Leo...» osservo.

«Sarà a casa sua, qui di fronte! Se ha chiesto il latte e se ha comprato i pannolini...»

«E torniamo a come l'ha portato a casa... Va bene metterlo in un borsone, ma sarà stato pesante da trasportare» faccio notare.

«Il barbone, si sarà fatta aiutare dal barbone che dorme nel negozio!» esclama Gina.

«Avrà voluto una ricompensa.»

«A quelli come lui un bicchiere di vino basta e avanza» ribatte.

«E i soldi per comprare le cose da Giovanna? Mi sembra che la spesa la faccia Olivina e che lei non abbia contanti» replico.

Olivina si sente chiamata in causa. «No, no, soldi non gliene lascio! Quando siamo arrivate in Italia, aveva iniziato a frequentare le sale da gioco, così glieli ho tolti.»

«Appunto, quindi, dove li avrà presi?» ribadisco.

«Semplice!» Gina sembra avere la soluzione anche questa volta. «La domenica in chiesa faceva finta di lasciare il suo obolo quando passavano con il cestino, e si rimetteva i soldi in tasca. Le davi qualcosa per l'elemosina, vero?»

Olivina conferma, facendo sì con la testa. «Qualche moneta, se non avevo altro, anche cinque euro.»

Adele, che nel frattempo si era seduta sull'altra poltrona del salotto di Gina, si alza e allunga la mano verso Olivina. «Te la senti?»

«Sì, sì...»

«Andiamo, allora!»

Giada si avvicina, mi dà un bacio in fronte e mi dice, speranzosa: «Ciao, Papino, vado a riprendermi Leo!».

«E io?» Vorrei tanto andare con loro.

Gina mi raggiunge da dietro, le sue mani sulle mie spalle e il suo seno rassicurante che mi sfiora la nuca. «E *noi*... noi restiamo qui ad aspettare, lasciali andare» dice, dandomi del tu.

* * *

Una gradita visita

Una telefonata ha preannunciato la sua visita nel pomeriggio... *"... Però non mi potrò fermare molto, giusto il tempo per raccontarle quanto è successo..."* ha detto.

Gina non sta più nella pelle: vuole conoscerla per poter finalmente ascoltare il racconto di un giorno iniziato con la riunione voluta da Adele a casa sua, e finito con la liberazione di Leonardo. A ora di pranzo, un messaggio di Miranda mi ha dato la buona notizia.

"Siamo in ospedale con Leo, il papà lo sta tenendo sotto controllo e io gli ho dato un'abbondante poppata, che ha gradito, anche se forse per qualche giorno potrebbe avere delle coliche dovute al latte vaccino che gli ha dato quella disgraziata! Grazie. Grazie a te e a tutti voi per quello che avete fatto, per aver riportato a casa il nostro bambino... un abbraccio grande da me e da Tommaso!"

Anche Giada mi ha scritto. *"Papino, dovevi esserci, coordinamento perfetto, ho preso in braccio Leo e via, di volata in ospedale, dove mi aspettavano la mamma e Tommy... Leo mi guardava durante il tragitto, forse pensava fossi già la mamma. Che gioia averlo di nuovo tra le mie braccia!"*

Siamo in salotto, Gina sulla sua poltrona preferita, io guardo dalla finestra per vedere quando arriva: stiamo in silenzio, non ce la sentiamo di sprecare altre parole, ansiosi di ascoltare quelle della nostra ospite.

«Eccoli, eccola! La macchina si è fermata dall'altra parte della strada.»

Gina si alza e va alla porta. Suona il citofono: è Rosa che ci avvisa che sta salendo una persona e Gina esce per accoglierla all'ascensore. Ecco, le due donne si salutano e si presentano.

«Prego, prego, s'accomodi! Che piacere averla qui!»

«Dovere. Dopo la sua movimentata visita di ieri in commissariato, ho pensato di non disturbarla ulteriormente, venendo io da lei!» A casa mia la voce della commissaria sembra più amichevole, meno professionale: anche i capelli sembrano più rossi e gli occhi più verdi!

Gina si era fermata in cucina e ora entra portando tè e biscotti, quelli che non abbiamo toccato stamattina, tanto eravamo concentrati sui nostri discorsi. Resta un attimo imbambolata col vassoio in mano, scoprendo che l'ignara ospite si è seduta sulla *sua* poltrona.

«Sono io che ringrazio lei. Siamo rimasti qui con Gina, sappiamo solo che Leonardo è stato ritrovato, che sta bene e che i genitori sono felici.»

«Devo dire che abbiamo agito in velocità, parlo al plurale per indicare noi della polizia e voi parenti e amici.»

Gina chiede subito informazioni. «Non abbiamo compreso bene come si è svolta l'azione... Adele, una volta capito che la rapitrice poteva essere la mamma di Olivina, le ha chiesto di accompagnare lei e Giada a prendere Leonardo, di più non sappiamo, salvo che dopo una mezz'ora, quando siamo venuti qua a casa dello Scrittore, abbiamo visto due macchine della polizia davanti al portone di fronte, dove abita Olivina con sua mamma.»

«Se ci fossimo messi d'accordo, non saremmo riusciti a coordinarci così bene» conferma la commissaria. «Sono arrivata con i miei uomini proprio mentre le tre donne stavano entrando nel portone. Prima di passare all'azione, ho dovuto controllare che tutto si svolgesse in massima sicurezza: Olivina mi ha assicurato che non ci fossero seconde vie di fuga oltre la porta principale. L'altro pericolo poteva essere un gesto estremo in caso di una nostra irruzione nell'appartamento: la presenza di un familiare in possesso delle chiavi e con l'autorità di entrare forniva le adeguate garanzie, in questo caso.»

«Quindi non è stato necessario un vostro intervento diretto?» domando.

«Sì, siamo intervenuti, ma in seguito all'entrata di Olivina in casa con le sue chiavi: abbiamo sentito delle urla, i miei uomini hanno riconosciuto la voce, erano gli stessi che ieri

Una gradita visita

avevano cercato lì Olivina; si è spalancata la porta e la madre si è lanciata fuori con il neonato in braccio. Non ha avuto quasi il tempo di accorgersi che il pianerottolo era piuttosto affollato: Giada le ha sbarrato il passo e ha preso il bambino, a quel punto, con le braccia libere, è stato un attimo per i miei uomini ammanettarla.»

Sapere che Giada si sia lanciata contro la donna per strapparle Leo mi fa venire i lucciconi: ci scambiamo uno sguardo con Gina e vedo che anche i suoi occhi sono umidi, così allungo il braccio e restiamo lì, davanti alla commissaria, mano nella mano, senza vergogna.

«Tutto è bene ciò che finisce bene!» Una frase banale, ma in questo momento non mi viene altro.

«"Finito" è una parola grossa... adesso bisogna valutare il ruolo avuto dal complice... e stabilire il movente.»

«Complice?» domanda Gina.

«In casa abbiamo trovato uno pseudo prete che sembra abbia influenzato molto la donna in questi ultimi mesi: è un elemento che tenevamo già sotto moderato controllo su segnalazione della curia, dopo che era stato sospeso *a divinis* dalle funzioni sacerdotali.»

Mentre ascolto le parole della commissaria, mi rendo conto che il coordinamento dell'azione è avvenuto solo davanti al portone del palazzo: un chiarimento è d'obbligo. «Mi tolga una curiosità: noi siamo arrivati a scoprire che la rapitrice potesse essere la mamma di Olivina grazie alla riunione organizzata dalla nostra amica Adele e grazie alla testimonianza di Giovanna, che ha il negozio di fianco al suo... è lei che ha riconosciuto la donna... ma voi come ci siete arrivati?»

«In pratica, la mamma di Olivina ha firmato la sua colpevolezza con il foglio lasciato nella carrozzina!»

«Non capisco.» Ammetto di essermi perso.

Gina mi guarda. «Avranno trovato, chessò, le impronte digitali.» Poi si gira verso la commissaria. «Lo scusi, a volte proprio non ci arriva!» E si mette a ridere insieme a lei.

Io resto serio, perché il mistero non è ancora del tutto svelato. «Sì, va bene, ma come hanno fatto a sapere che erano quelle della mamma di Olivina?»

«Avete ragione tutt'e due, lei Gina a dire che siamo risaliti alla donna attraverso le impronte digitali e lei, caro Scrittore, a domandarsi come abbiamo fatto a scoprire che erano quelle della persona arrestata. Stamattina abbiamo ricevuto il rapporto della Scientifica sul foglio ritrovato nella carrozzella e c'erano le impronte di due persone: il database ci ha confermato che una era, con buona probabilità, della mamma di Olivina, le cui impronte erano state raccolte dalla polizia di Tenerife quando fu arrestata per il furto di generi alimentari di cui le accennavo ieri.»

Gina, che prima aveva voluto fare la battuta, ora resta a bocca aperta.

La commissaria mangia un biscotto e beve un sorso di tè per gentilezza, poi si alza. «Scusate, ma il dovere mi chiama e pure il giudice delle indagini preliminari che entro sera vuole il mio rapporto! È stato un piacere venire a trovarla.»

Gina la accompagna alla porta, ma mentre sta per uscire, la commissaria si volta verso di lei. «Noi ci conosciamo? Ha per caso a che fare con problemi familiari che coinvolgono i minori?»

Non sento altro, poi a voce alta: «Ah, sì! Ecco, è vero!». E il cerchio, così, si chiude.

* * *

Gina torna e si riprende la poltrona, ancora tiepida dalle terga della commissaria. Scuote la testa. «Che storia! Per fortuna siamo qui a parlarne sapendo che Leo è nelle braccia di Miranda!»

«Non ricordo di aver mai vissuto tre giorni più intensi di questi... tutto per colpa di una vecchia matta...»

«A questo punto non posso che pensare alla povera Olivina!»

«Anch'io penso a Olivina e... povero me! Come farò senza di lei?»

«E io chi sono? La prima che passa per strada?» Gina sembra arrabbiata.

«In che senso?» le domando.

«Nel senso che ci penso io a sistemarla: sveglia, colazione, pranzo, cena e a letto. Adesso che non ho più nessuno a casa e sono ancora in aspettativa dal lavoro, ho tutto il tempo che voglio da dedicarle!»

«Grazie, Gina, lei è sempre troppo disponibile... più tardi passerà il fisioterapista, gli chiederò se per un po' di tempo può aiutarmi come a gennaio, quando sono uscito dall'ospedale...»

Gina mi guarda in cagnesco, si alza di scatto e mi riserva poche parole acide prima di andarsene, sbattendo la porta di casa. «Faccia come vuole, la saluto!»

* * *

Sono a letto: il fisioterapista è appena andato via. Ha qualche problema di lavoro, ma dice di essere disponibile per farmi alzare al mattino e rimettermi a letto la sera.

Deng! Un messaggio di Gina.

"Ha mangiato oggi?"

Niente convenevoli: questa domanda *secca* mi fa capire che è stata tutta la sera in apprensione. *"Sì, grazie! Ho chiamato il cinese qui sotto e mi hanno portato così tante cose che ne ho avanzate anche per domani a pranzo!"*

"Il fisioterapista? Cos'ha detto?"

"Che il mattino e la sera può passare..."

"Allora domani, quando si alza, vengo a prepararle la colazione."

"Grazie per l'offerta. Ho già tirato fuori la vecchia caffet-

tiera col timer, spero che funzioni ancora..."

"*La vuole smettere di fare tutto lei? Posso fare qualcosa anch'io, o no?*" Non si capisce se è arrabbiata, sarcastica o se sta facendo una battuta, ma sorrido.

"*Venga, vorrà dire che prenderemo il caffè insieme!*"

"*Oh! Grazie per l'invito... non le assicuro niente, ho parecchie cose da fare... io!*"

"*Se non sarà a colazione, sarà a pranzo: le porzioni cinesi consentono avanzi per due!*" rispondo, sorridendo tra me e me.

"*Uhm, questo è già meglio di un caffè! Adesso dormiamo, che è stata una giornata lunga e impegnativa!*"

"*Assolutamente d'accordo... peccato, però, che manchi ancora una cosa...*" La mia è una provocazione, ma è anche il frutto di una domanda che continuo a pormi, ancora irrisolta. Gina non risponde subito, penso stia già dormendo, poi...

Deng! "*Cosa manca ancora?*"

"*Il movente!*"

CENA CON IL MOVENTE

È passato più di un mese dal ritrovamento di Leonardo: siamo in autunno, il sole ha abbassato la sua traiettoria, Giada ha ripreso la scuola, Gina il suo lavoro e io il mio impegnatissimo far niente.

Tutto normale, all'apparenza, anche se con qualche piccola variazione: Olivina è stata messa ai domiciliari in attesa che le indagini stabiliscano il suo ruolo nella faccenda. La commissaria ha proposto al giudice di stabilire come sua residenza provvisoria casa mia, in modo da consentirle di non perdere il suo lavoro presso di me. Restava da capire come sistemarla: l'idea, con mia sorpresa, è venuta a Giada... le ha lasciato la sua stanza, mentre lei passa la notte da Gina. Non deve essere stato facile per un'adolescente prendere questa decisione, ma senza dubbio è la migliore per risolvere un po' di problemi. Oltre a questo, visto che Olivina non potrà muoversi, andrà lei a fare la spesa, nel pomeriggio, dopo essere tornata da scuola.

Non ho più sentito Miranda e Tommaso: abbiamo vissuto tutti, loro soprattutto, momenti così intensi che adesso è giusto restare ognuno nel proprio brodo, come dicevano le nostre nonne! Anche Adele sembra sparita, ma è comprensibile per una fioraia prepararsi per uno dei periodi più remunerativi prima della pausa invernale: la commemorazione dei defunti.

Deng! Ecco, è proprio Adele!

"Come stai? So che Olivina è tornata a casa da te, sono contenta..."

"Tu come stai? Io bene, anche grazie alla soluzione della commissaria che mi ha aiutato a riavere subito Olivina a casa."

"Elide è incantevole, si vede che ha sempre lavorato per i più deboli."

Sono perplesso, penso che stia chattando anche con qualcun altro e che abbia sbagliato a mandarmi il messaggio.

"Elide chi?" domando.

"Elide... la commissaria!"

"Ah! Ecco come si chiama... ma tu come fai a saperlo?"

"Te lo spiegherò... tieniti libero per sabato sera, cena a casa di Gina... dopo tutti i pranzi andati storti quest'anno, meglio cambiare linea!"

"Io libero il sabato sera? Vado in discoteca..."

"È una battuta troppo vecchia per uno su sedia a rotelle! Ci vediamo sabato... P.S.: sono tutti già stati avvisati!"

Ovvio, io sono sempre l'ultimo: gli altri devono organizzarsi, mettere l'impegno in agenda per tempo... io no!

* * *

Conto le sedie attorno al tavolo: otto, più uno spazio vuoto di fianco al posto normalmente occupato da Miranda. Tra qualche tempo sarà riempito da un seggiolone, per ora ci starà la carrozzella con Leonardo. Guardo Giada, l'artefice dell'allestimento.

«Come mai otto posti? Non mi avevi detto che zia Ada e zio Ermete erano in crociera?» domando.

«Ah, non lo chiedere a me... istruzioni di Adele!»

Suona il citofono.

«Eccolo!» Giada è felice come se non vedesse suo fratello dai tempi del rapimento: infatti, non dice "eccoli" come sarebbe più giusto, ma si riferisce solo a Leonardo! Il tempo dell'ascensore e arriva col pupo in braccio per mostrarmelo subito, lasciando entrare la mamma con la carrozzella vuota.

«Guarda, guarda com'è cresciuto!» Poi si rivolge al piccolo. «Leo, chi è questo signore? È lo zio che va in giro seduto! Hai visto?» Ecco, adesso so chi sono, ho pure una nuova qualifica!

Arriva Miranda e si china a baciarmi sulle guance. «Non ti ho ancora ringraziato di persona per quanto hai fatto...»

«Io? Non ho fatto quasi nulla... anzi, per essere precisi, direi che non ho fatto proprio niente!» Sorrido.

«Anche solo la tua presenza fa!»

Arriva Tommaso: Giada gli ha dato Leonardo da tenere, è dovuta scappare in cucina ad aiutare Gina.

Anche lui mi mostra con orgoglio suo figlio. «Va bene, dai! Non è ancora bello come sua sorella, ma confido che migliorerà... io ho fatto del mio meglio, il resto, come ben sai, l'ha messo Miranda!»

Sorrido. «Sono sicuro che sarà una bella lotta tra lui e Giada.»

Ancora il citofono. «Vado io!» Miranda corre a rispondere. «È Adele!»

Resto sbalordito vedendola entrare: mi sembra un'altra persona, elegante, anche se un po' alla sua maniera, con un vestito corto rosa, stretto in vita, e un leggero spolverino, persino un po' di trucco violetto intorno agli occhi che sta benissimo col colore dell'abito.

Rifaccio i conti, ci sono sempre due posti in più a tavola da riempire. Sto per chiedere informazioni a Adele, quando suona il campanello di casa: strano, mi sarei aspettato il citofono, dato che devono arrivare due persone forse a me sconosciute.

«Eccole!» Adele si dirige verso la porta. La sorpresa colpisce tutti, anche Gina e Giada, che nel frattempo sono uscite dalla cucina per salutare gli ospiti.

Olivina entra, sospinta da qualcuno, con le mani dietro la schiena, palesemente ammanettata. Nemmeno il tempo di riprenderci, che sentiamo la voce della commissaria.

«Ho trovato questa pericolosa criminale in casa sua, signor Scrittore!»

* * *

Ci sediamo a tavola: Elide, splendente con la sua capigliatura rossa e un vestito aderente nero, ha tolto le manette a Olivina, chiarendo subito che si trattava di uno scherzo. Prima di iniziare la cena, però, ci tiene a fare alcune precisazioni.

«Devo confessarvi che ci ho pensato parecchio prima di accettare l'invito di Adele: sono pur sempre un pubblico ufficiale che ha svolto un'indagine su fatti che coinvolgono alcuni di voi, sia come parte lesa sia come persone a conoscenza dei fatti. Scusatemi, quindi, se non potrò intervenire in discorsi relativi al reato ancora sotto indagine: delego tuttavia la mia fidanzata a fornirvi alcuni aggiornamenti, se necessario.»

Fidanzata? Restiamo tutti stupiti dall'affermazione della commissaria, poi iniziamo a capire che si sta riferendo a Adele!

Riassumendo... cena con una coppia non ancora regolarizzata che ha già figliato, due fidanzate, una vedova e uno Scrittore su sedia a rotelle con figlia e collaboratrice domestica a carico: direi che si può iniziare, anzi no, ho ancora una domanda.

«Gentile Elide, grazie per il suo chiarimento e, soprattutto, grazie per essere qui tra di noi: ho solo una preoccupazione...»

«Mi dica, signor Scrittore!»

«La mia collaboratrice domestica, nonché "pericolosa criminale", come da lei indicato, dovrebbe essere ai domiciliari presso il mio appartamento... non vorrei che, in caso di controllo, le fossero revocati, lasciandomi di nuovo senza un supporto per me di vitale importanza.»

«Non si preoccupi, solo in quel caso assumerò le mie funzioni e dichiarerò che la signora è qui sotto mia sorveglianza e che alla fine sarà da me personalmente riportata al domicilio stabilito dal giudice con le opportune attenzioni e precauzioni del caso!»

Cena con il movente

* * *

Inutile dire che il discorso sia lentamente scivolato sul rapimento di Leonardo: la cena è stata organizzata da Adele e Gina, forse con l'intento di festeggiare in qualche modo tutti insieme la fine positiva di questo traumatico evento. Altrettanto bene, sappiamo tutti che la cosa in realtà è ben lontana dall'essere conclusa: ci sarà un processo, stimando i tempi della giustizia non prima del prossimo anno, ma ancor prima andranno appurate le responsabilità di ogni attore che ha preso parte al rapimento, moventi e complicità, se non istigazioni a delinquere. Con questi presupposti, ci aspettiamo qualche rivelazione durante la cena, come anticipato dalla commissaria.

Olivina è stata la prima a raccontarci che sua madre da qualche tempo s'incontrava con il prete trovato in casa al momento del blitz per la liberazione di Leonardo: vestendo ancora la tonaca, non pensavano che fosse stato sospeso dal vescovo. Senza dubbio aveva preso potere su sua mamma, che ormai era succube del finto prelato: l'aveva convinta ad agire, dicendole che Miranda non poteva essere una brava madre, perché aveva lasciato il marito e aveva avuto il bambino da un altro uomo.

«Sono veramente triste per questa storia: ero così contenta di lavorare per lo Scrittore e di poter vivere in mezzo a persone così interessanti, che le raccontavo tutte le vostre vicende, senza accorgermi che poi lei le riferiva al prete!»

Sul filo di questo discorso, mi viene in mente una domanda: è il momento per cercare una risposta. «Va bene, ma la mamma o il prete, o entrambi... come hanno fatto a riconoscere Miranda e Giada, per poi seguirle al parco chissà quante volte prima di riuscire a rapire Leonardo?»

«Vi ricordate quando avete fatto il pranzo a luglio ed ero passata a prendere il caffè? Mi avevate chiesto di scattarvi una foto di gruppo e io ve l'ho fatta, ma poi l'ho dovuta ripetere, perché al posto di usare il telefono di Giada, avevo usato il mio. Quando ho parlato con mia mamma gliel'ho mostrata, mi ha detto che eravate proprio belli e che, se gliel'avessi mandata, l'avrebbe tenuta per ricordo. Purtroppo... l'ho fatto!» Olivina finisce la frase a fatica.

Adele guarda un attimo il piatto davanti a sé, poi alza la testa e si rivolge a Olivina. «Non devi scusarti, le cose spesso vanno per la loro strada, col nostro aiuto o senza. Il prete avrebbe trovato comunque il modo di sapere chi erano, visto gli interessi in gioco...»

Interessi in gioco? Finora avevo pensato all'azione di un invasato e della sua complice, la mamma di Olivina, ma la frase di Adele fa presagire qualcosa di più vasto: devo appurare.

«Quindi non erano soli...» Giada mi batte sul tempo. «Vuoi dire che qualcuno li ha spinti a *traiardarsi* in questa cosa?»

Adele guarda Giada con occhi socchiusi prima di rispondere. «Ancora con 'sto *slang*?» si lamenta. «Intendeva chiedere se c'è stato qualcuno che li ha spinti a combinare questo casino... e la riposta è sì, una persona che uno di voi conosce molto bene!»

* * *

Scoprire dalla voce di Adele che Isabella de Mirò, era coinvolta nel misfatto, ci ha sciocccati. Siamo tutti in silenzio, Tommaso ha attirato a sé Miranda in un abbraccio sghimbescio. Il quadro ora è più chiaro: uno dei fattori, che gestisce alcune vigne dei de Mirò qui in zona, da qualche anno cercava senza successo di avere un figlio e ne aveva parlato con la sua datrice di lavoro. Tommaso, andando a prendere i figli nella villa de Mirò, aveva incrociato Isabella e si era lasciato sfuggire che presto avrebbero avuto un fratellino.

C'era voluto un po' di tempo per scoprire che il prete "spretato" qualche mese fa era andato a chiedere, proprio ai de Mirò, di poter acquistare un particolare vino, simile a quello usato durante la messa per poter svolgere le sue cerimonie.

Tommaso ha messo la classica ciliegina sulla torta ricordando che Isabella, dopo la separazione, si era rivolta proprio al vescovo che aveva sospeso *a divinis* il prete per chiedergli di perorare la causa di annullamento del matrimonio da parte della Sacra Rota, ricevendo come risposta una gran risata e una frase del genere: *"Certo, e visto che avete avuto due figli, adesso mi chiederà pure che avvalori la tesi che sia stato lo Spirito Santo!"*.

Ci mettiamo tutti a ridere, ma dopo un attimo Miranda scatta in piedi.

«Fermi tutti!» È impallidita, si capisce che ha paura anche solo a esternare il suo pensiero. «Se Isabella è coinvolta, vuol dire che rischia la galera!» Si gira verso Tommaso. «Significa che mi troverò in casa stabilmente due ragazzini in età preadolescenziale, oltre al nostro Leo?» gli domanda, mentre lui alza leggermente le spalle come se volesse giustificarsi di qualcosa di cui non ha colpa.

La risposta arriva da Elide: ha capito che ora un suo intervento è necessario, così si alza e va ad abbracciarla. «Miranda, stai tranquilla: sono andata un paio di volte a villa de Mirò per interrogare Isabella e ho avuto modo di conoscere i ragazzi, mi sono sembrati davvero due ometti. Cerca di capirmi, non posso dirti di più, ma giuridicamente vedo difficile riuscire a provare una vera e propria istigazione a delinquere: al massimo potrebbe esserci una lieve pena da scontare ai domiciliari, ma sono sicura che il loro avvocato riuscirà a tramutarla in una sanzione pecuniaria, vista la sua posizione sociale. Per quanto riguarda la perdita della responsabilità genitoriale, mi sento di dire che non se ne parla proprio!»

«Basta, Elide, ti sei già esposta troppo nella tua posizione!» interviene Adele, per bloccare la compagna. «Dirò io un'altra cosa emersa dalle indagini... si era ipotizzato che

Giada fosse stata addormentata con uno spray soporifero, ma non è stato trovato nulla a casa dell'imputata che possa avvalorare questa tesi: aggiungo che un eventuale reato di omessa sorveglianza di minore da parte di Giada o Miranda è impossibile... Giada, infatti, non si è allontanata, ma ha avuto solo un colpo di sonno, indipendente dalla sua volontà.»

Tiro un sospiro di sollievo: ci sarà senza dubbio un passaggio in tribunale per entrambe, ma senza conseguenze. Faccio mentalmente il punto della situazione e mi ricordo dell'ipotesi emersa durante la riunione prima del ritrovamento di Leonardo.

«E il barbone? È stato lui ad aiutare la mamma di Olivina a portare Leo a casa sua?»

«Sì, e quando è arrivato su, ha trovato il prete, che gli ha dato qualche spicciolo... è molto probabile che anche lui non rischi nulla, se non un richiamo.» Adele sembra avere ancora qualcosa da dire, ma è incerta, poi si decide. «Per fortuna siamo intervenuti quella mattina: a quanto pare, il fattore e sua moglie sarebbero passati nel pomeriggio a prendere Leo... avevano già sparso la voce presso alcuni amici dicendo che erano riusciti ad avere un bambino in adozione.» Sto per domandare se si sa già cosa rischiano, ma vengo anticipato. «Non mi chiedere se andranno in prigione, spero di sì, ma non me ne frega niente, l'importante è essere qui con Leo!»

* * *

Questa cena, partita in leggerezza, ha toccato il fondo, serve qualcosa per riportare in alto il morale di tutti noi... e ci pensa Giada.

«Bene, quindi cosa ne dite se iniziassimo i festeggiamenti?»

Siamo tutti sorpresi da questa frase, ma Miranda e Tommaso lo sembrano ancor di più.

«Veramente, noi...» accenna Tommaso.

CENA CON IL MOVENTE

«Voi cosa? Questa è la festa di Leo! Che giorno è oggi?»
«Il diciotto ottobre...» rispondo, mentre Giada è già sparita con Gina in direzione della cucina.

Tornano dopo meno di un minuto: Gina regge una torta con tre candeline accese, e Giada corre a prendere suo fratello dalla nuova carrozzina, visto che l'altra è ancora considerata corpo di reato.

«Auguri, Leo, per i tuoi tre mesi!»

Il piccolo guarda la torta: le candeline si spengono come per incanto grazie a un soffio di Giada e lui gira la testa verso il suo volto, che ormai conosce bene. Chissà cosa pensa, non sa ancora in che razza di famiglia allargata è capitato... o forse sarebbe meglio rispolverare la parola "tribù": non ricordo nemmeno chi l'ha coniata per descriverci, e quando, ma sono sicuro che sia stato tanto tempo fa.

La torta fatta da Giada per suo fratello è degna dei migliori dolci di Gina: sono sicuro che l'abbia preparata lei perché a casa l'ho vista trafficare con forno e scodelle e mi domandavo giusto cosa stesse combinando! Finita la piccola festa per Leo, restano nell'aria le parole di Tommaso... "*Veramente, noi...*". Ora sembra ritrovare il coraggio per proseguire il discorso.

«Veramente, noi vorremmo approfittare dell'occasione per un annuncio...»

Giada è subito sul chi va là. «Noi chi? Che annuncio?»

«Io e tua mamma volevamo comunicarvi che tra due settimane ci sposiamo!»

«Come?»

«Come?»

Quasi all'unisono, sentiamo Giada e Gina che urlano la stessa parola. Si alzano in piedi: Giada fissa la madre, mentre Gina ora mi guarda dall'alto in basso.

«L'ho detto prima io!» Giada rivendica la primogenitura dell'urlo e Gina si risiede di fianco a me, continuando a fissarmi: non so se è più triste o arrabbiata. Leo è finito in braccio a Elide e si è spaventato: piange. Miranda si alza per andare da lui, ma Giada, che è già in piedi, arriva prima, lo prende e lo tranquillizza. Ora madre e figlia sono l'una di fronte all'altra e gli sguardi s'incrociano: Miranda sembra una bambina discola che sa di aver combinato una marachella. Giada la fissa con aria spavalda, sicura di essere dalla parte della ragione rispetto a ciò che sta per dire.

«Ci sei cascata ancora!» Con questa frase, fa abbassare gli occhi della madre. Leo guarda Miranda e fa un versetto, allungando le braccia. Giada glielo porge, poi abbraccia entrambi e li bacia in fronte. «E lo farai di nuovo... mi sorprenderai ancora e ancora, ne sono sicura, ma sei la mia mamma, la più matta che poteva capitarmi!»

Il silenzio è quasi d'obbligo davanti a questa scena, ma dura poco: c'è chi ha qualcosa da dire, anzi da chiedere.

«Posso?» domanda Gina a voce alta, prima di iniziare. Non ricevendo risposta alcuna, prosegue, guardandomi fisso negli occhi. «Signor Scrittore... e quando avreste divorziato?» Io e Miranda siamo stati tanti anni separatati, non sentivamo la necessità del divorzio, ma a maggio me l'ha chiesto e non ho saputo dirle di no. Gina incalza: «Perché non mi hai detto niente?».

Resto meravigliato, più dal fatto che sia la prima volta che mi dà del tu davanti ad altri, che dalla domanda in sé. «Ho pensato che fosse già sotto pressione per la malattia di Oreste, e...»

«Balle!» sentenzia senza appello.

Miranda capisce al volo che è necessario un suo intervento: riconsegna Leo a Giada e corre dalla nostra parte del tavolo. Gina si sta già alzando, quando una mano la afferra per il braccio e la porta verso la cucina. Leo passa ora nelle mani di Tommaso e mia figlia va anche lei a dare manforte alla mamma.

Trascorriamo in silenzio qualche minuto, poi le vediamo tornare: Gina sorride e va verso il promesso sposo. «Hai già

Cena con il movente

combinato abbastanza guai nella tua vita, vedi di non combinarne un altro!» Ride, e Leo cerca di copiarla con i suoi gridolini.

Adele si alza e porge la mano a Elide, che si alza a sua volta. «Visto? Eravamo qui per annunciare il nostro fidanzamento ed è finita così! Ora capisci quando ti racconto in che razza di *tribù* sono finita!»

Elide le prende il volto con le mani e le dà un leggero bacio sulle labbra. «Tranquilla, tesoro, adesso ci sono qui io... e se non rigano diritto, li faccio finire tutti in galera!» Poi si gira verso di noi. «Quanto a voi, vi tengo d'occhio ma, per sicurezza, mi prendo Adele in ostaggio...»

Stiamo per ridere di questo scambio di amenità, ma Leo si prende la scena facendo il suo primo, sonoro, ruttino.

Parte Quinta

Il misfatto "originale"

LA PAZIENZA DEL DESTINO

È passata una settimana dalla cena e Gina non si è fatta vedere: se la sarà presa con me per non averle detto del divorzio. Miranda dice di no, lei e Giada sono state le prime a reagire; insieme sono andate a parlarle in cucina. Chissà cosa le avranno detto. È sabato pomeriggio, e Olivina è in camera di Giada, un po' la sua prigione, a riposare: sento la porta di casa aprirsi, penso sia proprio mia figlia che viene a trovarmi, invece è Gina. Entra in salotto senza salutare, si siede sulla sua poltrona e resta in silenzio. Deve proprio essere arrabbiata con me.

«Manca una settimana al matrimonio e non so cosa mettermi!» esordisce.

«Avanti un'altra!» Sorrido.

«In che senso?»

«Nel senso che anche Giada è in fibrillazione da qualche giorno: solo ieri ha trovato un vestito online e ora trema per la paura di non riceverlo in tempo. Prima, quando ho sentito aprirsi la porta, pensavo fosse lei, ma adesso mi sono ricordato che oggi pomeriggio doveva andare con una sua amica a cercare le scarpe...»

Torna il silenzio.

«È contento che Miranda si sposi?»

Questa domanda di Gina mi sorprende: è troppo banale e scontata, non è da lei, deve avere qualche altro scopo. «A questo punto della storia...» Alzo le spalle. «Adesso c'è anche Leonardo...» A domanda banale, risposta scontata.

«Intendevo di cuore...»

«Di cuore bene, grazie! Tommaso mi ha fatto gli ultimi controlli poco dopo che Leonardo era tornato a casa e sembra che sia tutto a posto, compatibilmente con la mia età e situazione.»

«Non mi prenda in giro! Ha capito benissimo cosa voglio dire... è ancora innamorato di Miranda?»

Ha ragione, come sempre, avevo capito benissimo che voleva farmi quella domanda, anche se non sono sicuro del motivo. «Che cosa vuole che le risponda? Sì? No? Ogni volta è qualcosa di diverso...»

«In che senso "ogni volta"?» Sono riuscito a confonderla e mi godo un attimo di pausa prima della spiegazione.

«Sono stato innamoratissimo quando ci siamo sposati ed è arrivata Giada, poi è andata com'è andata e mi ha lasciato. Al suo ritorno, dopo qualche anno, è stato un amore differente, più tranquillo, lineare... fin troppo!»

«Troppo *calmo* per Miranda, intende?»

«Proprio così! A volte mi chiedo cosa sarebbe successo se non l'avessi incontrata quella mattina di tanti anni fa. Forse...»

«Forse cosa?»

«Niente, niente...»

«Miranda è stata indispensabile: lei non si rendeva conto, ma era solo un brontolone, per giunta credeva anche di essere vecchio!»

Non posso darle torto, ero proprio così: a poco più di cinquant'anni pensavo che la mia vita fosse finita. Non uscivo più di casa; solo qualche volta, un amico con l'auto capiente mi portava a teatro, niente più. I miei unici contatti con il mondo esterno erano la finestra davanti alla quale tutte le mattine mangiavo il mio yogurt e lei, Gina. Allora era la portinaia dello stabile e veniva tutti i giorni a farmi le pulizie; cucinava pure, talvolta: in alcuni periodi dell'anno, dopo il lancio di un libro, mi rilassavo e qualche sera passava su a casa mia per vedere un film insieme, tanto che qualcuno dei condomini con la lingua troppo lunga aveva paventato l'idea di una *love story*. Cosa improbabile, dato che Gina, stanca dalle mille faccende, si addormentava sul divano dopo dieci minuti e si svegliava solo quando scorrevano i titoli di coda!

«Ha ragione, Miranda è stata una boccata d'aria fresca.»

«Direi un ciclone d'aria fresca, visto cosa è successo da allora fino a oggi! E non dà cenni di calmarsi!» Sorride.

Decido di affrontare lo spinoso problema. «Mi spiace non averle detto del divorzio...»

«Cambia qualcosa?» La tristezza traspare dalla sua voce. «Ormai possiamo dividerci in due gruppi: ha presente quelle partite di calcio... scapoli contro ammogliati? Uguale!»

Per l'ennesima volta, Gina mi lascia a bocca aperta con le sue affermazioni. «Chi sarebbero gli scapoli e chi gli ammogliati?»

«Mamma mia santissima! Come ai bambini... tutto le devo spiegare! Da una parte ci siamo io, Olivina e lei, dall'altra Miranda e futuro consorte, Adele ed Elide, e poi c'è Giada...»

«Ah! Ho capito, cioè quasi... Giada ha un fidanzato?» Questa novità mi sconcerta. «Non mi ha detto nulla: va bene che noi padri siamo sempre gli ultimi a sapere le cose, ma...»

«Fidanzato? Giada? Non ha detto niente nemmeno a me!» Anche Gina è sorpresa, ma poi ci ripensa. «Che cosa dice? Intendevo che Giada ormai fa coppia fissa con suo fratello Leo!»

Già, vero, la tribù è divisa in due gruppi: tra le coppie ci sarebbero anche Ada, la sorella di Miranda, e suo marito, ma ultimamente fanno vita ritirata; più che altro se la godono da quando Ermete è andato in pensione e hanno chiuso il maneggio, e chi s'è visto s'è visto.

Quest'anno ha sancito il mio ritorno alla solitudine e gli ultimi fatti ne sono la conferma. Piano piano sto cercando di riabituarmi, anche se la presenza di Olivina fissa a casa, per quanto molto discreta, non mi aiuta: sentirsi soli richiede concentrazione e, per l'appunto, solitudine. In passato alternavo periodi di ritiro e altri in cui la mia vita era frenetica: quando scrivevo, passavo alcuni mesi in compagnia dei miei personaggi, era un po' come avere al proprio fianco un amico immaginario, anzi, più amici... era una vita parallela con loro, non vissuta veramente. Poi tornavo nel mio silenzio per lunghe ore: mi ero abituato, ne ero quasi geloso. Solo Gina era autorizzata, qualche ora durante il giorno, a romperlo con la sua presenza, con le sue pulizie maniacali. Spesso ci si riduceva a...

«Buon giorno, buona sera!» dico a voce alta, seguendo il mio pensiero.

«Mi sta dando il ben servito? Sono di troppo?»

«Gina... lei non è mai di troppo! Andavo indietro con la memoria, a quando veniva a fare le pulizie e ci scambiavamo a malapena un saluto.»

«Embè, capirà! Io ero una portinaia e lei uno Scrittore famoso... La prima volta che mi ha fatto salire in casa sua sono entrata che mi tremavano le gambe! Avevo paura di aver combinato qualche guaio... invece voleva solo dirmi che la donna delle pulizie si era licenziata. Mi ha chiesto se conoscessi qualcuno per sostituirla e mi è venuto spontaneo offrirle i miei servigi fino a quando avesse trovato una nuova collaboratrice domestica... Sappiamo com'è andata a finire!» Si ferma un attimo, è indecisa se dire qualcos'altro o tacere, ma, come suo solito, non si sa trattenere. «E sono ancora qui...» Si alza dalla poltrona e viene a sedersi sulle mie inutili gambe. Con un braccio mi cinge le spalle e ci appoggia la testa, il mio gira attorno alla sua vita e sento il suo alito sulla guancia. Restiamo così pochi attimi, poi un rumore fa scattare in piedi Gina: Olivina compare sulla porta.

«Ciao, Gina! Volete un tè?»

«Non per me, grazie! Stavo per andarmene...» Resta un attimo ferma, in piedi. «Allora, ci sentiamo...» mi dice. Attende che Olivina vada in cucina, poi si abbassa, mi sussurra poche parole in un orecchio, dandomi del tu, e si rialza sorridendo, quasi ridendo: pensa di aver fatto una battuta, ma forse, in cuor suo, ci crede veramente.

La guardo un momento, ricambio il sorriso e le rispondo.

«Certo, non aspettavo altro!»
Gina impallidisce di colpo, ho paura che stia per svenire.
«Mi sta prendendo in giro?» chiede a voce alta, tornando a darmi del lei.
«Non ci penso proprio!»
«AAAAH!» lancia un urlo. «Corro a organizzare!»
«E il vestito per il matrimonio di Miranda?» Chissà perché mi viene questa domanda.
«Chi se ne frega! Qualcosa troverò. Il problema sarà l'*altro* vestito!»
Uscendo, si scontra con Olivina, che nel frattempo è corsa da noi in seguito all'urlo. Apre la porta di casa, ma non la richiude. Olivina mi guarda, poi si gira verso il corridoio: arrivano delle voci da fuori.
«Mi sembra sia arrivata Giada, stanno parlando...»
Un attimo e si deve scansare: mia figlia entra in salotto come una furia, tenendo Gina per un braccio.
«Cos'è 'sta storia?» domanda. «Stai *trollando* questa povera donna?»
«*Trollando*?» Resto un attimo interdetto, poi traduco tra me e me. «No, che non la sto *trollando*!» rispondo, adeguandomi allo *slang*.
Giada ci guarda: prima Gina, che non sa più se ridere o piangere, poi me. «Voi siete tutti matti! Mi farete impazzire un giorno o l'altro!»
Olivina è sulla porta e ci fissa con aria inebetita: nonostante lavori per me da alcuni mesi, non riesce ancora a capire le dinamiche di questa pazza tribù. «Si è fatto male qualcuno?» chiede.
Giada si gira verso di lei. «No, no, altroché, qui oggi qualcuno si è fatto del gran bene!» Sorride a Gina, la abbraccia e la bacia sulle guance. «Andiamo, che ci saranno tante cose da fare!» Stanno uscendo a braccetto, ma c'è qualcosa anche per me. «Con te, Papino, facciamo i conti dopo!»
Non mi sembra una gran minaccia, ma chissà!

***

Sono già a letto da un po'; Olivina è chiusa nella sua stanza. Sento aprirsi la porta di casa: non viene mai nessuno così tardi a trovarmi. Dall'uscio della mia stanza fa capolino il viso di Giada: è rincuorata dalla luce accesa dell'abat-jour, ma per scrupolo fa la domanda.

«Scusami, sono tornata ora da una festa... ti ho svegliato?»

«No, no, stavo leggendo... siediti qui.» Batto il palmo al mio fianco.

Si accomoda e mi prende la mano, la guarda per un lungo momento. «La senti questa melodia?»

Il silenzio è profondo. «Che melodia?»

«La melodia del destino!»

Resto un attimo in ascolto e avverto qualcosa dentro di me: non so se è la melodia del destino o la bellezza di questa frase detta da mia figlia. Per un attimo, penso che magari diventerà anche lei una scrittrice e l'idea mi commuove.

Continua. «Il destino suona la sua musica, diversa per ognuno di noi, diversa a ogni età: lento, andante, allegro, greve, adagio con calma. Il destino è paziente e se ha in mente un disegno per te, alla fine lo porta a termine. Nel frattempo, ci accompagna con la sua melodia.»

Si alza dal letto, e si china per baciarmi la fronte. «Buona notte, Papino! Sono la ragazza più felice del mondo. Grazie!»

***

Olivina è seduta sulla poltrona di Gina e mi ascolta.

«Non lo dire in giro!» Una raccomandazione è d'obbligo.

«E a chi potrei dirlo, l'unica sarebbe mia mamma, ma difficilmente me la lasceranno vedere a breve... e poi dirle cosa, visti i guai che è riuscita a combinare con i miei racconti! Però, se ha bisogno mi faccia sapere! Sono sempre faccende complicate... io non l'ho mai fatto, ma vedo gente che ci perde la testa!» Si ferma un attimo a pensare. «In realtà, non potrei nemmeno aiutare più di tanto: sono ancora ai domiciliari, bloccata senza poter uscire da questa casa!»

Deng! Un messaggio di Adele.

"Ciao, come stai? Mi ha appena avvisata Elide che sta mandando lì due dei suoi uomini a portare il decreto con la revoca dei domiciliari per Olivina: il PM ha inviato la richiesta al giudice, che l'ha subito firmata!"

Sì, Olivina, mi sarai – ci sarai – di grande aiuto!

IL PRANZO DI NATALE
Un Anno Dopo

Eh, sì! Il tempo passa ed è già un anno da quel giorno in cui mi sono sentito male: sembra ieri che guardavo tramontare il sole invernale dalla stanza dell'ospedale, ma nello stesso momento mi sembra passato tanto tempo da quando sono tornato a casa. La memoria è così, elastica! Le cose più vicine sembrano lontane, e quelle lontane, vicine: forse è solo colpa della vecchiaia che avanza!

Aveva ragione Gina quando diceva che ero una sorta di vecchio brontolone. Cercavo solo d'ingannare me stesso: si sa che ai vecchi qualche lagna si permette, quel che è certo, però, è che non sono mai riuscito a ingannare Gina! Una portinaia non s'imbroglia facilmente: quando ha deciso di dare una svolta alla sua vita, iscrivendosi all'università, la scelta di Psicologia è stata la più naturale. Così come, una volta laureata, anche se solo come tecnico psicologico, la decisione di aiutare i bambini in difficoltà: non ha mai avuto figli suoi, ma è stata, ed è, una mamma eccezionale, una vera chioccia... l'ha dimostrato prima con mia figlia Giada, poi con Adele.

E io? Sono qui, sono sempre stato qui; ho vissuto questi ultimi venticinque anni come in un film. All'inizio, essendo uno Scrittore abbastanza famoso, pensavo di essere l'interprete principale di questo lungometraggio, ma, piano piano, mi sono dovuto fare da parte e ammettere che altri erano i protagonisti della mia vita, forse qualcuno anche da Premio Oscar! Vabbè, lo sapete, vero, di chi parlo? No? Naturalmente è...

Aspettate, andiamo con calma...

***

Quest'anno il pranzo di Natale è più complicato del solito, fosse anche solo per il tavolo! Da quando Gina è venuta ad abitare con Oreste nell'appartamento di fianco al mio, abbiamo deciso di usare casa sua per pranzi e cene: il loro tavolo è grande, si sta più comodi. Oreste non c'è più, purtroppo, ed è per questo che con Gina abbiamo pensato di condividere il pranzo di Natale, in quest'anno così travagliato e pieno di sorprese, con tutti quelli che ci stanno accompagnando da qualche tempo in quest'avventura terrena. Avremmo dovuto essere in tredici con Filippo, ma si è trasferito stabilmente in un'altra città con la fidanzata: un po' per scaramanzia, un po' per stare con lei, ha deciso di declinare l'invito. Dovremo comunque stringerci un po'; cioè, gli altri si stringeranno: io occupo un posto e mezzo con la sedia a rotelle e Leonardo, nel suo speciale seggiolone, ha bisogno del suo spazio.

Anche per le cibarie è stata complicata. Gina e Olivina hanno preparato in anticipo ciò che potevano, riempiendo il frigorifero, poi, ieri, con l'aiuto di Giada, *il tour de force*! D'altro canto, l'impegno che avevamo il 23 dicembre era improrogabile: due mesi per prepararci non sono stati molti, ma con qualche aiutino ce l'abbiamo fatta. Adesso aspettiamo gli ospiti e non vediamo l'ora di festeggiare tutti insieme questo Natale, che per noi è davvero una rinascita in tutti i sensi: per essere preciso, sono io che sto aspettando, visto che Gina e le sue aiutanti sono indaffarate in cucina.

Le undici e trenta; per passare il tempo, come al solito, guardo dalla finestra: un panorama nuovo cui mi dovrò abituare, anche a colazione, mentre mangerò il mio consueto yogurt. Da questa parte si vede pure il semaforo: confido mi terrà compagnia con le sue cadenzate luci verdi, gialle e rosse.

Il citofono: strano... tutti hanno le chiavi del portone. Mi avvio verso l'anticamera alla massima velocità consentita dalla sedia a rotelle, dicendo a voce alta: «Vado io!», in direzione della cucina.

«Ce la fai?» mi urla Gina di rimando.

«Certo, per chi mi hai preso?»

Mistero svelato: è Elide! Attendo vicino alla porta di casa, che nel frattempo ho aperto.

«Ciao, Elide! Che piacere vederti!» Ora che fa parte della tribù... possiamo evitare formalismi.

«Oh! Che sorpresa e che onore trovare lo Scrittore ad accogliermi!»

Ci dirigiamo verso la sala da pranzo, ma Elide passa prima in cucina a salutare. Sento la sua voce che domanda: «Avete bisogno di una mano? Non che io sappia cucinare, Adele è più brava di me, e non solo in quello!».

Non sento la risposta, ma intuisco sia negativa. Dopo un attimo, la prima ospite mi raggiuge, cerca il cartellino con il suo nome sul tavolo e si versa un po' d'acqua, poi viene a sedersi vicino a me col bicchiere in mano.

«Come stai? È andato tutto bene l'altro giorno?»

«Benissimo, non sappiamo come ringraziarti, sei stata molto gentile ad aiutarmi per gli spostamenti.»

«Ci mancherebbe, è stato un piacere, spero vi sia piaciuta l'idea originale!»

«Ah! Più originale di così non si poteva!» rispondo con un sorriso.

Arriva Gina, grembiule e mestolo in mano... inutile, quando si ha una portinaia in casa, certi blitz uno se li deve aspettare: hanno orecchie dotate di radar.

«Voi due... cosa stavate dicendo? Non facciamo scherzi! Soprattutto non *spoileriamo!*»

Io sorrido, so com'è fatta Gina, Elide invece ride di gusto e rincara la dose.

«Piuttosto mi faccio arrestare per reticenza!»

Gina ride. «Pensavo venissi con Adele...»

«Macché! La conoscete: negozio, negozio e ancora negozio, anche il giorno di Natale! Aspettava dei clienti quando sono passata, mi ha detto di scusarla, facile che arrivi anche in ritardo.»

È mezzogiorno e mezzo quando suona il campanello: devono essersi aspettati giù al portone, visto che entrano tutti insieme, compreso il marito di Ada e la signora *Miscusimiscusi*. Hanno il fiatone... saranno saliti a piedi! L'ascensore infatti è occupato da Tommaso col seggiolone di Leo: penso che a breve ne compreranno un altro da lasciare qui da Gina.

Di Adele nemmeno l'ombra! Elide mi si avvicina e mi sussurra: «Visto? Che cosa avevo detto? Sempre in ritardo la donna di fiori!».

* * *

Che dire del pranzo? Tutto ottimo, compresa la salute!

Per scrupolo, due settimane fa Tommaso mi ha fatto un check-up completo: Miranda gli deve aver raccontato lo spavento che ci siamo presi lo scorso anno. Soprattutto, lui ricorda il pranzo in cui Oreste è stato male: anche in quel caso ci siamo preoccupati parecchio, ma la sua presenza ha fatto la differenza.

È l'ora del panettone: mi accorgo, a un anno di distanza, che lo scorso Natale il tradizionale dolce è stato saltato a piè pari, visto il casino che avevo combinato. Oggi, però, nessuno ce lo può togliere: Gina ha esagerato, ne ha ordinato in pasticceria uno da tre chili – ne voleva uno da quattro, ma il pasticcere le ha dato della matta.

Leonardo è stato bravissimo durante tutto il pranzo: Miranda gli ha offerto il seno prima che ci mettessimo a tavola e lui ha gradito molto, facendo anche un sonnellino sul seggiolone. All'entrata del mastodontico dolce portato da Giada, ha fatto un urlo di gioia con una sorta di gorgoglio, facendoci scoppiare a ridere tutti.

È il momento del taglio: la montagna glassata emana un profumo eccezionale di vaniglia e canditi. Gina, seduta al mio fianco, si alza e impugna il coltello che hanno portato le ragazze insieme al dolce; allungo anch'io il braccio e metto la mia mano sulla sua: insieme, tagliamo la prima fetta. La posizione per me non è molto comoda, quindi prosegue da sola: mentre Adele ed Elide distribuiscono i piatti, Gina mi guarda, mi prende la mano e me la stringe leggermente. Capisco che è un modo per dirmi: "Non si sono accorti di niente...".

Purtroppo, non ci siamo preparati: il tempo è stato poco e le cose da fare tante, così non abbiamo pensato a questo momento.

Si alza in piedi Giada, prende il bicchiere e ci batte sopra con la forchetta, facendolo tintinnare. «Un attimo di attenzione... lo so, è uno sporco lavoro, ma qualcuno lo deve fare!»

Gina, colta di sorpresa, cerca di capire cosa voglia fare mia figlia; tutti gli altri sono ipnotizzati, salvo Adele, Elide e Olivina che ridacchiano, essendo le sole a conoscenza del "misfatto".

«Gina, finalmente, dopo venticinque anni di *baccagliare*...»

Chiamata in causa, scatta in piedi. «NON CI PROVARE, PICCOLA STREGA INSOLENTE!» Si gira verso di me e mi scuote la spalla. «E tu? Non le dici niente?»

Mi volto e le sorrido, accarezzandole la mano. Davanti a me, oltre il panettone sventrato, vedo Miranda e Tommaso con la bocca socchiusa dalla sorpresa, anche perché Giada sta ridendo come una matta e Leonardo, per empatia, la sta imitando. Gina si risiede a peso morto e mi mormora nell'orecchio: «Alziamo la mano sinistra e facciamola ruotare lentamente... pronto? Via!».

Le facce da stupite diventano incuriosite.

«Mi scusi, signor Scrittore. Scusi, Gina... cos'è? Un nuovo giuramento tipo boyscout?» La signora *Miscusi-miscusi* ha colpito ancora!

Ci mettiamo a ridere tutti, salvo Miranda che, finalmente, ha capito: in un attimo, le si inumidiscono gli occhi. Dà un buffetto a Leonardo, che nel frattempo ha ripreso a dedicarsi al pezzetto di panettone che ha nel piatto, poi si alza e, piano piano, viene dalla nostra parte. Gina ha intuito le intenzioni della mia ex moglie ed è pronta ad accoglierla tra le sue braccia... piangono insieme e io sorrido; guardandole dal basso della mia sedia a rotelle, penso a quanto sono fortunato.

* * *

Siamo a letto, a casa mia, per adesso... ora Gina ha pieno diritto d'infilarsi sotto le coperte al mio fianco.
È stata una giornata piena, dopo altre molto impegnative, ma prima di dormire non ce la fa a tacere e qualcosa di cui parlare lo trova sempre: dovrò abituarmi... anche se muoio dal sonno.
«Allora, maritino mio, ti è piaciuta la festa?»
«No!»
Scatta seduta sul letto. «Come no?» È sorpresa dalla mia risposta secca.
«Rimettiti giù, sto scherzando!» Le sorrido.
«Ah, volevo ben dire! Che scema che sono: dopo tutti questi anni non ho ancora capito quando scherzi e quando sei serio.» Si allunga e mi bacia. «Cosa ti è piaciuto di più?» Pensavo fosse finita lì, invece incalza...
«Quando abbiamo tagliato il panettone mano nella mano come se fosse stata la torta nuziale.»
«Ma non se n'è accorto nessuno!»
«Proprio per quello! È stato l'ultimo gesto intimo fatto di nascosto, il nostro ultimo, piccolo, *misfatto*.»
Si avvicina piano e mi bacia ancora. Con la bocca vicina alla mia, sussurra: «Pensi che prima o poi riusciremo... quella cosa lì?».
Faccio finta di non aver capito, poi, dopo un momento, le rispondo: «Ah, quella! Non so... dovresti chiedere al mio fisioterapista se posso...».

Il pranzo di Natale

Le ci vuole un attimo per riprendersi dalla sorpresa, poi scoppia in una risata che fa tremare i vetri di casa, e pure i muri.

Sentiamo bussare alla porta della camera. «Tutto bene?» È Giada che deve aver sentito il trambusto dalla sua stanza.

«Vieni, vieni!» la esorta Gina.

Entra sorridendo, e io mi domando che effetto deve farle vedermi a letto con una signora di una certa età, non vecchia, ma con la camicia da notte felpata della nonna!

«Tutto bene, gioia, tutto bene... solo tuo papà che è il solito adorabile scemo!» E si rimette a ridere.

SOGNO E REALTÀ

Non ci posso credere: Gina e Miranda se le stanno dando di santa ragione! Urlo: "BASTA!", ma non serve. Mi avvicino con la sedia a rotelle: non so cosa fare per fermarle, ho persino paura di prendermi un calcio! Sono quasi arrivato da loro, quando cadono e iniziano a rotolarsi per terra: per fortuna il pavimento è pulito e lucido. Ci riprovo. "BASTA, litigare per me!"

Sembra abbia effetto, questa volta. Si fermano, si alzano e mi guardano in cagnesco.

"Per te?" domanda Miranda.

Poi è la volta di Gina. "Non stiamo litigando per te, ma per quello!" e indica qualcosa alla sua destra. Mi accorgo che siamo in un grande magazzino e la cosa additata è un vestito di raso verde, posto in una teca su una specie di piedistallo. Non dura molto, esplode come fosse colpita da un proiettile: schegge di cristallo volano da tutte le parti, creando una sorta di nuvola; me ne trovo anche qualcuna addosso. Quando la visibilità torna normale, vedo che il vestito è indossato da Elide: stretto in vita e largo sotto come quello delle dive anni Sessanta, fa risaltare la figura della commissaria.

Scende piano dal piedistallo, ha senza dubbio paura di cadere dagli alti tacchi delle décolleté che indossa: mi si avvicina. "Anche tu qui, caro Scrittore!" Allunga la mano, penso che sia per salutarmi, invece inizia a tirarmi a sé. "Hai mai pensato di scrivere un libro in prigione?" mi domanda.

Resto sorpreso e cerco di resistere, ma lei non mi molla e intanto ci stiamo allontanando.

"Lasciami, devo andare, adesso ho una moglie!"

"Appunto, ti sto portando a casa di Gina, la tua nuova prigione!"

Sto sudando come se corressi sulle mie inutili gambe: in un attimo siamo sul pianerottolo, ma entriamo in casa mia.

Andiamo in camera da letto: Gina è distesa sul materasso, immobile.
Dietro la porta c'è Giada. "L'ho trovata così: ho controllato, non respira... ho già chiamato Tommaso per il certificato di morte!"
Quanta efficienza da parte di mia figlia, penso.
Sento aprirsi la porta di casa: un attimo ed entra in stanza Tommaso, che si guarda intorno. "È qui che avete fatto l'amore con Miranda?" Penso che sia una domanda sgradevole, soprattutto fatta davanti a mia figlia, e la lascio cadere nel nulla. "Vediamo 'sta morta!" dice, avvicinandosi al corpo disteso.
Si mette a ridere, mi domando perché. "È una morte apparente!" Prende la spalla di Gina e la agita.
"Che modi! Come ti permetti di svegliare una povera donna che sgobba dalla mattina alla sera pensando a tutti voi?"

* * *

Chi si sveglia, in realtà, sono io: cerco di uscire dal sogno con fastidio, come quando il fisioterapista mi lava e starei ore sotto la doccia. Allungo piano il braccio a sinistra: penso di poter sfiorare Gina senza disturbarla, invece, risponde al mio tocco e mi prende la mano. «Che cosa c'è?» domanda.

«Niente, ho sognato che eri morta...» Quasi mi pento della risposta: magari la prende male.

«Grazie, grazie tante, eh!» La voce è sarcastica, ma al buio non posso vedere se è accompagnata da un sorriso. Sento che si gira verso di me, sempre tenendomi la mano, che ora è poggiata sulla sua camicia da notte: non sapendo *cosa* sto toccando con precisione, decido di non muoverla, ho ancora un certo pudore verso questa nuova moglie. «Dicono che sognare la morte di una persona cara le prolunghi la vita!» Ridacchia e chiede conferma. «Perché... per te sono una persona cara, vero?» Allungo in qualche maniera la mano libera

Sogno e realtà

per cercare di accendere la lampada sul comodino. Capisce le mie intenzioni. «Aspetta, ci penso io.» Piano piano, si sporge, strisciando il suo corpo sul mio petto: a tentoni, cerca l'interruttore lungo il filo. Penso che la ricerca stia durando un po' troppo, visto che da più di un minuto il suo seno si sta muovendo sulla mia faccia.

Clic! E luce fu!

Resta con metà del corpo sul mio. «Peso?» E dopo un attimo: «Do fastidio?». Poggia le labbra sulle mie, poi prosegue lasciando tanti piccoli baci sul mio viso; cerco di contraccambiare, ma lei mi sfugge, come se volesse essere la sola a darmeli.

«Ti sembro morta?»

«Dal profumo, direi di no» rispondo.

Solleva il busto e si appoggia sul gomito. «Solo dal profumo?» Ride piano.

«Shhh! Che svegliamo la creatura.»

«Giusto, hai ragione!»

«Comunque, spero sia chiara una cosa...» Butta lì questa frase con nonchalance.

«Quale cosa?»

«Ho già seppellito due mariti, probabilmente seppellirò anche te...»

La blocco mentre sta per proseguire. «Ah! Che bello dirmi ciò giusto a qualche giorno dal matrimonio!»

Silenzio. Il suo viso ha un'espressione seria. «Caro Scrittore, mi sembra che abbia iniziato tu, sognandomi morta!» Ora sorride. «Lasciami finire la frase, una buona volta... dicevo, che probabilmente seppellirò anche te, il più tardi possibile, visto che abbiamo intrapreso quest'avventura solo ora, dopo venticinque anni che ti ho "baccagliato intorno", come ci ha tenuto a ricordare Giada durante il pranzo di Natale!» Mi bacia. «Certo che sei proprio tonto, eh!» E mentre continua a baciarmi, si ridistende su di me, sempre con la scusa di raggiungere l'interruttore. *Clic.*

Epilogo

3 GENNAIO

Che sbatti! Okay, cari *boomer*, sappiate che Camilla, la mia *bae*, quando le ho detto che Papino mio – sì, insomma, il vostro caro Scrittore –, mi ha incaricato di scrivere la parte finale di questo libro, mi ha guardato come se avesse visto uno che fa pipì in mezzo alla strada. È partito subito un "*cringe, amio!*", con una faccia che non vi dico. Lo sapete perché ha incaricato me? L'editore vuole che il 10 gennaio tutto il libro sia consegnato all'editor per la lettura e le correzioni: certo, avrebbe potuto scriverselo da solo... ma è partito! Sì, incredibile, vero? Siamo al 3 gennaio ed è partito ieri in luna di miele con Gina... anzi, di più... in crociera! Avreste mai pensato che arrivasse a fare una cosa del genere? Lui, che non si è mai allontanato dalla nostra piccola città di provincia? Mamma mi ha raccontato che loro non hanno fatto il viaggio di nozze quando si sono sposati. Sarà stata Gina, sarà stato l'amore, sarà stato l'anno passato pericolosamente... mi vengono i brividi solo a pensarci.

«NO! NO! FERMO!»

Scusate, ma sono qui a fare 'sto lavoro che non mi va e devo pure badare a Leo, il mio adorabile fratello! Ho passato l'ultimo dell'anno su in montagna con la *bae*, poi di corsa qui al mare con mamma, Tommaso e il *trolletto* scassapalle: tra poco compie sei mesi ed è in pieno *tummy time*. Ogni volta che mamma lo porta dal pediatra, esigo che fissi l'appuntamento in modo da poterla accompagnare: visto che spesso lo devo accudire io, voglio sapere tutto, cosa fare, come comportarmi... ho già combinato un grosso guaio, vorrei evitare di farne altri!

Adesso sono seduta sul divano e sto scrivendo con il portatile, mentre lui si sta godendo la sua ora giornaliera di libertà condizionata serpeggiando sulla pancia: metto un grande lenzuolo sul tappeto e lui si rotola cercando di raggiungere i giochini che gli spargo in giro; striscia, si ribalta... e qualche volta cerca di *scappare* fuori dalla sua area, come stava per fare prima! Così si diverte un mondo e io posso studiare, leggere... o fare 'sto lavoretto per Papino mio.

Dove ero rimasta? Sì, quindi, sono partiti! È stato il regalo di nozze della mamma e di Tommaso; in pratica, lo stesso che hanno fatto loro: tutto è andato così velocemente che stentavo a crederci!

I primi di novembre, quando si sono sposati, non avendo molto tempo né l'una né l'altro, hanno deciso di fare una settimana in crociera: la scelta sembrava azzardata, visto che Leo aveva poco più di tre mesi, ma, niente, sapete com'è Miranda mia, una zuccona! Alla fine, la società delle crociere ha proposto loro un giro intorno ad alcune isole greche su una nave con un medico a bordo, anzi, una dottoressa, per l'esattezza: naturalmente era stata avvisata e li ha accolti al check-in.

Elsa, questo il suo nome, aveva una buona ragione per aspettarli alla reception: quando è stata contattata dalla sede per questa particolare richiesta d'imbarco, il nome della mamma l'ha sorpresa... la conosceva! Ero piccola, ma ricordo che Adele scoprì di avere una sorella poco dopo la morte di *zia* Agata, la loro madre: Elsa, appunto, che faceva il medico in un paese poco distante. S'incontrarono la prima volta a casa nostra, poi non so se si sono più riviste. La dottoressa, separata dal marito e con i figli grandi, ha deciso di dare una svolta alla sua vita: ora lavora sulle navi da crociera.

Perché vi ho raccontato questa storia? Ah! Già! Sapendo che sulla nave c'era un medico che anche Papino mio conosceva, la mamma e Tommy hanno pensato bene di informarsi e il 28 dicembre hanno fatto la prenotazione per il viaggio di nozze di Gina e papà! Elsa ha ricevuto la sua cartella clinica e ha assicurato che avrebbe trovato qualcuno sulla nave che li avrebbe aiutati in caso di bisogno. A Gina non sembrava vero poter andare in crociera con il suo "maritino nuovo", come lo chiama lei, ma restava il problema di come arrivare al porto d'imbarco: la soluzione è arrivata ancora da Elide, che ha chiesto a suo papà di accompagnarli col furgone... ha detto che era il suo regalo di nozze.

Detto fatto, partiti! Chi ci va di mezzo, poi, sono io!

* * *

Ho messo a nanna Leo, così sto più tranquilla! Ho riletto quello che ho scritto: non male! Sì, mi faccio i complimenti da sola: una pagina, forse un paio una volta stampate come libro, per dire niente o poco più, cioè... solo che Gina e Papino sono in crociera! Confido molto – no, non in me stessa, ma nell'editor. Spero che non tagli tutto per rendere decente 'sto Epilogo, che, se non lo aveste ancora capito, non ho molta voglia di fare. Capita anche a voi di rimandare i lavori che non vi piacciono? A me sì!

Mi sono fermata un attimo a rileggere questa frase, l'ultima che ho scritto: non è la verità... capita anche a voi di contraddirvi? Quando ti senti dire da uno scrittore famoso, che per giunta è anche il tuo genitore: "Vorrà dire che la fine di questa storia durata un anno la scriverai tu, che ne sei stata una delle principali protagoniste" mi sono sentita molto orgogliosa e adesso non voglio *flopparlo*. Ma si sa che, tra il dire e il *traiardare*, c'è di mezzo il mare.

Sono partita per andare da Camilla il 29 dicembre... è anche mia compagna di classe e, appena arrivata, le ho detto che dovevamo andare a *2X* con i compiti delle vacanze, soprattutto a leggere il libro che ci ha indicato la prof d'italiano: che poi dire alla figlia di uno scrittore di leggere il libro di un altro scrittore è come dire, chessò, alla campionessa di decathlon che deve sostenere l'esame di ginnastica! Per fortuna era breve... *Lettera da una sconosciuta* di Stefan Zweig:

l'abbiamo letto cinque pagine io e cinque Camilla, cinque lacrime io e cinque lei a ogni cambio!

Ripensandoci, sembra un po' la storia di Gina: anche lei è stata tanti anni innamorata di Papino mio, certo non in modo così passivo come la protagonista del libro, anzi, direi che "passiva" per Gina è un attributo sconosciuto. Chissà quanta sofferenza ha sopportato, dovendo stare non uno ma due, in alcuni momenti anche tre, passi indietro: sono sicura non avesse un piano, probabilmente si è fidata del destino, ma dentro di sé qualcosa deve averle pur detto di non mollare! Ecco, vedete perché a scuola le prof mi *dissano* chiamandomi la "*Dottor Divago*"? Io parto con un discorso e poi mi perdo: divago, appunto! Allora meglio se ve lo dico subito, anche se *spoilero* un po': volevo usare questo "epilogo" per raccontarvi la cosa più bella che ho vissuto quest'anno appena trascorso, il matrimonio di Papino mio... Pensandoci bene, forse la cosa più bella è stata veder nascere Leo... sì, vabbè, insomma, che ansia... facciamo che sono state le due cose al top dello scorso anno!

A proposito di scuola... sto finendo il liceo scientifico: *bro*... secondo voi a che facoltà dovrei iscrivermi? Sì, lo so che non mi potete rispondere, me lo sto domandando da sola... Quando ero una ragazzina, ero letteralmente *crushata* da Adele, volevo fare anch'io la fioraia, adesso però c'è Elide. Ha già detto che quando sarà stufa di fare la poliziotta, andrà a lavorare con lei... nel frattempo... speriamo che non faccia arrestare la crescita delle piante! Ahahaha! Questa battuta è proprio *creepy*!

Prima, quando ero bambina, volevo fare la portinaia scrittrice, oppure la donna in carriera come la mamma. Quando mi sono iscritta al liceo, pensavo di diventare psicologa, per quello l'ho scelto: Gina non vuole che faccia quella professione, dice che si vedono e si sentono solo cose brutte e che, se non si sta attenti, si perde la fiducia nella vita e negli altri. Durante i primi due anni mi si è accesa la lampadina:

3 GENNAIO

informatica, avrei realizzato progetti con l'AI, l'intelligenza artificiale! Poi ho capito che forse d'intelligenza ce ne sarebbe stata poca e lavoro tanto: i computer saranno pure veloci, ma sono stupidi come la *(omissis)*... bisogna dirgli tutto, persino come imparare le cose più semplici!

Adesso il nulla, zero totale, non so che strada prendere: anzi, no, lo scorso anno per qualche giorno ho pensato di diventare anch'io poliziotta, poi mi sono resa conto che avrei visto cose anche peggiori rispetto alla psicologa! Non vorrei *faillare* la mia scelta. Insomma, mi piacerebbe trovare una facoltà divertente e *scialla*, ma mi sa che resterà solo un sogno!

4 GENNAIO

Ieri sera ho mandato il primo pezzo che ho scritto a Papino mio... mi ha risposto Gina con un messaggio.
"Che scemetta sei! Se non scrivi qualcosa di decente, lo faccio leggere sul serio al mio nuovo maritino... per ora me ne sono girata una copia e ne ho cancellato le tracce!"
Non ho capito se era una battuta o una minaccia, poi mi ha chiamato al telefono.
"Gioia mia, lo so che le vacanze di Natale e Capodanno sono sacre, ma quando ci si prende un impegno..." non vi racconto tutto il pippone che mi ha fatto, fino all'ultima preghiera *"... e rendilo comprensibile anche ai poveri boomer!"*
Vabbè! M'immolo sull'altare dell'obbedienza e riprendo questo mio *sacrifizio*! Per scrupolo, sono andata a vedere sul vocabolario il significato di *epilogo*:

epìlogo s. m. [dal lat. *epilŏgus*, «aggiungere (al discorso)»] (pl. *-ghi*). – **1. a.** Secondo la retorica greca, l'ultima parte dell'orazione (corrispondente alla *peroratio* dei Latini), che mira a commuovere l'uditorio. **b.** Per estens., l'ultima parte di un discorso o di uno scritto, in cui si riassumono, concludendo, le cose già dette (con questo sign., più com. *riepilogo*). **2.** Nell'uso moderno, la parte finale della tragedia antica, cioè l'esodo; e in genere la conclusione di un dramma, di un romanzo e sim.: *tragedia in tre atti e un e.*; *il film ha un e. imprevisto*. In senso fig., compimento, conclusione, soprattutto di una vicenda: *l'e. della sommossa*; *il doloroso e. di una triste vicenda familiare*.

Quindi... devo *commuovere, riassumere cose già dette* e chiudere *una triste vicenda familiare*. Dici niente! Penso sia meglio che io continui sulla mia strada e che vi racconti com'è andato il matrimonio di Gina con Papino mio. Vi domanderete perché il loro e non quello di mamma, semplice: è stato più originale! Mamma e Tommaso l'hanno fatto organizzare a una *wedding planner* che era stata cliente dell'agenzia immobiliare: sì, bello, ma le solite cose!

Torniamo al matrimonio dell'anno: il primo problema è stato trovare una location a pochi giorni dal Natale. In effetti, non è stato un vero problema, perché Gina aveva già deciso: voleva sposarsi dove la sua vita è cominciata... proprio così, in convento, l'ex orfanotrofio di Suor Candida! Quando l'ha chiamata per chiederglielo, pare si sia messa a piangere dalla gioia, povera donna!

La sapete la storia di Gina e Suor Candida all'orfanotrofio, vero? Spero di sì... Papino mi ha detto che ve l'ha già raccontata. Comunque... c'è voluto qualche giorno per capire se fosse davvero possibile, ma, davanti a una generosa offerta pecuniaria, tutti i problemi sono spariti come per miracolo. La superiora, così rigida quando Suor Candida era ricoverata, si è commossa anche lei all'idea di celebrare un matrimonio da loro: in effetti, a parte i soldi versati, la cosa che forse l'ha fatta commuovere di più è stata l'idea che in futuro avrebbero potuto proporsi non solo come produttori di primizie, ma anche come location per matrimoni, con ulteriori sostanziose entrate nelle loro casse! Era l'occasione giusta per testare quest'opportunità.

Dopo un po' di telefonate e messaggi, alla fine di novembre Gina ha preferito andare su per dare istruzioni e controllare se ci fossero problemi: il più grosso era legato a Papino mio... come farlo arrivare fino al convento?

Sembrava che le suore avessero un furgone per portare frutta e verdura al mercato, ma che fosse di quelli coperti solo da un telone; l'uso della sua minicar era impensabile, avrebbe dovuto viaggiare da solo e la distanza non era compatibile con l'autonomia della batteria. L'ultima, seria, uscita

4 GENNAIO

di casa l'aveva fatta grazie al mezzo della polizia penitenziaria: quando Elide è venuta a sapere del problema, ha detto che ci avrebbe pensato lei! Dovevamo farci trovare sul portone alle otto del mattino del giorno prefissato, il *cellulare* sarebbe passato a prenderci: non potevamo rifiutare un'offerta del genere, anche se Papino mio non era così entusiasta della soluzione. Però non si è opposto, ha lasciato organizzare tutto intorno a lui senza battere ciglio.

Gina si sarebbe dovuta portare il vestito, che poi avrebbe indossato in convento, mentre noi potevamo prepararci a casa. La speranza era che non piovesse: non sempre vale il detto "sposa bagnata, sposa fortunata"; nel nostro caso, avrebbe complicato parecchio le cose!

Quando abbiamo visto arrivare il *cellulare* siamo scoppiati a ridere: era quasi completamente rivestito di fiori, così da nascondere le scritte che lo identificavano. Salendo, papà ha notato che era differente da quello che aveva utilizzato per andare agli uffici della polizia: di nuovo, Elide aveva provveduto. Suo padre è allenatore di una piccola squadra di pallacanestro e la loro società ha un pulmino – blu scuro, proprio come i cellulari della penitenziaria! Tolti due sedili dell'ultima fila, c'era lo spazio giusto per la sedia a rotelle, fissata poi con due cunei; due scivoli per salire, chiesti in prestito al carrozziere, ed eravamo a posto!

Per volere di Gina, il numero delle persone coinvolte è stato minimo: solo io, Adele, Elide e Olivina eravamo a conoscenza del matrimonio. A Elide sarebbe piaciuto poter partecipare, ma si è sacrificata: ha preso un giorno di ferie ed è andata a tenere aperto il negozio della sua fidanzata... fioraia per otto ore!

Adele, Olivina e io ci siamo suddivise i compiti: all'arrivo, io avrei aiutato Gina a indossare il suo vestito, mentre Adele e Olivina avrebbero finito di sistemare Papino mio. Il suo unico desiderio sarebbe stato quello di farsi trovare all'altare in piedi, grazie all'esoscheletro che aveva comprato anni fa: con l'aiuto di Olivina, abbiamo provato e riprovato, ma non c'è stato niente da fare. Abbiamo contattato la società che lo aveva realizzato, ma essendo un vecchio modello non c'erano più pezzi di ricambio e, d'altro canto, era impossibile realizzarne uno nuovo su misura con il poco tempo a disposizione.

5 GENNAIO

Non ce la posso fare! Non ce la posso fare!
Devo farcela!
Tommaso è partito ieri sera all'improvviso: uno dei due figli avuti da Isabella ha ricevuto una pallonata giocando con suo fratello ed è finito all'ospedale con una commozione cerebrale. Mamma deve finire di preparare il budget per i suoi capi: dall'inizio dello scorso anno la sua agenzia è entrata a far parte di un gruppo internazionale; bello, ma impegnativo! Quindi, Leo lo gestisco io. Lo allatta la mamma, ma durante la giornata devo dargli uno o due biberon, perché lei non ha abbastanza latte.

Stamattina ho riletto quello che ho scritto finora e ho fatto un po' di correzioni: adesso che Leo sta facendo il sonnellino pomeridiano ne approfitto per continuare, prima di portarlo a fare la solita passeggiata sul lungomare.

In qualche modo siamo arrivati al convento con il pulmino gentilmente messo a disposizione dal papà di Elide, e guidato da Adele: mi sono seduta davanti con lei all'andata, così mi ha raccontato che quando era in Francia, anni fa, andava a fare le consegne dei fiori ai negozi proprio con un furgone simile. Intanto, dietro, sentivo Gina, Olivina e papà che ridevano: chissà cosa si stavano raccontando.

All'arrivo, abbiamo trovato l'entrata del convento addobbata con i fiori, gli stessi del furgone; c'erano persino nella cappella: chissà come sono riusciti a farli arrivare lì. Sembrava tutto organizzato da professionisti... mi sa che c'è stato lo zampino di Adele e Elide!

Le due panche davanti erano coperte da un paio di teli blu scuro e i fiori erano posizionati solo sugli scalini dell'altare: su questo la madre superiora era stata tassativa, non voleva cose sfarzose, una bella cerimonia ma sobria. Entrando, avevo pensato: "Due panche sono più che sufficienti visto che siamo solo in tre, oltre agli sposi".

Non c'era Suor Candida ad accoglierci, e nemmeno la superiora: il convento sembrava come il castello de *La Bella Addormentata*, silenzioso e poco illuminato. Una sorella ci aspettava comunque all'entrata e, senza attendere che Adele e Olivina aiutassero papà a scendere, ha salutato calorosamente Gina e ci ha accompagnati nella celletta adibita a camerino della sposa.

Non avevo idea di che genere di abito avesse scelto, sapevo solo che si era fatta aiutare da Rosa, la nostra portinaia, e da una signora del palazzo che una volta faceva la sarta: quando ha aperto la scatola, sono rimasta perplessa, sembrava un vestito normale.

Mentre lo tirava fuori, ho visto i suoi occhi farsi lucidi: l'abbiamo appoggiato sul letto e la prospettiva è subito cambiata. La gonna sembrava vivere di vita propria mentre si gonfiava.

Gina si è voltata verso di me e mi ha abbracciata. «È quello che ho usato per sposare il povero Oreste... spero che tuo papà mi perdoni!» mi ha sussurrato. Non ho avuto il coraggio di dirle che anche papà aveva deciso di riciclare il vestito usato per il matrimonio con la mamma!

Le ho preso le spalle e l'ho allontanata da me, per farle vedere che stavo sorridendo. «Secondo te, un orso come Papino mio si ricorda il tuo abito da sposa di vent'anni fa?» Ha riso, singhiozzando un po'. «Cosa c'è in quel sacchetto?» ho domandato, vedendo che la scatola non era vuota.

«Che stupida! Mi stavo dimenticando, dobbiamo aggiungere i nastri... e poi c'è il coprispalle!»

«Mi sembrava mancasse qualcosa, infatti. Siamo a dicembre, in chiesa c'è freschetto. Così, a spalle scoperte, patiresti non poco!»

«Sì, sì, hai ragione. Con Oreste non ce n'era stato bisogno, ci siamo sposati a maggio. Ho letto che, per i matrimoni dopo il primo, il viola dà un tocco di eleganza, così ho deciso di far realizzare il coprispalle di quel colore; il vestito ha dei riflessi verde chiaro.»

«Starai benissimo, però adesso dimmi come posso aiutarti a fissare i nastri e i fiocchetti: abbiamo poco tempo!»

Le suore avevano messo nella celletta uno specchio abbastanza grande da consentire a Gina di ammirarsi una volta pronta e controllare che tutto fosse a posto: non deve essere stato semplice per loro trovarlo, gli specchi non sono di casa in convento!

Stavamo per uscire, quando abbiamo sentito bussare: erano Adele e Olivina che non stavano più nella pelle di vedere Gina in abito da sposa.

«Andiamo! Sono tutti giù che aspettano!» ci ha esortato Adele.

Gina è sbiancata a quella rivelazione. «Tutti chi?»

«Vieni e vedrai!» Poi si è girata verso di me. «Corri, sei la figlia dello sposo, devi portarlo all'altare!» E prendendo Gina a braccetto ha aggiunto: «A lei ci penso io».

* * *

Sono uscita dalla celletta, dove avevo lasciato Gina, Adele e Olivina a confabulare e mi sono trovata davanti una suorina che mi ha chiesto di seguirla: dopo un lungo corridoio, siamo scese da una piccola scala stretta e siamo arrivate nella sacrestia, dove era stato parcheggiato Papino mio.

«Alla buonora, non arrivavate più!» Ci ha accolte così.

«Per fare le cose bene, ci vuole tempo» gli ho detto. Mentre lo baciavo sulla fronte, ho avvertito tutta la tensione nervosa che aveva accumulato.

«Che cosa dobbiamo fare?» mi ha chiesto.

«A me lo domandi?»

La suorina ci ha sorriso. «Dobbiamo aspettare che venga

Suor Marcella a chiamarci.»

«Suor chi?» Lo sposo ha quasi urlato la domanda: era proprio agitato!

«Zitto!» Gli ho sorriso e gli ho preso la mano. «Facciamo come dice la sorella.»

Infatti, dopo nemmeno un minuto, Suor Marcella è entrata e ci ha fatto cenno di andare: non appena siamo arrivati nella cappella, sono rimasta fulminata!

Luci accese, così tante suore in bianco e nero che sembrava di essere in un documentario di pinguini al polo sud, e il suono gentile di un'arpa che riempiva l'aria. Ho avuto un brivido, nonostante fossi ben vestita: in quel momento mi sono resa conto che non era uno scherzo, stavo veramente accompagnando mio padre all'altare, dove avrebbe sposato una donna che non era mia madre, ma che per me era come se lo fosse sempre stata. E mentre ci avvicinavamo, mi dicevo: "Che scema, non ti sei nemmeno data una controllata allo specchio prima di uscire dalla stanza di Gina e adesso piangi pure, così ti resteranno le righe sulla faccia e sembrerai un mostro".

...

Scusate, mi sono dovuta fermare un momento, il ricordo mi ha fatto commuovere... ma, tranquilli, mi riprendo subito...

Dicevo, siamo arrivati all'altare e ci siamo fermati, visto che c'erano due scalini: con la coda dell'occhio, ho visto una delle due suore sedute sulla prima panca che mi faceva segno di andare a destra. Voltandomi, ne ho capito il motivo: di lato c'erano due scivoli, gli stessi usati per salire sul pulmino.

Lo spazio non era molto e ho avuto paura di volare giù dagli scalini: la sedia a rotelle col motore è servita per il viaggio, ma per il matrimonio avevamo portato quella normale e, tenendo le mani sulle maniglie posteriori, l'ho sentita vibrare. Era Papino mio che tremava! Mi sono chinata da dietro e gli ho sussurrato: «Stai bene?».

5 GENNAIO

Si è girato leggermente, senza riuscire a vedermi, e mi ha risposto: «Da morire!».

La sposa si è fatta attendere: ho saputo poi che, scendendo le stesse scale strette che avevo usato io, buona parte dei nastri e dei fiocchi si erano staccati e Olivina era dovuta correre in stanza a prendere delle spille da balia che Gina aveva portato proprio per tale eventualità. Alla fine, è entrata, dopo che, con un gesto, Suor Marcella aveva dato il via alla suora con l'arpa di intonare la marcia nuziale.

Vederla avanzare così raggiante, sotto braccio a Adele, è stato per me un colpo al cuore e ho sentito sobbalzare anche lo stomaco: papà ha trattenuto il fiato per un lungo istante e, poi, ha cercato la mia mano sulla sua spalla. Quando Gina è arrivata all'altare, ha aggiunto la sua alle nostre; per un attimo, sono rimaste tutte e tre sovrapposte: quando ho tolto la mia, facendo un passo indietro, ecco, in quel momento, mi è sembrato come di aver consacrato io la loro unione.

...

Scusate ancora, ma sono un po' sottosopra mentre cerco di raccontarvi queste cose! Avanti, Giada... dai...

Io, Adele e Olivina eravamo sulla panca di sinistra, Suor Candida e la superiora sedute pomposamente su quella di destra; tutte le altre monache del convento dietro, più la suonatrice d'arpa alla sinistra dell'altare...

Chi mancava? L'officiante, chi sennò! Appena è entrato Padre Calogero, ho subito pensato tra me e me: "Sembra un tricheco!". Ho saputo poi che anche le suore gli avevano dato questo soprannome, anche se lui non lo sa! La musica è finita, si può iniziare...

Anzi, no! Un urlo: «Gina, Gina!», e abbiamo visto arrivare di corsa la suorina che mi aveva accompagnato in cappella; si teneva le vesti per non inciampare: l'avevo intuito che mancasse qualcosa... aveva dimenticato in stanza il bouquet di fiori!

6 GENNAIO

Ho dormito poco e male stanotte. Siamo tornati dal mare in fretta e furia ieri pomeriggio, Tommaso è venuto a prenderci e siamo ripartiti subito: mettersi in viaggio oggi sarebbe stata una follia con un bambino piccolo e il traffico del rientro dopo le feste di Natale. Quindi ora sono qui, a casa... sola. Non è stato un bel rientro: si dovrebbe tornare dalle vacanze riposati e tranquilli, invece eravamo tutti e tre tesi. Tommaso per suo figlio grande, che è stazionario ma non del tutto fuori pericolo, mamma forse per qualche problema col budget che ha presentato ai suoi capi, e io per questo epilogo. Leo è già sensibile allo stato d'animo delle persone che gli stanno intorno, così, viaggiando con lui sui sedili posteriori, ho avuto il mio bel da fare per tenerlo buono.

Quando sono arrivata a casa, non ho nemmeno mangiato, ero così stanca che mi sono buttata subito sul letto. Mi sono detta: "Giada, dormirai come un sasso". E invece...

No, non ce la faccio proprio, scusatemi; scusami, Papino, e soprattutto tu, Gina! È stato così bello il vostro matrimonio che volevo raccontarlo nei minimi particolari e ora sono qui, bloccata: ci ho pensato tutta la notte e niente... non riesco a ricordare cosa abbiamo mangiato e cosa abbiamo fatto dopo il pranzo. Nebbia nella mia testa; sento il profumo del cibo, il suono di una chitarra, ma niente, il mio cervello si rifiuta di collaborare. No, aspettate, non è del tutto vero! Ricordo a macchie: ho firmato il registro come testimone di nozze, ho guardato per un attimo la firma, non sembrava nemmeno la mia; le gambe di papà, quelle che lui chiama "le mie inutili gambe", su cui mi sono seduta per abbracciarlo e baciarlo; le braccia di Gina che mi hanno stretta al suo petto; il bacio di Suor Candida; la lunga tavolata nel refettorio per il pranzo, con tutte le suore; un piatto caduto a qualcuno, il lancio del bouquet... che non sono nemmeno del tutto certa ci sia stato. Poi niente, nebbia.

Nel buio della mia stanza, cercavo di concentrarmi su cosa avessimo mangiato, ma mi tornava solo in mente quando Gina veniva a prendermi a scuola! Il rito era sempre quello: la mamma mi accompagnava, esagitata, mentre telefonava a Gina. "Perdonami se te lo chiedo con così poco anticipo, potresti andare tu a prendere Giada a scuola, oggi? Poi la porti dallo Scrittore, pranzerà con lui, io passo stasera, grazie, ciao!"

Qualche volta non veniva a prendermi e io passavo la notte qui, oppure, se non c'era Oreste, andavo da Gina, con lei nel suo lettone. Non ricordo di aver mai dormito con la mamma: quando viveva qui, c'era papà, e quando eravamo nella vecchia casa vicino all'agenzia, c'era sempre una scusa... "non ho avuto tempo di cambiare le lenzuola", "fa troppo caldo, non riusciresti a dormire", "non sono più abituata a condividere il letto con qualcuno e non dormirei per la paura di schiacciarti". Mamma... cazzo, avevo sei anni a quel tempo! Me lo ricordo ancora, era pure il periodo in cui ero cicciottella, cosa volevi schiacciare? E quella volta che mi hai detto che ti tiravo calci nel sonno? Come facevi a saperlo, se non ho mai dormito nel letto con te?

Eravamo tornate qui, ad abitare con papà, e io frequentavo la scuola dietro l'angolo: Rosa, la portinaia, mi accompagnava fino all'incrocio e mi lasciava andare da sola; poi un giorno sono stata male, ho avuto il primo mestruo, e hanno chiamato a casa; papà ti ha avvisata. Quando sei arrivata, la bidella ti ha detto che ci voleva l'autorizzazione dei genitori per farmi uscire con una persona sconosciuta: hai chiamato Gina e non ci sono stati problemi, credevano fosse lei la mia mamma.

Adesso c'è Leo, amore di mam... ecco, stavo dicendo "mamma", ma io sono sua sorella, anche se è come se fosse figlio mio: Leo avrei voluto partorirlo io, il maschio che desideravi, te lo avrei portato in dono per avere in cambio un po' del tuo amore. Ecco, amo lui per essere contraccambiata da te, lo stringo a me come volevo tu mi stringessi!

Quando me l'hanno portato via, quella volta al parco, mi hanno strappato il cuore, mamma: ancora adesso, quando esco da sola con lui, mi tremano le gambe e continuo a guardarmi intorno con gli occhi da pazza, per spaventare la gente e non farla avvicinare. Da dopo il rapimento ho un incubo ricorrente... lo vedo gattonare fino al balcone, arrampicarsi sulla sedia di ferro e poi avventurarsi sui fili dello stendibiancheria oltre la ringhiera; non so che fare, resto immobile... poi mi sveglio con lo stomaco sottosopra.

Ho mal di testa, che confusione... cosa sto facendo? Non è più l'epilogo del libro, è il *mio* epilogo! Prima mi ha chiamato Camilla, non le ho risposto; sa che voglio stare nel mio brodo quando sono *inversa*, e anch'io la lascio nel suo quando capita a lei. Di cosa mi lamento, poi! Anche i suoi i genitori sono divorziati, e per giunta non si possono vedere: suo papà manco si ricorda che faccia ha. Certo, sua mamma le vuole bene, la abbraccia, l'ha sempre accompagnata a scuola, ma adesso si è portata in casa un tizio che forse fa il trafficante d'armi: i soldi non mancano da quando c'è lui, ma ogni volta che bussano alla loro porta, è il panico!

Si è messo a piovere, è gennaio, l'acqua scende tranquilla, senza la fretta dei temporali estivi: guardare fuori dalla finestra mi ha calmato, forse ha ragione Papino mio a mangiare sempre il suo yogurt in questa posizione, a osservare la vita che riprende i suoi ritmi. Anch'io devo riprendere con la mia vita: tornare a scuola, il solito *tran tran*, il mattino in aula, al pomeriggio in camera di Camilla oppure nella mia per studiare o cazzeggiare.

Adesso che succederà? Pare che papà si trasferirà a casa di Gina e che questa resterà a mia disposizione, salvo qualche loro incursione; insomma, vedremo... chissà...

Sembra che ognuno quest'anno abbia trovato il proprio posto, come le tessere di un puzzle: ha iniziato la mamma con Tommy, poi Adele con Elide, ora Gina con Papino mio. E io? Qui, da sola... Sapete perché volevo che mi comprassero la macchina del mio amico? Se non lo avete capito siete proprio dei *fagiani*! Mi ero presa una cotta per lui, no? Che scema sono stata! Veniva a prendere una nostra compagna... dicevano che non c'era niente, solo che abitavano vicino e lui passava di lì per andare a casa a pranzare... e io ci ho creduto! Poi una volta li ho visti che si baciavano e ho vomitato in strada!

Cari genitori... mi sa che anche voi vi siete sbagliati, forse io pure sono il frutto di un fraintendimento!

Mamma, cerco di capirti... lo so che il nonno era morto da pochi mesi, ma come hai potuto pensare di sostituirlo con Papino?

Papà, cerco di capire anche te... ti sei trovato tra le braccia una donna giovane che diceva di amarti; tu, che forse non hai mai potuto avere una storia seria nella tua vita, visto l'handicap. Papino... non mi hai mai raccontato niente del tuo passato, dall'incidente a quando hai conosciuto mamma. Qualche cosa me l'ha confidata Gina, ti conosce da un po' di anni, ma forse non sa tutto nemmeno lei: ti adoro, ma che fatica capire cosa c'è dentro a quell'orso che sei!

E poi Leo, fagottino mio bello: lui, sì, è il frutto dell'amore, non solo tuo e di Tommy, mamma, ma di tutti noi! Ho quasi paura per lui; ho paura per il troppo amore che ha intorno: e se diventasse un despota e finisse per comandarci a bacchetta? E se poi non imparasse a difendersi? Ho solo una certezza, non potrò mai più fare a meno di lui: anche quando avrò un marito e dei figli, lui resterà il mio prediletto!

Nota per l'editor di papà: poi lo tagli 'sto pezzo, vero?

6 GENNAIO
Pomeriggio

Mangiare e dormire aiutano! Appena alzata ho fatto colazione solo con uno yogurt; ho aperto il frigo ed era lì, solitario, mi ha guardato e mi ha detto: "sono in scadenza". Domani dovrò ricordarmi di andare a fare la spesa e prenderne una confezione, se no Papino mio chi lo sente! Così, a mezzogiorno, la pancia brontolava: stamattina avevo visto che c'era una busta di wurstel, sapevo che se non l'avessi aperta sarebbero stati loro a parlarmi. Li ho infilati in una piadina scaldata in padella, ho aggiunto formaggio a fette, salsa barbecue, contorno di piselli in scatola e una mela come frutta! Il pranzo è servito!

Poi è stato il momento del relax; ho visto la poltrona preferita di Gina, che mi ha detto: "non hai il suo culone, ma va bene lo stesso per tenermi caldo". Potevo deluderla? Mi sono seduta ed è stato come essere tra le sue braccia: non mi è mai piaciuta la parola "matrigna", chiamerò anche lei mamma... forse anche Leo tra un po' chiamerà me così; mi piacerebbe tanto, ma non ci conto.

Mi sono messa a guardare dei *cartoon* sul telefonino: saranno stati noiosi loro, sarà stata la fragranza di Gina di cui la poltrona ormai profuma, sarà stata la notte insonne... sì, insomma, mi sono addormentata e ho sognato. Penserete che vi stia prendendo in giro se vi dico che, in sogno, mi sono ricordata tutto quello che abbiamo fatto durante il matrimonio, ma è stato proprio così.

Dunque, iniziamo dal menu. I contadini – che saranno anche pelandroni come mi ha raccontato Gina, ma che quando c'è da far festa sono di buon cuore –, hanno portato dei regali squisiti: qualche bottiglia di vino, un prosciutto, dei salami. Li abbiamo utilizzati come antipasto insieme alle cipolle in agrodolce preparate dalle suore.

Suor Marcella, quella che ci ha fatto entrare in chiesa, era sparita, non l'avevo più vista durante la cerimonia, ho capito dopo il perché: è la cuoca. E che cuoca! Il suo risotto al rosmarino è stato sublime, Gina si è messa persino a piangere; ha detto che era quello che preferiva da piccola e che Suor Candida le mangiava sempre per dispetto! Vogliamo parlare, poi, degli involtini con la lattuga? Che cosa avrà messo in quella carne? Erano delle semplici polpette a forma di sigaro, avvolte nelle foglie di lattuga passate al forno, ma ne ho mangiate quattro, tanto erano buone. Gina si è fatta dare tutte le ricette da Suor Marcella; cose semplici, come lo sono le suore: mi hanno fatto capire che, quando si mangia in compagnia, se quest'ultima è speciale, tutto diventa più buono! Il refettorio era abbastanza grande, così avevano allestito un unico, lungo, tavolo: gli sposi al centro, io alla destra di papà, Adele e Olivina vicine a Gina, davanti a noi la superiora e Suor Candida.

Anche la torta nuziale è stata semplice, ma d'effetto: su un ramo, hanno fissato, non so come, dei piatti di cartone, su cui hanno posizionato varie crostate fatte con le marmellate da loro prodotte, di mirtilli, albicocche e fragole. Sembrava una scala, dove le torte erano gli scalini, fino a quella più in alto su cui troneggiavano le classiche statuine degli sposi: Suor Candida è venuta a scusarsi con Papino per non averne trovata una con lo sposo su sedia a rotelle... questo mi ha fatto pensare a quanto lavoro ci sia stato da parte loro per organizzare il tutto al meglio.

E poi, via con le danze! La suorina che suonava l'arpa in chiesa è la musicista del convento: dopo pranzo, ha tirato fuori dalla custodia una chitarra più grande di lei e si è messa a strimpellare canzoni di lode al Signore, ma ballabilissime. Non pensavo che le monache potessero divertirsi in questo modo; sono rimasta sorpresa da come seguivano il ritmo ed

6 GENNAIO - POMERIGGIO

erano coordinate tra loro.

Papino, che si era reimpossessato della sua sedia motorizzata, ha accennato anche lui qualche giravolta con Gina seduta sulle sue inutili gambe. E noi, vi domanderete? Anche noi ci siamo scatenate! Soprattutto Olivina, che, dato il sangue sudamericano, ha la musica nelle vene.

Alla fine, la madre superiora è arrivata con un carrello su cui c'erano delle scatole: erano i regali delle consorelle agli sposi! Gina era ancora seduta sulle gambe di papà, così mi hanno chiesto di aprirli per loro: erano delle babbucce di feltro, fatte a mano dalle suore, per stare comodi in casa e tenere caldi i piedi, un paio per uno.

Gina, quando le ha viste, è sbiancata, deve essersi ricordata qualcosa di quando era bambina lì, in orfanotrofio, ed è corsa in lacrime ad abbracciare Suor Candida. Nel frattempo, ho aiutato Papino a indossare le pantofole. Mi ha detto che è uno dei regali più belli che abbia mai ricevuto: magari non sarebbero servite a scaldargli i piedi, ma il cuore sì!

Deng! Un messaggio... prima di leggerlo mi alzo e vado alla finestra: un raggio di sole, ormai basso all'orizzonte, mi riempie il petto di gioia, dopo la pioggia di stamattina. È Camilla.

"Ready to go?" Capisco subito che intende ricordarmi che domani ricomincia la scuola.

"Ready!"

"Finito il supplizio?" Si riferisce alla scrittura dell'epilogo.

"Yeah!"

Mi risponde con l'emoticon del pollice in su.

In effetti, non sono *"ready to go"*. Mando questa schifezza che ho scritto a Gina, che sono certa si metterà le mani nei capelli, e vado in camera a preparare lo zaino... se mi ricordo dov'è finito!

7 GENNAIO

Ore 8

Deng! Ci mancava pure il messaggio! Accidenti, se non mi sbrigo rischio di arrivare tardi a scuola. Chi è che rompe... Gina! Mi tremano le mani; che faccio, lo leggo? Chissà com'è arrabbiata...
"Tesoro, siamo sulla strada del ritorno... Tutto meraviglioso, un viaggio un po' stancante, ma bellissimo... col mio nuovo maritino! Non vedo l'ora di riabbracciarti, ho da dirti un sacco di cose!"

Ore 14

Deng! Niente sbattimenti, vi prego, è stata la prima giornata di scuola dopo le vacanze, che di vacanza hanno avuto ben poco. Vediamo chi è... Papino mio... Tremo... non è che Gina gli ha fatto leggere la mia schifezza?
"Ciao, gioia mia! Stiamo tornando, che bella avventura... ah! Poi facciamo i conti!"
Ecco, lo sapevo, lo sapevo! Come previsto, adesso è incazzato nero! *"Sono contenta che il viaggio ti sia piaciuto, mi spiace averti rovinato il ritorno..."*
"In che senso? Intendevo dire che dobbiamo contare quante cartelle hai scritto per l'epilogo e stabilire un compenso. Sì, insomma, qualche conto per remunerare il tuo ottimo lavoro!"

8 GENNAIO

Uscendo da scuola, dall'alto della scalinata, l'ho vista: mi sono fermata un momento, indecisa se tornare dentro e chiedere a Lucia, la custode, di poter uscire dalla parte della palestra.

«Ma quella non è tua mamma?» Come al solito, Camilla non si fa i fatti suoi. «Vengo a salutarla!»

È finita, non posso tirarmi indietro: per fortuna, vedo che è con Leo... a parte la mia *bae*, non l'ha ancora visto nessuna delle mie compagne.

Camilla tiene il passo e io devo quasi inseguirla; altre amiche hanno capito chi è quella signora con la carrozzina e ci vengono dietro.

«Ciao, mamma!»

«Ciao, bambina mia!»

È una bella giornata di sole, ma fa freddo e Leo nella sua tutina super imbottita sembra un astronauta dal visino rubizzo: in un attimo, viene sballottato, come su un ottovolante, da una compagna all'altra, e lui se la ride come un matto.

«Come mai da queste parti?» domando.

«Niente... stamattina ho venduto due appartamenti e mi è venuta voglia di vederti» mi risponde, allargando le braccia.

Senza pensarci, mi ci rifugio – con un po' di vergogna, visto tutte le persone che abbiamo intorno.

Alla fine, forse due mamme sono meglio di una... o no? Vi saprò dire!

VOCABOLARIO DI GIADA

parola	significato
2X	fare tutto velocemente

A
amio	mia cara, amica mia

B
baccagliare	corteggiare, tacchinare
bae	amica del cuore
blastare	sclerare, far esplodere
boomer	persone nate negli anni '60
bro	amico, fratello
bufu	fanc...

C
chillati	calmati
creepy	spaventoso/brutto
cringe	imbarazzante
crush/crushata	attratta/innamorata

D
dissare	prendere in giro
dissing	mancanza di rispetto

F
fagiano	persona poco furba, tonto
failare	sbagliare
floppare	deludere
fomo	paura di essere tagliati fuori da un evento

G
ghostare	dimenticare
gobin mode	mettersi comodi in casa per fare attività rilassanti

parola	significato
S	
scialla	rilassante
spoilerare	svelare cose segrete/intenzioni
stacy	donna appariscente che attira gli uomini
T	
traiardare	impegnarsi a fondo
trigger	fastidio
troll/trolletto	disturbatore
trollare	dare fastidio/prendere in giro
tummy time	il far trascorre al neonato del tempo a pancia in giù
Y	
yikes	espressione di sorpresa

Nota: questo vocabolario non vuole essere esaustivo in relazione al linguaggio delle attuali generazioni, ma solo un aiuto per la migliore comprensione del testo. Alcune parole possono assumere differenti significati nel tempo e in differenti località geografiche.

INDICE

PRIMA PARTE - IL DIARIO

Buon Anno, si fa per dire 9

26 dicembre 15

27 dicembre *Tardo Pomeriggio* 19

28 dicembre *Pomeriggio* 23

29 dicembre *Pomeriggio* 25

30 dicembre 35

30 dicembre *Pomeriggio* 39

30 dicembre *Sera* 43

31 dicembre 47

1° gennaio 55

3 gennaio 65

4 gennaio 67

SECONDA PARTE - UN PASSATO DI MISFATTI

Fantasmi sulla neve 77

Violeta 81

Armi non convenzionali 93

TERZA PARTE - UN PRESENTE DI MISFATTI

Esame di coscienza 103

A pranzo con il destino 113

Suor Candida 121

Un problema spinoso 133

Mea Culpa 141

Ricorrenze, arrivi e partenze 153

QUARTA PARTE - MISFATTI CONTRO IL FUTURO

Sparizione Misteriosa 167

Brancolando nel buio 179

Il ciuccio 191

Una gradita visita 199

Cena con il movente 207

QUINTA PARTE - IL MISFATTO ORIGINALE

La pazienza del destino 221

Il pranzo di Natale *Un anno dopo* 229

Sogno e realtà 237

EPILOGO

3 gennaio 243

4 gennaio 249

5 gennaio 253

6 gennaio 259

6 gennaio *Pomeriggio* 263

7 gennaio 267

8 gennaio 269

Vocabolario di Giada 270

RINGRAZIAMENTI
E NOTE

Questa volta i miei ringraziamenti vanno a tutta la tribù dello Scrittore che mi onora facendomi partecipe delle loro vite e narratore delle stesse. È dal 2016 che "vivo" letteralmente con loro e ne raccolgo le storie che poi posso raccontare a voi lettori: in tutti questi anni mi hanno saputo sorprendere e lo fanno tuttora con le loro gesta.

Così quando inizio a scrivere un libro su di loro non so in che mondi mi porteranno, che persone mi faranno conoscere e che problemi dovranno affrontare, ma soprattutto come riusciranno a risolverli. Il famoso "viaggio dell'eroe" che dovrebbe essere quello compiuto dal personaggio di un libro, sono loro che lo fanno fare a me! E io mi lascio trasportare, non offro resistenza... parafrasando il Leopardi posso dire che "... navigar m'è dolce in questo mare" insieme a loro.

D'obbligo ringraziare Sara, la mia nuova editor, che ha messo a disposizione tutta la sua infinita pazienza per rendere questo libro perfetto, e i miei affezionati *beta reader* Antonietta, Elena, Francesca, Gloria e Ramon.

* * *

Nel libro sono presenti:

- Citazione da "Il Barbiere di Siviglia"
- I titoli di alcuni libri:
    - "Amleto" di William Shakespeare
    - "L'amante" di Abraham Yehoshua
    - "I promessi sposi" di Alessandro Manzoni
    - "Lettera da una sconosciuta" di Stefan Zweig
- La frase *"... sapete che insieme siete bellissimi?"* è da attribuire in origine a Fiammetta Palpati
- Il font Shake, utilizzato per la frase scritta dalla mamma di Olivina, è scaricabile dal sito dell'associazione writewithparkinsons.com offrendo un obolo... che naturalmente è stato versato.

Dello stesso autore:
QUANTE STORIE, MIO SCRITTORE

*"Stai per cominciare a leggere
Quante Storie, Mio Scrittore.
Rilassati e allontana da te ogni ansia,
così come ho fatto io scrivendolo.
In effetti queste storie sono una specie
di mio diario personale.
Il tuo affezionato Scrittore."*

Protagonista del libro è uno "scrittore famoso" che vive su una sedia a rotelle in una città di provincia: la disabilità non limita la sua curiosità verso il mondo che lo circonda, ma anzi lo stimola a scoprire l'indicibile dell'umana condizione. Diversi fatti strani si susseguono dentro e fuori la casa dello Scrittore, mostrando frammenti di vite passate: egli scrive per tenerne un intimo ricordo, non per renderli pubblici.

Articolato in dieci storie, il romanzo scorre da un racconto al successivo creando così un profondo legame col lettore, grazie anche alla graduale entrata in scena di diversi personaggi: oltre allo Scrittore e a Gina, la fedele custode del palazzo, sono molte le vite che, pagina dopo pagina, arricchiscono la narrazione. Mai banali, ma sempre cariche di quell'umanità di cui la provincia italiana è particolarmente ricca.

http://www.mioscrittore.it/

Dello stesso autore:
QUANTE STORIE, MIA PSICOLOGA

«Se in questo libro, se in queste
storie non ci mette la speranza,
se tutt'e due non vi mettete
in mente che solo la speranza
può battere il lutto,
buttate via il vostro tempo!» (Gina)

Uno "scrittore famoso" che vive su una sedia a rotelle, Gina, la sua portinaia, una psicologa e un unico obiettivo:

«Dare l'immortalità a degli sconosciuti...»

Lo Scrittore si trova davanti al dilemma: scrivere un libro raccontando le storie di alcuni pazienti della psicologa o lasciare che le loro vite siano destinate all'oblio per sempre?

Gina pone subito un ultimatum: se lo Scrittore e la Psicologa non racconteranno la speranza che queste storie contengono, avranno perso il loro tempo. Appena finito di metterli in guardia, si accorge che proprio il tempo è il maggiore problema, ma Gina non è tipo da fermarsi davanti a qualsiasi difficoltà: i suoi "cucchiai" sembrano essere infiniti.

Riusciranno lo Scrittore e la Psicologa con l'aiuto di Gina a raggiungere l'obiettivo battendo anche il tempo tiranno?

http://www.mia-psicologa.it/

Printed in Dunstable, United Kingdom